Julia Arden

Die Frau im Rückspiegel

Julia Arden

Die Frau im Rückspiegel

Liebesroman

édition el!es

Internet: www.elles.de

E-Mail: info@elles.de

Umschlaggestaltung und Satz: graphik.text Antje Küchler

Coverphoto: © Sebastiano Fancellu – Fotolia.com

ISBN 978-3-941598-15-7

Vor sechs Monaten

Rebeccas Blick wanderte über die zahlreichen Trauergäste, die im Nieselregen unter ihren aufgespannten Regenschirmen standen und den Worten des Pfarrers lauschten. Sie fühlte keinen Schmerz. Der Mann im Talar würdigte den Verstorbenen als einen weitblickenden, verantwortungsbewußten, großzügigen Firmenchef, Freund und Vater. Rebecca berührten die Worte kaum. Bei dem Wort »Vater« jedoch bildeten sich mehrere steile Fältchen auf ihrer Stirn, direkt über der Nasenwurzel, was das Ergebnis zweier unmutig zusammengezogener Augenbrauen war.

Ja, Rainer Reklin, der Mann, der hier zu Grabe getragen wurde, war ihr Vater. Doch war es ewig her, daß sie ein Gefühl der Liebe mit diesem Mann verband. Rebecca wußte, hinter der glänzenden Fassade ihres Vaters hatte sich ein zynischer, kaltschnäuziger Egoist verborgen gehalten, der jede Verantwortung für den Freitod seiner Frau von sich wies. In zwei Wochen würde es sechzehn Jahre her sein, daß sie ihre Mutter leblos im Schlafzimmer auf dem Bett fand. Die leere Packung Schlaftabletten neben sich auf dem Nachttisch.

Jede Hilfe kam zu spät.

Rebecca erinnerte sich an eine Zeit, da Rainer Reklin wirklich noch ein Vater für sie war. Mit vier Jahren träumte sie einmal, daß sie in ihrem Zimmer saß und weinte. Weil ihr Spielzeug vergessen in einem der riesigen Stahlcontainer lag, die ihr der Vater am Tag zuvor im Hafen gezeigt hatte. Sie erzählte ihrem Vater den Traum. Der erklärte ihr, daß alle Spielzeuge an ihrem Bestimmungsort ankämen. Überhaupt alles, was seine Frachter transportierten.

Seit diesem Tag war Rebecca fasziniert von den riesigen Containerschiffen, die aus der Ferne dennoch aussahen wie Spielzeuge, auf denen sich winzige Bausteine stapelten. Sie konnte damals nicht begreifen, daß jeder dieser Bausteine exakt sein Ziel erreichte, denn von Logistik verstand sie noch nichts. Und weil ihr Vater in der Lage war, dafür zu sorgen, daß dieses unbegreifliche Wunder jeden Tag geschah, bewunderte sie ihn.

Rebecca war fünf Jahre, als ihr Vater ein Kindermädchen engagierte. »Mutti ist krank«, hieß es. »Es strengt sie zu sehr an, immer auf dich aufzupassen. Und Vati muß arbeiten.«

Er nahm Rebecca immer seltener mit. Dabei schaute sie doch so gern durch die großen Glasscheiben seines Büros in den Hafen. Stundenlang konnte sie stillsitzen und schauen. Und sie liebte es, Bilder von diesen großen Schiffen zu malen, die sie dem Vater schenkte.

Rebecca fragte die Mutter, warum ihr Vater sie nicht mehr mitnehme. Die Mutter erklärte der Tochter, ihr Vater habe große Verantwortung für andere und wenig Zeit. Und warum nenne er sie nicht mehr »sein Mädchen«, sondern einfach nur noch Rebecca? Und warum klinge er gar nicht mehr so fröhlich wie sonst? Er habe viel Arbeit, lautete die Antwort.

Dafür hatte die kleine Rebecca eine prima Lösung. »Ich kann dir ja helfen«, bot sie dem Vater strahlend an. Und da hörte sie es zum ersten Mal. ». . . nur ein Mädchen.« Im Unterton Enttäuschung.

Ihre Mutter kränkelte mehr und mehr. Als Zehnjährige vernahm Rebecca zum ersten Mal das Wort »Depressionen«, schlug es im Lexikon nach – und erschrak. Genauso wie über den ersten lauten Streit ihrer Eltern. Erst Jahre später wurde ihr klar, daß es diese Streits auch vorher gegeben hatte, nur waren sie nicht offen vor ihr ausgetragen worden. Noch ein paar Jahre später verstand sie auch, wie die Logistik der Schiffe funktionierte. Und daß ihr Vater nicht nur wegen der vielen Arbeit abends oft wegging.

Die Mutter weinte immer öfter, die barschen Rückweisungen des Vaters wurden immer lauter. Es endete mit einer Überdosis Schlaftabletten.

Für Rainer Reklin schien mit der Beerdigung seiner Frau diese bereits vergessen. Rebecca stand mit ihrer Trauer allein da. Ihre Leistungen im Studium rasselten in den Keller. Für ihren Vater nur ein weiterer Beweis dafür, daß seine Tochter nicht fähig sein würde, in seine Fußstapfen zu treten, die des großen Reedereibesitzers. Rebecca hatte immer das Gefühl, daß er sie nur in seine Welt, die Reederei, eingeführt hatte, um ihr genau das zu beweisen. Dennoch entsprach sie seinem Wunsch, studierte BWL, obwohl sie sich viel mehr für Schiffsbau interessierte. Rebecca hatte sich ihre kindliche Faszination der übers Meer fahrenden Kolosse bewahrt. Sie las in ihrer Freizeit jedes Buch über Schiffbau, dessen sie habhaft werden konnte. Sie wollte ihrem Vater beweisen, daß er sich irrte. Daß sie nicht »nur ein Mädchen« war, bestenfalls gut genug für die Zahlenwelt der Ökonomie. Daß technisches Verständnis keine ausschließlich männliche Domäne war. Sie hatte sich fest vorgenommen, sein konservatives Weltbild, besonders seine geringe Meinung über Frauen, zu korrigieren. Und sei es auch nur in ihrem speziellen Fall.

Rebecca zwang sich, die Trauer um ihre Mutter zu unterdrücken, schloß ihr Studium mit Bestnoten ab und stürzte sich in die Arbeit in der Reederei, häufig bis zu sechzehn Stunden am Tag. Sie erledigte alle ihr übertragenen Aufgaben schnell und korrekt, schlug Strukturveränderungen vor, die sogar ihr Vater guthieß, und führte die ihr nach drei Jahren übertragene Abteilung mit strengem Regime. Doch am strengsten war Rebecca zu sich selbst. Das alles hatte ihren Vater indes nicht dazu gebracht, ihr die erhoffte Anerkennung zu zollen.

Rainer Reklins Tod kam überraschend. Mit neunundfünfzig. Niemand rechnete damit, er selbst am wenigsten. Denn sonst hätte er es sicher eingerichtet, daß Marius, der Sohn seines alten Freundes und Teilhabers Schwandte, die Leitung der Reederei übertragen bekam, auch wenn Schwandte nur fünfundzwanzig Prozent der Firmenanteile gehörten. Ganz sicher hatte auch Marius damit gerechnet. Er wußte um die Konflikte in der Familie Reklin. Wußte, daß Rainer Reklin immer einen Sohn wollte, tat alles, dem alten Reklin das Gefühl zu geben, er würde es gern sein.

»Mein aufrichtiges Beileid.« Rebecca fühlte, wie der Pfarrer ihre Hand in seine nahm. Ihm folgten eine Menge weiterer Hände, kondolierende Worte von Menschen, die Rebecca in der Mehrheit nur flüchtig kannte.

Später, am Abend, saß Rebecca in ihrem Lieblingssessel, strich mit der Hand sanft über das weiche, alte Polster der Armlehne, sann nach. Nun begann ein Abschnitt in ihrem Leben, den sie herbeigesehnt und gleichzeitig gefürchtet hatte. Nun war sie ganz allein. Auch wenn ihr Vater sie nicht geliebt hatte, gab sein bloßes Dasein ihr doch eine gewisse Sicherheit und nicht zuletzt auch Rückhalt in der Firma. Nun war sie »der Boss«, alle würden auf sie schauen. Ihr Leben würde dadurch nicht einfacher werden.

HEUTE

1

»In Zeiten wie diesen, wo sogar Karstadt und Quelle ihre Kaufhäuser schließen, willst du Kreuzfahrten verkaufen? Was für eine absurde Idee!« Marius Schwandte hielt es nicht auf seinem Stuhl. Er sprang auf, fuhr sich mit einer entnervten Handbewegung durchs Haar, schüttelte heftig mit dem Kopf. »Du siehst doch fern, liest Zeitung. Da muß dir doch aufgefallen sein, daß ganz Deutschland von Kurzarbeit und Entlassungen redet. Die Leute haben jetzt andere Sorgen als die, wohin sie in den Urlaub fahren. Selbst die, die es sich noch leisten können, sparen, aus reiner Vorsicht. Um Himmels willen, Rebecca!« Marius hob verzweifelt die Arme. »Kreuzfahrten stehen zur Zeit ganz unten in der Liste der Verkaufsschlager!«

»Das weiß ich auch«, erwiderte Rebecca gelassen. Sie wippte leicht in ihrem Schreibtischsessel, ihre Augen verfolgten Marius, der aufgeregt vor ihrem Schreibtisch auf und ab lief. »Vorläufig geht es ja auch erst einmal darum, die Schiffe für die Kreuzfahrten zu bauen«, erklärte sie ihrem Teilhaber, nun bereits zum dritten Mal. Warum wollte Marius denn nicht einsehen, daß ihre Idee die ideale Lösung war, die momentane Wirtschaftskrise mit einem blauen Auge zu überstehen? »Wir haben erhebliche Einbußen auf unseren Transportrouten, enorm viele freie Kapazitäten. Wir optimieren die Routen, führen ein paar längst überfällige Verschrottungen älterer Schiffe durch, erhöhen damit die Abschreibungen. Darüber hinaus bauen wir zwei, drei unserer neueren Tanker zu einer kleinen Kreuzfahrtflotte um. Die Rohstoffpreise sind günstig. Überall ist man dankbar für Aufträge. Wir können also preiswert einkaufen. Und unsere Partnerwerft hat Beschäftigung für ihre Mitarbeiter. Es ist genau der richtige Zeitpunkt für diese Idee. In zwei Jahren, wenn die Krise vorbei ist, haben wir neben einer aufgewerteten Transportflotte eine hochmoderne Kreuzfahrtflotte am Start. Wir sind up to date und werden darüber hinaus ein neues Marktsegment erobern.« Rebecca erhob sich nun ebenfalls. »Marius! Das ist allemal besser, als die Hände in den Schoß zu legen, zu warten, daß das Unwetter vorbeizieht, um dann anschließend die Verluste zu zählen.« Sie schlenderte zum Fenster, sah hinaus in den grauen Oktobertag. Regen prasselte an die Scheibe.

In ihrem Rücken lachte Marius hysterisch auf. »Keine Bank wird ein solches Projekt zum jetzigen Zeitpunkt finanzieren. Die trauen im Moment nicht mal sich selbst, geschweige denn geben sie Kredite raus.«

»Das laß mal meine Sorge sein«, gab Rebecca sich zuversichtlich. Sie drehte sich um. »Ich will, daß du ein Planungsteam zusammenstellst, das einen Projektplan entwirft, Umbaupläne ausarbeitet und eine Kostenkalkulation für den Umbau erstellt. Ich werde mich um die Kalkulation für den späteren Betrieb der neuen Flotte kümmern.«

»Du spielst mit dem Feuer, Rebecca! Das ist ein Wahnsinnsprojekt. Die Finanzierung wird in jedem Fall auf wackligen Beinen stehen. Selbst wenn die Bank den Kredit gibt. Was, wenn sie pleite geht? Das ist alles viel zu unsicher«, warnte Marius eindringlich.

»In Zeiten wie diesen muß man Mut zum Risiko haben«, rief Rebecca enthusiastisch. »Das ist unsere Chance. Wir werden wie Phönix aus der Asche emporsteigen.«

Marius Schwandte wurde wütend. »Das ist total verrückt! Ein einziger Balanceakt, eine Gratwanderung!« schimpfte er aufgebracht. »Aber das ist so typisch für euch Reklins. Ihr macht einfach, was ihr wollt, ohne Rücksicht auf andere. Dein Vater war auch so ein grenzenloser Egozentriker.«

»Ach, auf einmal? Soweit ich mich erinnere, hast du seine Ansichten immer gutgeheißen.«

»Kein Wunder, daß deine Mutter es nicht mit ihm ausgehalten hat«, fuhr Marius unbeachtet Rebeccas Einwurf fort, »aber sie hat sich wenigstens nur selbst umgebracht. Du inszenierst hier gerade ein Massensterben für unsere Mitarbeiter.«

Rebeccas Gesichtsausdruck änderte sich schlagartig. Tiefe Falten traten auf ihre Stirn. »Laß meine Mutter aus dem Spiel!« zischte sie mahnend.

»Ist doch wahr«, brauste Marius nur noch heftiger auf. »Du riskierst, daß die ganze Firma an deiner verrückten Idee pleite geht. Vielleicht solltest du dich mal untersuchen lassen. Größenwahn und Depressionen liegen dicht beisammen, hab ich gehört.«

»Überleg dir, was du sagst.« Rebeccas Stimme schwebte in einer Tonlage zwischen Wut und Beherrschung. Marius' Äußerungen gingen deutlich unter die Gürtellinie. »Deine fünfundzwanzig Prozent der Firmenanteile bringe ich allemal auf. So schnell, wie ich dich auszahle und rausschmeiße, kannst du gar nicht gucken.«

»Ha! Da lache ich aber«, feixte Marius. »Du und mich rausschmeißen. Das kannst du dir gar nicht leisten. Mein Fachwissen ist für dich unentbehrlich.«

»Niemand ist unentbehrlich, merk dir das.«

»Mistwetter«, fluchte Christiane. Eilig drückte sie die Kofferraumhaube ihres Kombis herunter, machte zwei schnelle

Schritte zur Beifahrertür, griff durch das halboffene Seitenfenster nach dem Quittungsblock auf der Konsole. Ein Blick auf die Uhr zeigte ihr, daß sie für die Tagesabrechnung noch zehn Minuten hatte.

Das haut ja gerade so hin, freute sie sich auf dem Weg ins Büro.

Der kleine Flachbau, die Leitstelle des Kurierunternehmens, für das Christiane seit zwei Jahren arbeitete, machte nicht viel her. Doch sie hatte sich an den tristen Anblick der grauen Mauersteine gewöhnt. Durch die wenigen Fenster drang nur an hellen Tagen genug Licht. An den anderen Tagen verbreiteten Leuchtstoffröhren grelles Licht, und das Büro wirkte dadurch noch kälter, als es schon von Haus aus war.

Beim Öffnen der Tür schlug Christiane der charakteristische, Hektik anzeigende Lärmpegel entgegen. Die Telefone klingelten unaufhörlich. Stimmen schwirrten durch den Raum. Einander übertönend, rief man sich Fragen zu. Für den späten Nachmittag ein ganz normaler Zustand. Viele Kunden wollten schnell noch eine Lieferung verbracht haben. Die Gründe für die Eile waren unterschiedlicher Natur. Nur eines hatten alle Kunden gemein: sie brauchten *sofort* einen Kurierboten.

»Chris, gut daß du kommst«, rief Michael ihr zu, die Hand auf das Mikro des Hörers legend, der zwischen seinem Ohr und seiner Schulter klemmte.

Christiane ahnte Unheil. Wenn der Chef selbst Telefondienst machte, konnte das nur eines heißen: es brannte mal wieder die Luft.

»Alle sind unterwegs oder stecken im Stau«, sagte Michael und bestätigte damit ihre Ahnung. »Niemand ist vor einer halben Stunde frei, und ich habe einen wichtigen Auftrag.« Er nahm die Hand vom Mikro, sprach etwas zu seinem Anrufer.

»Warum soll es heute auch anders sein als an den anderen Tagen«, kommentierte Christiane trocken und versuchte, in den Umkleideraum zu entkommen.

Doch Michael hielt sie zurück. »Warte«, rief er, deckte das Mikro wieder ab. »Ich weiß, du hast gleich Feierabend. Aber praktisch stehen mir noch zehn Minuten deiner Zeit zu.«

»Mann, Micha.« Christiane seufzte. »Ich muß zum Training.«

Michael notierte etwas auf seinem Block. »Schaffst du doch noch. Ist nur 'ne kurze Tour. Du hast auch was gut bei mir.« Er bestätigte dem Kunden die Angaben und legte auf. Dann riß er den Zettel ab, winkte Christiane damit heran.

Christiane kannte ihren Chef gut genug. Eine Ablehnung würde ihn ziemlich verstimmen. Im Grunde hatte sie keine Wahl und konnte nur versuchen, das Beste aus der Situation zu machen. »Aber dann habe ich morgen eine halbe Stunde früher Feierabend.«

Ein zufriedenes Lächeln breitete sich auf Michaels Gesicht aus. »Alles, was du willst, Engelchen.«

»Von wo nach wo?« fragte Christiane ergeben seufzend.

»Schneiderei Bergmann, Stresemannstraße 59a, zur Reederei Reklin, Berliner Platz 2.«

»Von wegen kurze Tour«, brummte Christiane verärgert. Warum fiel sie immer wieder darauf rein? Aber nun hatte sie ja gesagt. Und ein Rückzieher stand sowieso nicht zur Diskussion.

Den Sitz einer Reederei hätte Christiane in diesem Gebäude als allerletztes vermutet. Das vierstöckige, langgezogene Gebäude stammte nach Christianes Dafürhalten aus der Zeit um die Jahrhundertwende. Auffällig in der sandfarbenen Fassade waren nur die dunklen Schmuckelemente über den Fenstern, welche, teils als Bogen, teils als Dreieck ausgeführt, diesen eine Art Dach aufsetzten.

Christiane zog die schwere Eingangstür auf, betrat die hohe, nicht sehr große Halle, in deren Mitte, um eine Säule herum, ein Empfangstresen gebaut war. Sie empfand das Geräusch ihrer Schritte auf dem Marmorfußboden wie die Störung einer bedeutungsvollen Stille. Obwohl es hier absolut nichts Bedeutungsvolles gab. Lediglich eine Empfangsdame, deren Blick sich bei Christianes Eintreten abwartend auf sie richtete.

»Kuriertaxi. Ich bringe die Lieferung.« Christianes Stimme

hallte von den Wänden wider. Sie hielt den in Zellophanfolie gehüllten Anzug hoch. »Von der Schneiderei Bergmann.«

»Frau Reklins Büro erwartet Sie bereits. Es liegt im vierten Stock. Wenn Sie aus dem Fahrstuhl kommen links. Der Aufzug ist dort drüben.« Die Frau machte eine halbe Drehung und wies hinter sich.

»Danke.« Christiane ging wie angewiesen und drückte auf den einzig vorhandenen Knopf an der Wand neben der Tür, die sich kurz darauf leise öffnete.

Oben angekommen, sah Christiane sich um. Hier glich nichts mehr der gediegenen Atmosphäre eines vergangenen Jahrhunderts. Blauer Teppichboden, Radierungen von Containerschiffen und Hafenanlagen in schmalen, schwarzen Rahmen hingen an den Wänden, Milchglastüren gingen rechts und links vom Gang ab, auf dem Christiane sich nun, wie geheißen, nach links wandte.

Christiane fragte einen vorbeikommenden Angestellten nach dem Büro, welches sie suchte. »Ganz am Ende des Ganges«, lautete die hastige Antwort. »Und Achtung. Sie hat heute keinen guten Tag.«

Christiane bekam keine Gelegenheit, sich für die Auskunft samt gutgemeintem Rat zu bedanken. Eine Schiffssirene begann von irgendwoher zu tuten. Der Mann zog aus seiner Hosentasche ein Handy hervor und ging weiter. Christiane fand besagtes Büro, klopfte an und trat ein.

»Kuriertaxi. Ich bringe die Lieferung von der Schneiderei Bergmann«, wiederholte sie ihren Spruch. Den Bügel mit dem eingehüllten Anzug erneut hochhaltend, trat sie nahe zum Schreibtisch, an dem eine junge Frau mit einem Papierchaos mittleren Ausmaßes kämpfte.

»Ah, die Uniform für den neuen Fahrer. Danke. Hängen Sie sie dorthin.« Die Sekretärin wies zum Kleiderständer neben der Tür.

Christiane machte kehrt, hängte ihre Lieferung an einen der Haken. Eine Tür öffnete sich in ihrem Rücken, und eine ärgerliche männliche Stimme sagte: »Ja, ja. Ein Planungsteam. Ich habe verstanden. Aber ich werde dem Vorstand meine Bedenken mitteilen. Davon kannst du mich nicht abhalten.«

»Bitte sehr. Tu das«, sagte eine nicht minder verärgerte Frauenstimme.

Der Mann stürmte an Christiane vorbei aus der Tür. Gleichzeitig hörte sie dieselbe verärgerte Frauenstimme sagen: »Da sind Sie ja endlich. Warum haben Sie die Uniform noch nicht an?« Irritiert drehte Christiane sich um – und schluckte.

Wahnsinn! Was für eine Frau! Seidenschwarzes, schulterlanges Haar, große bernsteinfarbene Augen, elegant gekleidet ...

»Sie sind eine Frau.« Die strenge Stimme bekam einen noch ärgerlicheren Unterton, wandte sich an die Sekretärin. »Warum schickt mir die Personalabteilung plötzlich eine Frau? Wo ist der andere Fahrer?«

»Immer noch nicht hier«, lautete die unsichere Antwort.

»Das war nicht meine Frage. Ich sehe, daß er nicht hier ist. Wo ist er? Wann kommt er?«

... aber leider ziemlich arrogant, beendete Christiane ihren Gedanken.

»Ich komme nicht von der Personalabteilung«, versuchte sie bei der Aufklärung des Durcheinanders zu helfen. »Ich brauche nur eine Unterschrift.« Schließlich wollte sie hier keine Wurzeln schlagen.

Schlanke Hände nahmen ihr den Quittungsblock aus der Hand. »Wer sind Sie denn?«

»Kuriertaxi«, antwortete die Sekretärin an Christianes Stelle.

»Ich habe den Anzug gebracht und benötige eine Unterschrift«, fügte sie erklärend hinzu.

»Kuriertaxi?«

»Ja.«

Dunkle Augen sahen Christiane prüfend an. »Sie kennen sich in der Stadt aus?«

»Gehört zum Job.«

»Hm, Sie sind recht groß. Welche Konfektionsgröße?«

»Wie bitte?«

Ungeduldiges Abwinken. »Ach was, die Statur paßt.« Der Quittungsblock flog unbeachtet auf den Schreibtisch. Die Frau machte zwei Schritte hin zum Kleiderständer, nahm den Bügel ab, drückte ihn Christiane in die Hand. »Ziehen Sie das an. In einer Dreiviertelstunde muß ich am Flughafen die Gäste empfangen. Sie fahren.«

Christiane stand völlig verdattert da. »Wie? Aber ich ... nein!«

»Wie, nein!« Der Ärger in der Stimme der Frau flackerte erneut auf. »Ich bezahle Sie natürlich für die Zeit. Wenn's sein muß, gebe ich Ihnen auch eine Zulage.«

»Ich bin seit heute morgen sieben Uhr unterwegs, und mein Feierabend begann vor ...«, Christiane schaute auf die Uhr, »... zwanzig Minuten. Prinzipiell würde ich Ihnen ja trotzdem helfen, aber heute geht es nicht.«

»Wieso?« verlangte die Frau in barschem Ton zu wissen.

»Es geht Sie zwar nichts an, aber ich muß zum Training. Basketball.«

»Ha! Training. Unsinn.« Die Falten auf der Stirn der Frau vertieften sich. Unwirsch schüttelte sie mit dem Kopf. »Es geht hier um wichtigere Dinge.«

»Na hören Sie mal! Was für mich wichtig ist, weiß ich ja wohl am besten. Daß Sie andere Prioritäten haben, ist Ihr Problem, nicht meines.«

Die Augen der Frau wurden schmaler. Sie fixierte Christiane. »Was verdienen Sie als Kurierfahrerin im Monat?« fragte sie mit strenger Stimme.

»Auch das geht Sie nichts an. Aber es ist ja kein Geheimnis. Tausendsiebenhundert Euro etwa«, erwiderte Christiane.

»Wie wäre es mit dreitausend?«

»Was?« Christiane blinzelte verwirrt.

»Ich zahle Ihnen ein festes Gehalt von dreitausend Euro pro Monat. Als meine Fahrerin. Wenn Sie sofort anfangen. Jetzt!«

»Ist das Ihr Ernst?«

»Sehe ich aus, als würde ich scherzen?«

Das nun wirklich nicht!

»Und nun los.« Ungeduldiges Winken. »Kommen Sie, kommen Sie. Sie können sich hier drinnen umziehen.« Eine Hand schob Christiane energisch in das angrenzende Büro, aus dem die Frau vor zwei Minuten in Christianes Rücken aufgetaucht war. »Beeilen Sie sich«, hörte sie die strenge Stimme noch sagen. Die Tür schloß sich.

Christiane verharrte überrumpelt und regungslos an der Tür. Wo war sie denn hier hineingeraten? Sie dachte ja nicht im Traum daran, die Uniform anzuziehen und diese unmögliche Person auch nur einen Meter weit zu kutschieren! Die Frau war wohl nicht ganz dicht?

Andererseits, wenn sie dreitausend Euro im Monat für eine Fahrerin bezahlt, bringt diese Fahrt zum Flughafen sicher einen netten Nebenverdienst ein. Fünfzig Euro? Vielleicht kann ich sogar hundert rausschlagen. Das mit dem Job war doch garantiert nicht ernstgemeint, nur ein Köder, um mich jetzt schnell rumzukriegen.

»Ach, was soll's.« Christiane entfernte die Zellophanfolie. »Mal sehen, wie mir so ein Ding steht.«

Wenige Minuten darauf musterten zwei kritische Augen Christiane von oben bis unten. »Besser, als ich dachte«, lautete das Urteil.

Christiane sah an sich hinunter. *Was hat die denn? Sitzt doch fast perfekt!*

»Ach . . . wie heißen Sie eigentlich?«

»Chris. . . Christiane Seidel.«

»Anita, geben Sie Christiane den Schlüssel für den Wagen. Und wenn der Fahrer kommt, sagen Sie ihm, er kann sich seine Papiere in der Personalabteilung gleich wieder abholen. Ich hasse Unzuverlässigkeit.« Ein Blick zu Christiane. »Gehen wir.« Schon ging die Frau mit dem Befehlston am Leib zur Tür.

»He, Moment mal!« rief Christiane.

»Was denn noch?«

»Wie heißen *Sie* eigentlich?«

»Das ist Rebecca Reklin«, raunte die Sekretärin hastig. »Kennen Sie sie etwa nicht?«

Christiane zuckte mit den Schultern. »Woher denn?«

Rebecca Reklin wies auf die weiße Stretchlimousine, die im Innenhof parkte.

»Der Lincoln?« fragte Christiane ungläubig. »Der ist acht Meter lang. Haben Sie es nicht 'ne Nummer kleiner?«

»Können Sie den etwa nicht fahren?«

Christiane schnalzte mit der Zunge. »Vier Räder, ein Lenkrad. Klar kann ich den fahren.« Sie entriegelte die Türschlösser. Schon im Begriff, in die Limousine zu steigen, nahm Christiane aus dem Augenwinkel wahr, daß Rebecca auf der anderen Seite abwartend vor der Tür des Wagens stand.

»Oh, na klar.« Christiane grinste vor sich hin.

Ernst bleiben, Mundwinkel nach unten, Gesichtsmuskeln einfrieren, befahl sie sich schnell, ging vorn um den Wagen herum, öffnete die Tür für Rebecca und wartete, daß sie einstieg und Platz nahm. *Sie erwartet hoffentlich nicht, daß ich salutiere?* Christiane drückte die Tür zu und ging wieder um den Wagen.

Der Fahrersitz war weicher als ihre Couch zu Hause! Ehrfurchtsvoll strich Christiane mit der Hand über das beige Leder. *Und diese dunklen Wurzelholzbeschläge, ich geh kaputt.*

»Schalten Sie bitte die Klimaanlage ein«, meldete sich Rebecca hinter ihr.

Christiane nickte, suchte das Armaturenbrett ab, wurde fündig.

»Wir fahren zum Flughafen, wo wir norwegische Geschäftspartner abholen. Unsere Gäste wohnen im Hotel Atlantic. Dorthin fahren wir sie. Ich esse mit den Herren zu Abend. Das dauert etwa zwei Stunden. Dann können Sie mich nach Hause fahren.«

»Zwei Stunden? Dann wird es neun oder halb zehn sein.«

»Sie können in der Zwischenzeit natürlich auch was essen gehen.«

Christiane dachte weniger an Essen als an ihr verpaßtes Training. Eigentlich hatte sie gehofft, wenigstens zur zweiten Hälfte noch rechtzeitig zu kommen. »Das wird Sie aber was kosten«, meinte sie und rechnete im Kopf schon mal aus, was da zusammenkam. Die Fahrt zum Flughafenpier, weiter zum Hotel, zwei Stunden Wartezeit und noch eine Fahrt dahin, wo auch immer diese Lady vom anderen Stern wohnte. Vier Stunden in allem? Also mindestens hundert Euro.

»Natürlich. Heben Sie die Rechnung auf und reichen Sie sie ein«, erwiderte Rebecca lediglich.

»Einreichen?«

»Fahren wir jetzt los? Die Zeit drängt.« Rebecca Reklin legte unwillig die Stirn in Falten. Offenbar etwas, was sie häufiger tat, schlußfolgerte Christiane. Sie startete den Wagen, konzentrierte sich auf die für diesen Wagen zum Nadelöhr werdende Tordurchfahrt.

Während der Fahrt zum Flughafen hörte Christiane von ihrem Fahrgast kein weiteres Wort. Ein gelegentlicher verstohlener Blick in den Rückspiegel zeigte Christiane, daß Rebecca Reklin einfach geradeaus schaute. Es war nicht zu erkennen, ob die Fahrkünste ihrer Chauffeurin sie zufriedenstellten oder nicht. Das Gesicht war absolut unbeweglich.

Christiane dagegen schwitzten zunehmend die Hände. Die Servolenkung machte die Steuerung des Gefährts an sich zwar leicht, aber gerade dadurch vergaß man schnell dessen Länge. In einer der engen Rechtskurven schrammten die Hinterräder den Bordstein. Ein schneller Blick in den Rückspiegel. Auch jetzt rührte sich nichts in Rebecca Reklins Gesicht.

Am Flughafen angelangt, atmete Christiane erleichtert auf. Das war erst mal geschafft. Und was einmal klappte, würde wohl auch ein zweites Mal gelingen.

Christiane parkte auf den eigens mit »Reklin« gekennzeichneten, vor der Flughafenhalle reservierten Parkplatz und schaltete den Motor ab. Gelehrig stieg sie aus, ging um den Wagen, öffnete die Tür für Rebecca.

»Warten Sie hier. Es wird nicht lange dauern«, sagte diese.

Eine gute halbe Stunde verging, bis Rebecca zurückkam. Mit ihr drei Herren in langen Mänteln, jeder einen kleinen Rolli hinter sich her ziehend.

Christiane öffnete der Gruppe die Wagentür. Während der Fahrt zum Hotel betrieb Rebecca in fließendem Englisch Smalltalk mit den Gästen. Am Hotel angekommen, ließ Christiane die Gesellschaft aussteigen. Die Herren nahmen ihr Gepäck selbst aus dem Kofferraum, wo Christiane dieses Minuten zuvor verstaut hatte. Man verschwand in der Eingangshalle. Christiane blieb allein zurück.

Ich glaube, ich sollte zweihundert Euro verlangen. Hundert extra dafür, daß ich diese versnobte Show mitmache.

Christiane schüttelte den Kopf. Wußte allerdings nicht so recht, ob über Rebecca Reklin oder sich selbst. Aber egal. Es war, wie es war. Sie stand hier neben einem acht Meter langen Lincoln, in einem lächerlichen Outfit, unbeachtet wie ein alter Turnschuh, und mußte das Beste daraus machen.

Zweihundert Euro sind angebracht!

Christiane fuhr auf den Parkplatz des Hotels, wo sie sich, um die Langeweile zu vertreiben, die Innenausstattung der Limousine näher betrachtete. Das Multimediasystem im VIP-Bereich tat es ihr an. Es gab sogar einen Fernseher! Mit einer Flasche Tonic aus der Minibar machte Christiane es sich auf der hinteren Bank bequem, legte die Füße hoch und ließ sich vom Abendprogramm berieseln. Sie merkte nicht, wie sie eindämmerte.

»Haben Sie es bequem genug, oder soll ich Ihnen ein Kissen bringen lassen?«

Christiane schreckte hoch, rutschte um ein Haar vom weichen Leder des Sitzes und rempelte dabei die halbleere Tonicflasche vom Tisch. »Äh, was?« Sie blinzelte benommen, griff nach der Flasche, hob sie auf.

Rebecca Reklin schaute durch die offene Tür mißbilligend auf

Christiane herab. »Was glauben Sie, was meine Kunden und Geschäftspartner denken, wenn sie mitbekommen, daß meine Angestellten sich benehmen wie ungehobelte Proleten, kaum daß ich ihnen den Rücken zuwende?«

He, he, langsam! Ungehobelte Proleten? Das geht jetzt aber zu weit!

Christiane setzte zum Protest an. Dann fiel ihr aber etwas Entscheidendes an Rebeccas Worten auf. Sie sagte Angestellte!

Hieß das ... das Angebot war demnach ernstgemeint!

»Sie denken, ich habe meinen Laden nicht im Griff«, fuhr Rebecca fort. »Und das ist wirklich das letzte, was ich brauche. Ich dachte nicht, daß ich das extra erwähnen muß, aber angesichts dessen ...«, ein stirnrunzelnder Blick auf Christiane und den immer noch laufenden Fernseher, »... werde ich es Ihnen wohl doch besser verdeutlichen.« Rebecca machte eine kurze, Nachdruck verleihende Pause. »Ihr Job ist Teil der Präsentation meiner Firma. Seriosität, Zuverlässigkeit, Größe. Das soll nach außen getragen werden. So verkaufen wir unsere Dienstleistungen. Das hier ...«, erneutes Stirnrunzeln, »... ist das erste und letzte Mal, daß ich Ihnen so was durchgehen lasse.«

Christiane trollte sich vom Sitz. Nicht, daß sie okay fand, wie sie hier abgekanzelt wurde, aber wie hieß es doch? Der Klügere gibt nach. Christiane hielt es für besser, erst mal nachzudenken, bevor sie sich eine Chance vergab und dies hinterher bereute.

Für dreitausend Euro im Monat kann sie mich auch mal plattmachen. Solange es nicht zur Gewohnheit wird ...

Rebecca stieg in die Limousine und zog die Tür zu. »Akazienweg eins«, sagte sie. Ihre Stimme klang dabei völlig unbeteiligt, so als hätte es die Belehrung eben nicht gegeben. »Fahren Sie über den Berliner Platz, so daß wir die Wagen tauschen können. Für den Weg zwischen Firma und Wohnung genügt die kleine Limousine.«

Vor der Einfahrt zum Innenhof des Reedereigebäudes angekommen, versperrte ein Stahlgitter den Weg. Es schob sich jedoch automatisch zur Seite, als der Wagen sich diesem auf etwa zwei Meter näherte. Nachdem sie den Torbogen passiert hatten, schloß es sich sofort wieder. Christiane vermutete, daß in der Limousine ein Sender eingebaut war, der zu einem entsprechenden Empfänger im Tor paßte. Die fast geräuschlosen Bewegungen wirkten in der Dunkelheit irgendwie gespenstisch.

Die »kleine« Limousine erwies sich als Mercedes der E-Klasse und stand, wie zuvor der Lincoln, auf dem Innenhof bereit. Der Schlüssel steckte.

Beflissen wollte Christiane Rebecca die Tür des Mercedes aufhalten, doch Rebecca winkte ab. »Nicht nötig.« Auf Christianes verwirrten Blick hin fügte die hinzu: »Nicht bei diesem Wagen.«

Auch vor dem Mercedes öffnete sich das Stahlgitter wie von Geisterhand und schloß sich nach diesem wieder. Christiane gewann ihrem neuen Job langsam mehr als die Freude über eine gute Bezahlung ab. Das Ganze hatte was. Eine Mischung aus Moderne und der Eleganz verstaubter Tage. Sie durfte wohl gespannt sein, was sie hier erleben würde. Und noch mehr durfte sie gespannt sein, ob diese Frau, die hinter ihr auf der Rückbank saß, immer so eigenwillig und schroff war. Der erste Eindruck ließ es vermuten. Allem Anschein nach schüchterte Rebecca die Menschen in ihrer Umgebung gern ein. Christiane dachte an den Mann auf dem Gang, als sie nach Rebeccas Büro fragte, und deren Sekretärin. Es waren nur zwei Beispiele. Aber zwei *von* zwei!

»Morgen läuft es so ab«, unterbrach Rebeccas Stimme Christianes Gedanken. »Sie fahren mich um sieben Uhr dreißig in die Firma. Anschließend holen Sie die Norweger aus dem Hotel ab. Die warten auf Sie um neun Uhr. Danach gehen Sie zur Personalabteilung, geben Ihre Papiere ab und bekommen einen Schlüssel zum Fuhrpark. Dorthin gehen Sie und lassen sich vom Wartungsmechaniker alles Weitere erklären. Um sechzehn Uhr bringen Sie die Norweger zum Flugplatz, um achtzehn Uhr fahren Sie mich nach Hause. Ab übermorgen gilt: Jeden Tag, mit Ausnahme von Samstag und Sonntag, holen Sie mich morgens um sieben Uhr dreißig ab, fahren mich in die Firma, wo meine

Sekretärin Anita Ihnen meinen Terminplan für den Tag ausdruckt, auf dem Ihre Einsätze vermerkt sind. Noch Fragen?«

»Heißt das, ich kann mit dem Mercedes nach Hause fahren?«

»Natürlich nicht«, lautete die trockene Antwort. »Alle Dienstwagen werden abends in der Garage abgestellt und morgens von dort geholt. Heute stellen Sie den Mercedes im Hof ab. Herr Klein, so heißt unser Fuhrparkmechaniker, weiß Bescheid, daß Sie den Schlüssel mitnehmen. Morgen erklärt er Ihnen die normale Vorgehensweise.«

»Schön und gut. Aber wie komme ich durch das Stahltor, wenn ich den Wagen abgestellt habe? Ich kann mich schlecht durch die Gitterstäbe quetschen.«

»Ich gebe Ihnen bis morgen meine Chipkarte.«

Damit schien für Rebecca Reklin alles gesagt. Jedenfalls gab sie keine weiteren Erklärungen ab, und Christianes Gefühl sagte, daß ihre neue Chefin nicht zu den Menschen gehörte, die Smalltalk mit ihren Angestellten pflegten. Also schwieg auch Christiane.

Der Akazienweg eins erwies sich als ein Grundstück mit bogenförmiger Auffahrt, an deren obersten Punkt eine zweistökkige Villa aus der Gründerzeit dominierte. Christiane überraschte es nicht, daß sich das Tor zum Grundstück auch hier automatisch vor dem Wagen öffnete und nach ihm schloß.

Sie brachte den Wagen vor der Treppe des Haupteingangs zum Stehen. Ihr »So, da wären wir« blieb unbeantwortet.

Alles, was Christiane erntete, als sie sich zu Rebecca Reklin umschaute, war ein Stirnrunzeln und die eindringlichen Worte: »Morgen früh, sieben Uhr dreißig. Seien Sie bitte pünktlich.« Damit stieg Rebecca aus.

Christiane sah ihr hinterher, wie sie die wenigen Schritte zum Haus und die Treppe hoch ging. Aufrecht, selbstbewußt. Nicht das kleinste Anzeichen von Zögern oder Unsicherheit. Kein Umsehen. Obwohl sie sich des prüfenden Blickes, der ihr folgte, bewußt sein mußte.

Rebecca schloß die Tür auf, betrat die weiträumige Diele, hing ihren Mantel an die Garderobe. Ihr erster Weg führte sie in die Küche, wo sie sich ein Glas Wasser eingoß. Mit dem Glas ging sie ins Wohnzimmer, schaltete eine der Wandlampen ein, ließ sich in ihren Sessel sinken und sann nach.

Was für ein Tag! Alles ging durcheinander. Am Morgen tauchte dieser verdammte Chauffeur nicht auf, so daß sie sich ein Taxi rufen mußte. Als sie endlich, mit fast einer Stunde Verspätung, ins Büro kam, warteten dort gleich mehrere Hiobsbotschaften auf sie. In Marseille streikten die Hafenarbeiter, was bedeutete, daß drei ihrer Schiffe die Fracht nicht löschen konnten. In zwei Fällen handelte es sich um Termingut. Vor Vancouver war kein Lotse aufzutreiben. Also auch dort Verzögerungen. Und einer der Kapitäne meldete gravierende Mängel des Schiffantriebes. Er riet dringend zu einer Reparatur, nur war gerade kein Dock frei. Das sah nach einer längeren Liegezeit aus.

Die Probleme überrollten Rebecca derart, daß sie völlig vergaß, ihre Sekretärin zu beauftragen, dem Verbleib des Chauffeurs nachzugehen. Erst als die Uniform geliefert wurde, erinnerte Rebecca sich, daß da noch was war. Was blieb ihr übrig, als den nächstbesten, in diesem Fall *die* nächstbeste, anzuheuern? Sie mußte ja noch froh sein, daß diese Christiane Seidel vor lauter Überraschung ihrem Angebot zugestimmt hatte. Sonst hätte sie sich mit den drei Norwegern in ein Taxi quetschen müssen. Das wäre für das geplante Geschäft ein denkbar schlechter Start gewesen. Sie wollte immerhin Eindruck bei den Männern machen. Rebecca wußte, für so manch einen wirkte ihr Stil angeberisch. Das störte sie aber nicht. Sie wußte, Angeben gehörte zum Geschäft. Mit gut zurechtgelegten Argumenten und hoffnungserweckenden Zahlen in eine Verhandlung zu gehen, das war nicht genug. Das machten alle. Und wenn der anderen Seite mehrere, gleich gute Angebote vorlagen, konnte der Stil, mit dem man sich präsentierte, am Ende den Ausschlag geben, war das Zünglein an der Waage.

Was Stil anging, war Christiane Seidel ja wohl der totale Reinfall. Da waren ein paar deutliche Worte wirklich angebracht gewesen. Blieb nur zu hoffen, daß das Benehmen der Frau sich in Zukunft den Anforderungen an den Job anpaßte.

Natürlich war um die Zeit kein Parkplatz zu finden. Christiane stellte ihren Kombi zwei Nebenstraßen weiter ab. Beim Aussteigen fiel ihr auf, daß sie immer noch die Uniform trug.

Christiane seufzte. Diese Art Outfit war eindeutig ein Nachteil des Jobs, der ansonsten ziemlich leicht zu bewältigen schien.

Gott sei Dank ist schlechte Laune nicht ansteckend.

Denn Rebecca Reklin schien ja nun wirklich nicht gerade eine Frohnatur zu sein. Eigentlich schade, daß äußere Erscheinung und Charakter zueinander in solchem Gegensatz standen. Wohl eine natürliche Folge der Erziehung in diesen Villenvierteln. Wer dort wohnte, wurde kaum zu besonderer Bescheidenheit erzogen.

In ihrer kleinen Zweizimmerwohnung angekommen, ließ Christiane ihre Tasche einfach im Flur fallen und ging zielstrebig ins Wohnzimmer, wo der PC stand. Sie schaltete ihn an, wartete ungeduldig, während er hochfuhr.

Los, mach schon, du lahme Ente.

Nach drei endlosen Minuten war es endlich soweit. Ein Klick, und der Internetbrowser öffnete sich. Schnell tippte Christiane »Reklin Bremerhaven« in die Suchleiste. Gespannt überflog sie die Überschriften des Suchergebnisses, fand die entsprechende Homepage. Während Christiane durch die Seiten wanderte, wurden ihre Augen größer und größer. Die Reederei Reklin war eine Containerlinie, deren Flotte zweiundfünfzig Tanker und Containerschiffe umfaßte, mit denen circa zweihunderttausend Container in der ganzen Welt unterwegs waren. Reklin beschäftigte etwa dreitausend Mitarbeiter in sieben Ländern.

Ach du grüne Neune. Die Frau kennt garantiert keine Kommastellen.

Die Größe des Unternehmens machte Christiane klar, Rebecca Reklin konnte nicht die Gründerin, »nur« die Erbin sein. Gab es noch andere Reklins, oder lastete das ganze Paket der Verantwortung auf diesem einen Schulterpaar? Wie auch immer. Die Frau galt es wohl doch eher zu bemitleiden als zu beneiden.

Christiane wechselte von der Internetseite zum Mailprogramm. Eine Nachricht von Judith war in der Post. »Wo warst du heute?«

Christiane fluchte vor sich hin. Verdammt, das Basketballtraining! Sie hatte vergessen anzurufen. Uwe mochte es gar nicht, wenn man einfach so wegblieb. Das gab Ärger. Der Trainer brachte es fertig und schloß sie, nur als Disziplinarmaßnahme, vom Turnier am Wochenende aus.

Christiane rief ihre Freundin an.

»Wo warst du denn?« fiel Judith auch gleich über sie her. »Uwe ist sauer auf dich.«

»Mir ist heute was total Verrücktes passiert. Stell dir vor, ich habe einen neuen Job«, berichtete Christiane enthusiastisch.

»Ich hatte keine Ahnung, daß du mit dem alten unzufrieden warst.«

»War ich auch nicht.«

»Warum hast du dann einen neuen gesucht?«

»Habe ich ja nicht. Er wurde mir praktisch aufgedrängt.«

»Wie bitte? Wo gibt es denn so was?« fragte Judith ungläubig.

»Ich sage ja, es war verrückt. Ich sollte nur diese Uniform abliefern. Und ehe ich's mich versah, stecke ich in ihr und gebe für diese unmögliche Frau die Chauffeurin.«

Judiths Neugier war geweckt. »Unmögliche Frau?«

Christiane überging die Bemerkung. »Dreitausend pro Monat für das Herumkutschieren in Luxusschlitten. Sollte ich da etwa ablehnen?«

Judith japste nach Luft. »Wie viel???«

»Du hast richtig gehört. Ich gehöre jetzt zu den Großverdienern.«

»Mit unregelmäßigen Arbeitszeiten.«

»Das ist ein Nachteil. Aber wie es sich anhörte, nicht der Regelfall.«

»Mann, hast du ein Glück«, schnaufte Judith. »Scheint der Hauptgewinn zu sein.«

»Ja. Aber wie bringe ich das Michael bei? Der wird wenig begeistert sein.«

»Na wenn schon. Er kann ja wohl kaum erwarten, daß du so ein Angebot ablehnst. Du arbeitest doch auf freiberuflicher Basis. Also bist du an keine Kündigungsfrist gebunden.«

»Aber unfair ist es schon. So von einem Tag zum nächsten wegzubleiben.«

»Wenn du krank wirst, ist es nichts anderes.«

»Das stimmt«, gab Christiane zu. »Und Chancen warten nicht auf einen. Entweder man greift zu, oder man verpaßt sie.«

»Genau«, bestätigte Judith. »Aber, um noch mal auf Uwe zu kommen, morgen solltest du lieber zum Training kommen, sonst flippt er aus.

»Morgen?«

»Uwe war heute supermies drauf und hat uns zum Extratraining verdonnert. Unsere Kondition sei zum Heulen, so drückte er sich aus.«

»Na, dem ist ja wirklich 'ne Laus über die Leber gelaufen.«

»Eine ganze Läusesippe«, kicherte Judith und verabschiedete sich. »Gute Nacht, Chris.«

»Ja, dir auch.«

Christiane legte auf und ging in die Küche. Bei all der Aufregung war ihr keine Zeit geblieben, etwas gegen das permanente Knurren ihres Magens zu unternehmen. Da es zu spät war, um noch mit dem Kochen anzufangen, öffnete Christiane den Kühlschrank, nahm Butter und Wurst heraus und machte sich ein paar belegte Brote, die sie auf einen Teller legte. Mit diesem und einem Glas Orangensaft zog sie ins Wohnzimmer. Von der Couch aus schaltete sie den Fernseher an, knipste sich durch die Programme. Bei »Boston Legal« blieb sie hängen.

2

Max Klein.« Eine große, schwere Hand umschloß Christianes. Der blaue Overall des Mannes strahlte vor Sauberkeit. »Sie sind der neue Fahrer? Äh, ich meine ...«

»Bin ich.« Christiane nickte. »Christiane Seidel«, stellte sie sich vor und blickte sich neugierig in der Halle um. Zwischen den Säulen standen außer dem Lincoln und dem Mercedes noch drei weitere Luxusklassewagen. Aufgereiht wie auf einer Perlenkette. Säule, Wagen, Säule, Wagen.

»Ist das erste Mal, daß sie 'ne Frau nimmt«, wunderte sich der Mechaniker.

»War wohl so eine Art Notfall«, meinte Christiane. »Für mich ein glücklicher Zufall.«

»Na ja, ob der so glücklich war«, brummte Max Klein skeptisch. »Laut Ihren Vorgängern ist es kein Vergnügen, die Chefin zu fahren. Die trauten sich in ihrer Gegenwart kaum, Luft zu holen.«

»Wieso?«

»Sie redet kaum ein Wort. Blättert entweder in irgendwelchen Unterlagen herum oder blickt eisig in die Gegend. Sie ist unnahbar, fast unheimlich.«

Christiane lachte. »Ach was. Wie unheimlich kann eine Frau sein, die ...«, *so aussieht*, hatte sie sagen wollen, schwenkte allerdings gerade noch rechtzeitig um: »... ein Leben nach der Uhr führt.« Daß dies der Fall war, glaubte Christiane bereits zu wissen. Rebecca Reklin war nicht Herrin über ihren Tag. Der wurde ausschließlich von Verpflichtungen bestimmt. Aber offenbar schien sie das in Ordnung zu finden.

»Na, darüber können wir uns ja in ein paar Wochen noch mal unterhalten.« Max Klein führte Christiane in ein kleines Büro am Ende der Halle. »Jetzt erkläre ich Ihnen erst mal, wie die Dinge hier laufen.« Er wies auf einen Schlüsselkasten. »Das dort sind die Schlüssel für die Wagen. Der Mercedes für Frau Reklin, der BMW und der Audi für die Herren Stellvertreter, die Limousine für Anlässe und der VW als Reservewagen. Die Fahrer kommen morgens um sieben, nehmen den jeweiligen Schlüssel und holen die Chefs ab.«

»Es gibt noch zwei weitere Fahrer?«

»Ja. Zum Feierabend dieselbe Prozedur, nur umgedreht. Sie fahren Frau Reklin nach Hause und bringen den Wagen zurück. Morgens bin ich bereits vor Ihnen da. Ich beginne um sechs Uhr. Aufgrund der sehr unterschiedlichen Zeiten, zu denen unsere Chefs nach Hause gefahren werden wollen, sind die Fahrer abends für den Schlüsseleinschluß verantwortlich. Hier ist der Schlüssel für den Kasten. Ich bekomme eine Unterschrift.« Klein reichte Christiane ein kleines Buch. Christiane nahm es, trug ihren Namen ein und unterschrieb.

»Mir obliegen die Wartung und Instandhaltung des Fuhrparks«, erklärte Max Klein schon weiter. »Der Wartungsplan sieht einmal im Monat einen Routinescheck jedes Wagens vor. Der Plan hängt dort.« Er deutete zu der Pinnwand neben der Bürotür. »Am Wartungstag nehmen Sie den VW. Auf die Art treten nur sehr selten Pannen auf. Falls Sie während Ihrer Touren technische Mängel feststellen oder einfach nur merkwürdige Geräusche, tragen Sie diese mit Datum im Reparaturbuch ein. Jeder Wagen hat eines. Die stehen hier.« Klein zeigte auf einen Metallschrank, der mit Ordnern gefüllt war. »Und Sie pinnen im Wartungsplan eines der rotes Fähnchen neben Ihren Wagen. Ich sehe mir die Sache dann morgens an. Ist es was Ernstes, nehmen Sie den VW, bis der Wagen repariert ist.«

»Alles klar.«

»Inwieweit verstehen Sie was von Autos? Ich meine . . .« Max Klein kratzte sich am Kopf, suchte nach einer netten Formulierung für seine Skepsis, ob Christiane besagte Geräusche, die auf technische Mängel hinwiesen, überhaupt als solche erkannte.

»Ich kann sie fahren, betanken und den Ölstand kontrollieren, höre, wenn was klappert oder schleift. Alles andere ist dann Zufall«, gab Christiane zu.

»Na ja, ich kann Ihnen ja mal hier und da ein paar Tips geben, wenn Sie eine Stunde oder zwei Wartezeit haben«, bot der Mechaniker an.

Christiane lächelte. »Darauf komme ich ganz sicher zurück.«

»Apropos Wartezeit. Hier gibt es auch einen Pausenraum, den die Fahrer mitnutzen können. Da steht immer Kaffee.«

»Danke. Und wo steht die Kaffeekasse?«

»Gleich neben der Maschine. Macht einen Fünfer pro Woche.«

»In Ordnung. Im übrigen ...« Christiane zögerte. Sie wollte sich nicht in die Nesseln setzen. Vielleicht färbte die Versnobtheit der Chefs ja bis in die Garage ab? »Die meisten nennen mich Chris.«

Ein breites Lächeln war die Antwort. »Chris? Ich bin Max.«

»Verdammt noch mal, Johnson.« Rebeccas verärgerte Stimme drang durch die halbgeöffnete Tür in Anitas Vorraum. »Jetzt liegt unser Container schon über vierundzwanzig Stunden vor der kanadischen Küste, nur weil Sie nicht in der Lage sind, einen Lotsen aufzutreiben. Muß ich erst rüberfliegen und Ihnen in den Hintern treten, oder wird das heute noch was?«

Christiane schaute die Sekretärin verblüfft an. »Solche Worte nimmt sie in den Mund? Ist wohl richtig mies drauf, oder?«

»Eigentlich hat sie heute einen guten Tag.« Anita reichte Christiane eine Plastiktüte. »Hier sind Ihre Sachen, die Sie gestern im Büro lassen mußten.« Christiane nahm die Tüte entgegen. Die Sekretärin sprach ohne Pause weiter. »Frau Reklin wünscht, daß Sie zur Schneiderei Bergmann fahren und die Uniform anpassen lassen. Dann bekommen Sie noch eine zweite. Die Schneiderei weiß Bescheid. Die brauchen nur Ihre Maße.«

Christiane runzelte die Stirn. »Das grenzt ja an Eingriff in das Persönlichkeitsrecht«, brummte sie. »Diese Uniform, also was

Alberneres gibt es ja wohl nicht . . .«

»So, meinen Sie«, ertönte Rebeccas Stimme da aus ihrem Büro heraus. Die Tür wurde jetzt ganz geöffnet, Rebecca erschien. »Sie haben mir gestern anscheinend nicht richtig zugehört. Muß ich Ihnen noch einmal erklären, daß Repräsentation ein ganz entscheidender Bestandteil Ihrer Aufgabe ist? Darüber gibt es keine Diskussion. Richten Sie sich danach, oder ich werde Sie genauso schnell entlassen, wie ich Sie eingestellt habe.«

Christiane, die nicht damit gerechnet hatte, daß Rebecca sie hören würde, lief rot an.

Rebecca schüttelte unzufrieden den Kopf. Ihr Blick lag düster auf Christiane. »Sagten Sie nicht, Sie spielen Basketball?«

Christiane schaute Rebecca erstaunt an. »Ja.« Das hatte Rebecca sich gemerkt?

»Auch Wettkämpfe, nehme ich an.«

»Ja.« Christiane nickte bestätigend.

»Kommt da jede der Spielerinnen in ihrem privaten Outfit, oder hat Ihre Mannschaft Trikots?«

»Trikots natürlich.«

»Natürlich.« Rebecca machte eine Pause. »Und darin kommen Sie sich nicht albern vor?«

»Aber nein! Wir sind doch ein Verein. Wofür würde man uns denn halten, wenn jede . . .« Christiane stockte.

Rebecca nickte zufrieden. »Ich sehe, wir verstehen uns endlich.« Ohne weiter auf Christiane zu achten, wandte Rebecca sich an ihre Sekretärin. »Anita, sind die Norweger noch bei Herrn Schwandte?«

»Ja, Herr Schwandte . . .« Das Telefon klingelte. Anita nahm mit einem entschuldigenden Blick ab. »Danke«, sagte sie nach wenigen Sekunden nur, legte auf und sah Rebecca an. »Die Herren sind gerade einig geworden.«

Rebeccas Gesicht hellte sich deutlich auf. »Gut. Ich will nicht gestört werden, solange wir im Konferenzzimmer sind. Von niemandem!«

Zwei Stunden später lehnte Rebecca sich zufrieden in ihrem

Bürosessel zurück. Der Deal mit den Norwegern war unter Dach und Fach. Ein Rahmenvertrag über ein Frachtvolumen von fünfhunderttausend Tonnen Öl jährlich, auf zwei Jahre. Die einzige Forderung der Norweger bestand in der Garantie einer laufenden Überprüfung der Sicherheitsstandards der zum Einsatz kommenden Tankerschiffe. Sie hatte Marius die Absprache der Details überlassen. Meinungsverschiedenheiten hin oder her, er war Fachmann auf diesem Gebiet.

Rebecca seufzte in Gedanken an die ständigen Reibereien mit Marius. Ihre Väter waren Freunde. Ebenso wie sie, Rebecca, die Firmenanteile von ihrem Vater erbte, erbte Marius die Anteile seines Vaters. Aber sie beide waren lediglich eine Zweckgemeinschaft. Die leider allzuoft durch auseinandergehende Meinungen geprägt war. Allerdings, was das Geschäft mit den Norwegern anging, waren sie sich zur Abwechslung mal einig gewesen. Deshalb hatte sie Marius die Verhandlungen allein überlassen. Auch um ihm das Gefühl zu geben, daß sie ihm vertraute. Ein Versuch, das angespannte Verhältnis zu Marius etwas zu entkrampfen.

Die Norweger waren jetzt mit Christiane auf dem Weg zum Flughafen. Rebecca seufzte erneut. Mit der Frau hatte sie sich eine Plage eingehandelt. Normal hatte Rebecca nichts gegen aufrührerische Angestellte. Sie hielt sogar mehr von ihnen als von den ängstlichen Typen. Obwohl durch die Aufrührerischen zusätzliche Probleme entstanden. Aber aus Problemen entstanden oft auch Gelegenheiten. Nur, welche Gelegenheit sollte ihr eine aufrührerische Fahrerin verschaffen? Da blieb es doch mehr bei den Problemen! Dennoch konnte Rebecca sich ein Schmunzeln nicht verkneifen, in Erinnerung daran, wie Christiane von der Rückbank der Limousine rutschte, als sie diese nach dem Essen mit den Norwegern schlafend überraschte.

Und gib zu, du hast sie einen Moment betrachtet, bevor du sie hochgescheucht hast!

Die hohen Wangenknochen, der schmale Mund, die etwas zu lange Nase. Im Schlaf wirkte Christianes Gesicht entspannt, fast weich. Im Wachzustand dagegen nahm es eher eigenwillige Züge an, auch wegen des über die Augen fallenden langen Ponys.

Gib ihr ein paar Tage, sich einzugewöhnen. Eine Chance hat sie immerhin verdient.

Rebecca schaute auf die Uhr. Was war eigentlich mit Johnson? Sie ging zur Tür, öffnete sie, schaute ins Vorzimmer. »Anita?«

Anita war nicht zu sehen. Wahrscheinlich räumte sie das Konferenzzimmer auf. Also konnte sie die nicht fragen, ob Johnson sich gemeldet hatte, während sie in der Konferenz mit den Norwegern war. Aber Anita wußte, daß sie auf den Anruf wartete, und hätte ihr Bescheid gegeben, als sie ins Büro zurückkam. Dann gab es aus Vancouver wohl nichts Neues.

Rebecca ließ die Tür offen, damit sie hörte, wenn Anita zurückkam, und ging zurück zu ihrem Schreibtisch. Sie rief bei einem der drei Kapitäne in Marseille an und erfuhr, daß die spanische Hafenarbeitergewerkschaft von unbefristetem Streik sprach. Kein Kran bewegte sich, die Shuttlezüge standen bewegungslos auf den Gleisen der Containerterminals, kein einziger Containertruck rollte. Diese Nachricht trübte Rebeccas Freude über den Abschluß mit den Norwegern erheblich. Für die Terminfrachten zählte der Zeitpunkt der Löschung der Fracht, nicht die Ankunft im Hafen. Es kamen Vertragsstrafen auf die Reederei zu. Damit nicht genug, verdammte der Streik die Besatzungen der Schiffe zur Untätigkeit. Abgesehen von kleinen Reparaturen und Wartungsarbeiten konnten die Leute nichts machen. Und was wurde aus den Folgeaufträgen? Die gerieten natürlich ins Hintertreffen. Um die verlorene Zeit aufzuholen, mußte hinterher mit höherer Maschinenkraft gefahren werden, zu Lasten der Treibstoffkosten und ...

Das Telefon im Vorzimmer klingelte. Rebecca stand kurzentschlossen auf, ging hin und nahm ab.

»Anita!?« hörte sie Christianes aufgeregte Stimme. Rebecca wollte den Irrtum aufklären, doch Christiane redete schon weiter. »Sagen Sie nichts, falls *sie* vorbeikommt. Hören Sie nur zu.«

Rebecca verzog spöttisch die Mundwinkel, denn was immer *sie* nicht wissen sollte, erfuhr *sie* gerade aus erster Hand.

»Ich bin in eine Polizeikontrolle geraten. Eine dieser sinnlosen Fahrzeugpapiere-, Warndreieck-, Erste-Hilfe-Kasten-Kontrollen. Reine Schikane. So was in der Art habe ich auch vor mich hin gemurmelt, während ich suchte. Dummerweise rutschte mir beim Hinweis des Polizisten, daß diese Dinge immer schnell zur Hand sein sollten, die Bemerkung heraus, daß die Herren Beamten ja wohl genug Zeit hätten, wenn sie diese mit derartigen Kontrollen vertaten. Na ja, ein Wort gab das andere, und jetzt sitze ich auf der Polizeiwache. Die lassen mich hier schmoren, um mir eins auszuwischen. Ich schaffe es garantiert nicht bis achtzehn Uhr. Anita, Sie müssen es der Chefin beibringen. Sagen Sie aber um Gottes willen nicht, was passiert ist. Sagen Sie, ich stehe im Stau, oder die Straße ist wegen eines Wasserrohrbruchs gesperrt oder wegen einer drohenden Gasexplosion. Irgend etwas.«

»Wie wäre es mit einem Erdrutsch?« fragte Rebecca trocken zurück.

Schweigen am anderen Ende.

Rebecca feixte in sich hinein. »Oder einer Windhose?« schlug sie alternativ vor.

Immer noch keine Reaktion von Christiane.

»Also, mehr fällt mir so schnell auch nicht ein. Was nehmen wir?«

Ein Räuspern von der anderen Seite. »Das dürfte ja nun nicht mehr wichtig sein.«

»Wieso?« Zu Rebeccas eigener Verwunderung amüsierte sie das Ganze.

»Weil ich entlassen bin?« Christiane konnte sich nichts anderes vorstellen. Zwei Tage, zwei Fehltritte. Letzterer trotz eindringlicher Belehrung. Das war die Gelegenheit für Rebecca, ihr aus der Not geborenes Angebot rückgängig zu machen und ihre Fahrerin zu feuern. Rebecca wahrte dabei sogar das Gesicht.

Mit angehaltenem Atem wartete Christiane auf das Unausweichliche.

»Ich gebe Ihnen noch eine Chance«, hörte sie Rebecca zu ihrer Überraschung sagen. Deren Stimme klang sogar belustigt.

»Ehrlich?«

»Bringen Sie einfach die Limousine in die Garage, wenn Sie auf der Wache fertig sind. Ich fahre heute selbst nach Hause.« Rebecca legte auf, schüttelte mit dem Kopf. Ob über sich oder ihre neue Fahrerin, war ihr dabei selbst nicht klar.

Rebecca betätigte die automatische Verriegelung des Mercedes und ging zum Haus. Als sie in den Flur trat, stand Hannas untersetzte Gestalt in der Tür zur Küche. Ihr Haar war an einigen Stellen bereits ergraut, aber dem Funkeln in den Augen der Sechzigjährigen tat das keinen Abbruch. Sie war ein fröhlicher, ausgeglichener Mensch. Manchmal beneidete Rebecca ihre Haushälterin um deren unerschütterliche Ruhe. Rebecca wußte, etwas mehr davon würde auch ihr manchmal guttun.

Hanna schaute Rebecca gelassen entgegen. »Du chauffierst dich wieder selbst«, meinte sie halb fragend, halb feststellend. Vom Küchenfenster aus konnte Hanna die Auffahrt einsehen. Sie hatte also mitbekommen, daß der Mercedes vor-, aber nicht wieder abfuhr. »Was ist mit deiner neuen Fahrerin?«

»Das glaubst du mir nie.«

Hanna sandte einen mißbilligenden Blick in Rebeccas Richtung und schüttelte mit dem Kopf. »Das arme Ding. Schon am zweiten Tag gefeuert. Das übertrifft alles bisher Dagewesene.«

»Du traust mir auch nur das Schlimmste zu, was?« Rebecca legte ihre Tasche auf den Garderobentisch, hängte ihre Jacke auf. »Dabei war ich heute besonders großzügig.« Sie erzählte Hanna die Geschichte von Christiane und der Polizeikontrolle. »Und was sagst du nun?«

»Entschuldige«, bat Hanna. »Aber so was kann ich ja nicht ahnen. In fünfzehn Minuten ist das Essen fertig«, fügte sie übergangslos hinzu.

»Was gibt es denn?« erkundigte Rebecca sich.

»Broccoli-Pasta-Käseauflauf.«

Rebecca warf einen Blick ins anliegende Eßzimmer. Der Tisch war bereits gedeckt. Wie jeden Abend für zwei Personen, Hanna und sie. Nach dem Essen würde Hanna den Tisch abräumen, das Geschirr in die Spülmaschine stellen und nach Hause fahren. Erst am nächsten Tag, wenn Hanna morgens kam, um das Frühstück zu machen, würde sie, nachdem Rebecca ins Büro aufgebrochen war, den Geschirrspüler einschalten und zwei bis drei Stunden mit den notwendigen Hausarbeiten verbringen, bevor sie wieder nach Hause fuhr. Am späten Nachmittag kam Hanna dann wieder, breitete das Abendessen zu und wartete, daß Rebecca nach Hause kam. So hielten sie es seit neun Jahren.

Rebecca ging ins Eßzimmer hinüber, schenkte sich ein Glas Rotwein aus der Karaffe ein und kam zurück.

»Ob ich dabei bin, zu verweichlichen?« fragte sie und setzte sich an den Küchentisch Hanna gegenüber, die mit dem Zerkleinern der Zutaten für den gemischten Salat beschäftigt war.

Hanna schaute kurz auf. »Wieso?« Ihr Blick senkte sich wieder.

»Na, weil ich sie eigentlich hätte feuern *müssen*.«

Hanna schnippelte unbeirrt die Gurke in Würfel. »Wie sieht sie denn aus?« fragte sie, ohne aufzusehen. »Ich habe heute morgen nur einen dunklen Haarschopf gesehen.«

»Hanna!«

»Was denn? Ich frage doch nur.« Jetzt hob Hanna den Kopf, schmunzelte. »Um deine Frage zu beantworten, muß ich mir doch vorher ein Bild machen.«

»Sie ist nicht mein Typ.«

Hanna winkte, mit dem Messer in der Hand, ab. »Das will ja nichts heißen. Außerdem, manche Leute haben eine falsche Annahme davon, was ihr Typ ist.«

»Ich nicht.«

»Natürlich. Du weißt alles«, erwiderte Hanna ironisch. Die

Gurkenwürfel wanderten in die Schale zu Chicorée und Mais. »Du kannst heute schon sagen, daß morgen alles wieder so wird wie heute.« Hanna nahm sich jetzt die Tomaten vor. »Oder doch nicht? Denn diese Christiane scheint ja das Talent zu haben, deinen Tag durcheinanderzubringen. Vielleicht liegt es daran. Du hast das tägliche Einerlei satt. Du suchst, unbewußt, ein bißchen Abwechslung.« Hanna seufzte inbrünstig. »Endlich!«

»Das ist *totaler* Blödsinn. Ein gut durchgeplanter und möglichst regelmäßiger Tagesablauf ist Grundvoraussetzung für ein maximales Arbeitspensum. Sich davon ablenken zu lassen, heißt, sich zu verzetteln. Warum sollte ich das wollen?«

»Daß du das nicht zugeben wirst, war mir klar. Deswegen sagte ich ja auch das kleine Wort *unbewußt*.«

»Ich denke, es liegt an was anderem. Ich habe einfach keine Zeit, mir einen neuen Fahrer zu suchen. *Das* hat mein Unterbewußtsein mir gesagt und mich folgerichtig entscheiden lassen, diese Frau weiter zu ertragen. Ich habe einfach der Situation angemessen reagiert.«

»Was fragst du mich dann, ob du verweichlichst?«

»Ich . . . war nur für einen Moment unsicher.«

Hanna verdrehte mit angedeuteter Verzweiflung die Augen. »Jetzt ist alles wieder am rechten Platz?«

Rebecca nickte zufrieden. »Ja.«

»Wie schön.« Der Tonfall strafte Hannas Worte Lügen. Aber weiter in Rebecca zu dringen, war so sinnlos, wie die Sandkörner in der Wüste zählen zu wollen. »Dann laß uns essen.«

Als Hanna eine Dreiviertelstunde später gegangen war, füllte Rebecca noch einmal ihr Weinglas und ging damit die Treppe hoch in den zweiten Stock zu ihrem Atelier.

Das war der Ort, an dem sie von der Arbeit abschaltete. Hier fand sie Ablenkung. Beim Malen. Und sie war gar nicht so schlecht darin. Einen Teil ihrer Bilder stellte Rebecca unter einem Künstlernamen in Galerien aus. Der Kontakt zum Galeristen lief über ihren Anwalt, der gleichzeitig als Agent auftrat und auch den Verkauf von Bildern abwickelte. Die Erlöse aus den Verkäufen spendete Rebecca schon seit Jahren an gemeinnützige Einrichtungen.

Rebecca drückte die Klinke zum Atelier herunter, tat einen Schritt in den dunklen Raum und tastete nach dem Lichtschalter. Der Schein der Deckenleuchte hob eine ziemliche Unordnung aus dem Dunkel. Eine Unordnung, in der Rebecca sich, im Widerspruch zu ihrem sonstigen unbedingten Ordnungssinn, wohl fühlte. Der von Skizzen überquellende Schreibtisch störte sie ebensowenig wie die überall auf dem Fußboden und entlang den Wänden lehnenden bemalten Leinwände. Eine Vorauswahl für die nächste Ausstellung lehnte am Regal. Rebeccas Lieblingsstücke dagegen hatten einen Platz an der Wand bekommen. Da sie viele Lieblingsstücke hatte und in den Bildern verschiedene Stilrichtungen nebeneinander stritten, glichen die Wände ein wenig dem farbbekleckssten alten Laken, auf dem die Staffelei stand.

Rebecca ging zum Schreibtisch, stellte ihr Glas ab, griff nach Zeichenblock und Bleistift und schlenderte damit zum Fenster. Dort sank sie in das bequeme, alte Polster ihres Lehnstuhles und knipste die Stehlampe an. Dann legte sie den rechten Fuß unter den linken Oberschenkel und lehnte sich entspannt zurück. Den Zeichenblock auf dem linken Arm, führte die rechte Hand den Bleistift, setzte Strich an Strich. Ab und zu hielt sie inne, sah auf, ihr Blick auf einen Punkt im Raum gerichtet, ohne diesen wahrzunehmen. Diese Augenblicke dauerten immer nur wenige Sekunden. Anschließend huschte Rebeccas Hand wieder über den Zeichenblock, schnell, aber konzentriert, und die Skizze nahm mehr und mehr Gestalt an.

Völlig außer Atem kam Christiane in der Turnhalle an. Eine Viertelstunde zu spät. Uwe empfing sie mit ärgerlichem Zynismus. »Vielen Dank, daß du uns heute mit deiner Anwesenheit beehrst. Hast es wohl nicht mehr nötig?«

Christianes Rechtfertigungsversuch wischte er mit einer

Handbewegung weg. »Na, kannst du ja gleich mal zeigen. Aufwärmen und dann Sprinttraining. Für alle!«

Natürlich triezte Uwe sie heute besonders.

»Zieh, zieh, zieh!« trieb seine Stimme sie gnadenlos an. »Du läufst ja, als hättest du Blei in den Turnschuhen.«

Christiane, die alles in den Sprint gelegt hatte, was sie besaß, schnaufte.

»Sechs Komma zwei«, rief Uwe. »Noch mal. Und diesmal unter sechs bitte. Sind doch nur dreißig Meter!«

Christiane warf ihm einen mürrischen Blick zu. Sie liebte den Sport im Verein. Sie liebte Basketball. Aber manchmal konnte Uwe einen mit seinen Übungen wirklich drangsalieren. Sie waren doch schließlich alle keine Leistungssportlerinnen und wollten einfach spielen!

»Die nächste.« Uwe winkte zum Start.

Christiane trottete zurück, stellte sich erneut in die Reihe der wartenden Frauen, direkt hinter Judith. »Mann, ist der mies drauf. Und du sagst, gestern war er auch schon so? Was hat er nur?«

»Es gibt da so ein Gerücht«, sagte Judith mit gedämpfter Stimme.

»Ein Gerücht?« fragte Christiane neugierig zurück. »Was für eines?«

»Der Kassenwart des Vereins hat ’ne Fliege gemacht – mitsamt den Sponsorgeldern. Der Sponsor ist daraufhin abgesprungen. Unheil liegt in der Luft. Eine außerplanmäßige Vorstandssitzung ist einberufen worden. Wahrscheinlich müssen wir demnächst die Startgelder selbst aufbringen. Oder der Verein macht dicht. Kannst du dir das vorstellen?«

Christiane schaute ihre Freundin entsetzt an. War das einer von Judiths schlechten Scherzen? Judith hatte den Kopf immer voller verrückter Ideen. Aber ... würde sie so was erfinden? »Ist das wahr?« fragte sie.

»Mit so was scherze ich doch nicht! Was unterstellst du mir?« entrüstete Judith sich. »Es ist eine traurige Tatsache. Der Verein ist Geschichte, wenn wir keinen neuen Sponsor finden. Dann bist du nicht mehr Spielführerin einer Vereinsmannschaft, sondern einer Freizeitgruppe, deren Moral schneller verfällt als tausendjähriges Papier.«

»Scheiße«, rutschte es Christiane heraus.

»Du sagst es. Also hoffen wir, daß der Clubvorstand einen neuen Sponsor anschleppen kann. Dazu ist er ja schließlich da«, meinte Judith in trotzigem Ton.

Christiane seufzte ausgiebig. Kein Verein mehr? Das wollte sie sich nicht vorstellen. Die meisten von Christianes Freundinnen kamen aus dem Verein. So wie Judith. Natürlich traf man sich nicht nur beim Sport, sondern auch sonst. Man feierte Geburtstage zusammen, grillte gemeinsam, half einander bei Umzügen, beim Babysitten, gab Tips zur Jobsuche, bei Liebeskummer und in allen möglichen anderen Lebensfragen. Nicht immer hilfreiche Tips. Aber das war nebensächlich. Man war füreinander da, war eine Gemeinschaft. In welcher der Spaß am Basketball das kleinste gemeinsame Vielfache war und die Spiele am Wochenende so wichtig, weil sie den Zusammenhalt förderten. Darauf baute alles andere irgendwie auf. Christiane machte sich nichts vor, wenn der Verein aufgelöst werden mußte, das Training und die Spiele nicht mehr wären, würde auch der Rest auseinanderfallen. Einzelne Freundschaften blieben sicher bestehen, aber das beruhigende Gefühl, eine Familie zu haben, auch wenn es eine Ersatzfamilie war, ginge verloren. Bei dem Gedanke entfuhr Christiane ein tiefer Seufzer. Sie konnte nur hoffen, daß Judiths Gerüchteküche beim nächsten Training wieder Entwarnung gab. Es konnte doch nicht so schwer sein, einen Sponsor aufzutreiben. Oder?

3

Der Summer des Eingangstors ertönte. Hanna ging zur Gegensprechanlage und drückte den Knopf. »Ja?«

»Christiane Seidel.«

Hanna betätigte den Türöffner. »Kommen Sie rauf.«

Wenig später klingelte es an der Tür. Hanna goß Rebecca gerade eine zweite Tasse Kaffee ein. »Willst du nicht aufmachen?« fragte sie.

Rebecca erhob sich, ging zur Haustür und öffnete. Vor ihr stand eine verlegene Christiane, die unter Rebeccas eisigem Blick die Augen niederschlug und ein leises »Guten Morgen« murmelte.

»Sie sind zu früh«, erwiderte Rebecca nur.

»Ich weiß.« Christiane zuckte mit den Schultern. »Aber der nächste Bus wäre zu spät gewesen.« Sie lächelte schief. »So bleibt immerhin genug Zeit, meine Schelte zu empfangen.«

Rebecca trat einen Schritt zurück. »Kommen Sie herein.« Sie wies in Richtung Küche. »Möchten Sie einen Kaffee?«

»Danke.« Christiane folgte Rebecca.

Hanna hatte bereits eine Tasse aus dem Schrank genommen und stellte sie auf den Tisch. »Ah, die Rebellin der Großstadtstraße«, begrüßte sie Christiane und goß auch ihr Kaffee ein.

Christiane lächelte verlegen. »Leider ist es das Schicksal von Rebellen, unterzugehen.«

Hanna zwinkerte ihr zu. »Wahre Stärke liegt nicht im Gewinnen der Schlacht, sondern im Ertragen der Niederlage.«

»Oh.« Christiane neigte den Kopf zur Seite. »Das muß ich mir merken.«

»Hanna«, mischte Rebecca sich ein. »Du unterstützt doch wohl nicht Christianes Unbesonnenheit.«

»Natürlich nicht«, tat Hanna entsetzt. »Aber ich finde, sie ist ein sympathischer Zug an ihr.« Erneutes Augenzwinkern in Christianes Richtung.

Christiane lächelte dankbar zurück.

Eigentlich hatte Rebecca sich ein paar ernste Worte für Christiane zurechtgelegt. Daß Hanna sich mit Christiane so spontan verbündete, ließ Rebecca zögern, diese anzubringen. Sie brauchte Hanna nur anzusehen und wußte, daß die bereit war, für Christiane in die Bresche zu springen. Und was wäre dann das Resultat? Eine unerfreuliche Diskussion mit Hanna, eine verwirrt dreinschauende Christiane und für sie selbst ein schon am Morgen vermiester Tag. *Du warst gestern bereit, über den Zwischenfall hinwegzusehen, also warum jetzt darauf herumreiten?*

»Na ja, ich hoffe, es war Ihnen eine Lehre, Ihr Temperament in Zukunft etwas im Zaum zu halten«, sagte Rebecca deshalb lediglich mit leicht mißbilligendem Ton in der Stimme. Christianes zaghaftes Nicken ließ Rebecca gegen ihren Willen sogar lächeln. »Mußten Sie denn noch lange auf der Wache schmoren?« erkundigte sie sich.

»Die haben mich anderthalb Stunden auf dem Gang sitzen lassen, bevor man mich mit einer ausführlichen Belehrung über diverse Paragraphen wieder entließ.«

Rebecca schaute Christiane jetzt belustigt an. »Wie ich an Ihrem zerknirschten Gesicht sehen kann, hat man Sie nicht überzeugt.«

Christiane schniefte. »Die Seelen von Polizeibeamten sollten nicht so zartbesaitet sein, daß sie in ein paar erhitzten Widerworten gleich eine Beleidigung hineininterpretieren. Was soll denn da eine Kellnerin sagen, oder ein Lehrer? Ich möchte nicht wissen, was die sich jeden Tag so anhören müssen. Aber die Herren Polizisten lassen dich gleich einsteigen und zur Wache mitfahren. Amtsmißbrauch war das!«

Hanna quietschte beinahe vor Vergnügen. »Das haben Sie denen gesagt?«

»Ja, leider. Aus diesem Grund dauerte die Belehrung ja so

lange. Nachdem man mit dem Beleidigungsparagraphen fertig war, kam gleich noch der Verleumdungsparagraph an die Reihe.«

Rebecca biß sich auf die Unterlippe. Schnell senkte sie den Kopf. Christiane sollte nicht sehen, wie sehr sie die Geschichte amüsierte. Eine amüsierte Chefin war keine sehr respektable Chefin! Als Rebecca wieder aufschaute, war ihr Gesicht ernst. Sie blickte auf die Uhr.

»Wir müssen los.«

Während Rebecca ihre Jacke anzog und die Tasche nahm, wartete Christiane an der offenen Haustür. Rebecca reichte ihr den Wagenschlüssel. Ihre Blicke trafen sich. Trotz aller Bemühungen, ernst zu bleiben, gelang es Rebecca nicht ganz. Ein leicht erheiterter Zug lag um ihre Mundwinkel. Christiane blinzelte zunächst etwas überrascht, dann deutlich erleichtert. Rebecca nickte Christiane zu und ging an ihr vorbei. »Und sollten wir in eine Polizeikontrolle kommen, lassen Sie mich reden«, sagte sie dabei.

Um halb zehn fuhr Christiane Rebecca hinaus aus der Stadt zum Golfplatz. Der Termin mit dem Geschäftspartner dauerte knapp zwei Stunden, etwas länger als geplant, denn um zwölf war Rebecca bereits mit ihrem Anwalt zum Mittagessen verabredet. Er mußte eine Viertelstunde warten. Dennoch waren sie pünktlich zur Vorstandssitzung um vierzehn Uhr zurück in der Firma.

Wie auch immer ihr Tag gelaufen war, als Rebecca kurz nach achtzehn Uhr wieder zu Christiane in den Wagen stieg, wirkte sie gelassen.

»Ich habe noch eine Fahrt für Sie, wenn Sie mich zu Hause abgesetzt haben«, eröffnete sie Christiane. Rebecca schrieb etwas in ein Notizbuch, riß die Seite heraus und reichte sie vor zu Christiane. »Das ist die Adresse. Sie holen eine Frau Barbara Groß ab und bringen sie zu mir. Anschließend können Sie Feierabend machen.«

»In Ordnung.« Christiane nahm den Zettel und stopfte ihn ohne zu lesen in ihre Jackentasche.

Wie schon während den Fahrten tagsüber schwieg Rebecca ansonsten. Sie verabschiedete sich vor ihrem Haus mit einem kurz angebundenen »Bis morgen« und stieg aus.

Christiane suchte nach dem Zettel in ihrer Jackentasche und fuhr los.

Barbara Groß wohnte in einem Altbauviertel, in dem die Begrünung im Laufe der Zeit dem Parkraumbedarf weichen mußte. Dennoch fand Christiane keinen freien Parkplatz im Bereich der Hausnummer sieben, die auf ihrem Zettel stand. Sie hielt in zweiter Reihe, stieg aus. Auf ihr Klingeln an der Gegensprechanlage meldete sich wenig später eine frische Stimme. »Ja?«

»Ich komme im Auftrag von Frau Reklin.«

»Bin sofort unten«, lautete die hastige Antwort.

Und tatsächlich mußte Christiane nicht lange warten.

Die ist aber noch sehr jung, war der erste Gedanke, der Christiane durch den Kopf schoß, als die Frau die Haustür öffnete. *Höchstens fünfundzwanzig. Sehr hübsch.*

»Hi«, begrüßte Barbara Christiane.

»Äh, hallo.« *Eine von diesen Glücklichen, die sich keine Mühe geben mußten, gut auszusehen. Sie taten es einfach.* Christiane wies über die Schulter nach hinten. »Der Wagen steht gleich da.«

Barbara jauchzte entzückt. »Ich liebe es, in diesem Schlitten abgeholt zu werden. Schon allein dafür würde ich es machen.«

Christiane blickte verständnislos. *Machen? Was machen? Na … was auch immer.* »Also dann«, sagte sie leicht verwirrt.

Barbara schlüpfte auf die Rückbank des Mercedes. Christiane nahm ihren Platz hinter dem Lenkrad ein.

»Rebecca hat wirklich was drauf, finden Sie nicht?« Barbaras Kopf schob sich zwischen den beiden Vordersitzen nach vorn.

»Was?« Wovon sprach das Mädchen? Wer war Barbara Groß überhaupt? Doch wohl keine Geschäftspartnerin!

»Sie ist jedenfalls nicht wie andere«, plapperte Barbara munter drauflos. »Kein bißchen exzentrisch. Man kann sich ganz natürlich bei ihr geben. Keine verkrampften Posen. Sie überläßt einem die Initiative. Sie wissen schon.«

Nein, ich weiß nicht. Und ich glaube, ich will es auch nicht wissen. Nicht, wenn es das ist, wonach es sich anhört!

Barbara fiel seufzend in die Polster der Rückbank. »Schade, daß heute meine letzte Sitzung ist. Rebecca macht nie mehr als drei Treffen mit einem.« Erneutes Seufzen. »Die Bezahlung ist wirklich spitze. Zweihundert pro Stunde. Ich bin meiner Freundin noch was schuldig, weil sie mich empfohlen hat. Rebecca ist der Geheimtip unter den Kolleginnen.«

Christiane blieb beinahe die Luft weg. *Das ist jetzt nicht wahr!*

Rebecca Reklin, die Frau, die Seriosität predigte, die so viel Wert auf Stil legte – war der Geheimtip von Frauen . . . in der Dienstleistungsbranche?!

»Wenn sie einen so anschaut«, schwärmte Barbara. »Ihre Augen machen mich manchmal etwas wuschig. Aber ich bin Profi. Ich weiß, das alles ist rein professionell. Waren Sie schon mal bei ihr im . . .«

»Nein«, unterbrach Christiane den Redeschwall ihres Fahrgastes abrupt. »Und . . . meiner Chefin würde es sicher nicht gefallen, daß Sie mir das alles erzählen. Sie trennt Privates und Berufliches. Ich bin ihre Angestellte, also beruflich. Sie sind . . . privat.«

»Ach, echt?« Dann: »Sie macht wirklich nicht so einen verkrampften Eindruck. Aber okay, wenn Sie meinen.«

Christiane atmete auf. Endlich war Ruhe auf den hinteren Plätzen.

Nein, sie wollte so was wirklich nicht hören. Rebecca und solche Mädchen. Das war doch weit unter dem Niveau der Frau. Das war – billig, auch wenn sie es sich was kosten ließ. Das hatte Rebecca doch gar nicht nötig!

Was weißt du denn über Rebecca Reklin?! Du kennst sie gerade mal drei Tage. Du hast keine Ahnung, wie sie ist.

Offensichtlich hatte Rebecca neben ihrer dominanten, autoritären noch eine andere Seite. Eine ordinäre, zynische. Das war doch gar nicht so abwegig, oder? Christiane war enttäuscht. Irgendwie hatte sie gehofft, Rebeccas andere Seite wäre netter. Immerhin bewies sie hier und da einen Anflug von Humor.

Christiane stoppte den Wagen am Eingang zu Rebeccas Grundstück. Langsam rollte das Tor zur Seite.

»Danke fürs Bringen. Für zurück ruft sie mir ein Taxi. Man weiß ja nie, wie lange es dauert«, verabschiedete Barbara sich kurz darauf.

Während Christiane den Mercedes die Auffahrt langsam wieder hinabrollen ließ, schaute sie in den Seitenspiegel. Rebecca öffnete selbst die Tür und ließ Barbara hinein. Hanna war offensichtlich schon gegangen.

»Du kommst spät«, begrüßte Judith ihre Freundin und schaute demonstrativ auf die Uhr. Wie jeden Mittwoch trafen sie und Christiane sich in ihrer Stammpizzeria.

»Sorry, ich mußte noch eine Extratour fahren.« Christiane setzte sich zu Judith an den Tisch.

»Schon in der ersten Woche Überstunden? Sagtest du nicht, der Job sei total locker?«

Christiane hörte nicht weiter hin. »Ich habe einen Bärenhunger. Laß uns bestellen.« Sie verschwendete keine Zeit mit der Menükarte, die kannte sie in- und auswendig, sie machte gleich einen der Kellner auf sich aufmerksam. Der kam lächelnd zu ihnen.

»Hallo, wißt ihr schon, was ihr wollt?«

»Einmal Pizza Hawaii und einmal ...?« Christiane sah ihre Freundin fragend an.

»... Pizza Thunfisch«, äußerte Judith ihren Wunsch.

»Und zwei Bier«, bestellte Christiane. Darin waren Judith und sie sich einig, da mußte sie nicht extra fragen.

Der Kellner nickte. Mit einem »Kommt sofort« entfernte er sich.

»Ist wohl doch stressiger, als du dachtest, dieser neue Job«, nahm Judith das Gespräch wieder auf.

»Nein, eigentlich nicht.«

Judith musterte Christiane kritisch. »Du siehst aber irgendwie ein wenig mitgenommen aus.«

Christiane winkte ab. »Das hat einen anderen Grund. Ich stecke in einer Art irrationaler Verwirrung.«

»Hä?«

Christiane konnte nicht anders. Sie mußte sich jemandem mitteilen. Judith war zwar nicht gerade die verschwiegenste ihrer Freundinnen, aber es bestand ja keine Gefahr, daß sie Rebecca jemals traf und sich vor ihr verplappern würde.

»Diese letzte Fahrt heute. Ich habe eine Frau abgeholt und zu meiner Chefin nach Hause gefahren. Eine sehr junge, sehr schöne Frau. Allerdings nicht sehr diskret. Es war eindeutig eine Professionelle. Und sie erzählte mir, daß ... ich fasse es immer noch nicht ... offenbar läßt Rebecca Reklin sich regelmäßig solche Frauen ins Haus kommen.«

»Ja, und?« Judith zuckte mit den Schultern. »So was soll es ja geben.«

»Aber eine Frau wie Rebecca!«

Judith hob die Augenbrauen. »Moment mal. Zwei Fragen. Erste Frage: Was bedeutet *eine Frau wie Rebecca*? Und zweite Frage: Warum nimmt es dich so mit, wen die Frau in ihr Schlafzimmer einlädt?«

»Sie macht sonst immer einen auf präsentabel. Das paßt nicht zu ihr. Außerdem hätte sie so was wirklich nicht nötig. Die Frau sieht gut aus, hat Ausstrahlung, ist intelligent. Jedenfalls nehme ich das an, denn immerhin leitet sie eine Reederei und dürfte damit wohl auch finanziell unabhängig sein. So eine Frau sollte doch leicht jemanden finden, von dem ihr auch Gefühle entgegengebracht werden.«

»Na ja, vielleicht will sie das aber nicht. Vielleicht will sie einfach nur Sex. Und nun zu Frage zwei: Warum nimmt dich das so mit?«

Das Bier wurde gebracht. Christiane nahm das Glas, führte es zum Mund. Sie brauchte jetzt sofort ein paar kräftige Schlucke.

Judiths Fragen trafen genau ins Schwarze. Christiane wußte es selbst, im Grunde ging es sie nichts an, was Rebecca tat.

Sie setzte das Glas wieder ab. »Es nimmt mich nicht mit, ich bin nur total verwirrt. Wie gesagt, das paßt nicht zu ihr.« Es war eine schwache Antwort, wenig überzeugend.

»Du meinst, es paßt nicht in das Bild, welches du dir von ihr gemacht hast«, brachte Judith es auf den Punkt. »Warum verwirrt dich diese Diskrepanz so? Du klingst regelrecht enttäuscht.« Sie grinste frech. »Kann es sein, daß du dich ein wenig in sie verknallt hast?«

»Blödsinn«, widersprach Christiane sofort. »Rebecca Reklin ist viel zu arrogant, dazu tyrannisch und launisch.«

Jetzt brachte der Kellner das Essen. Erwartungsfroh schnupperte Judith an ihrer Pizza. Christiane dagegen griff hungrig zum Besteck, schnitt ein Stück ab, schob es sich in den Mund und verkündete kauend: »Selbst wenn sie die letzte Frau auf der Welt wäre, würde ich mich nicht in sie verlieben.«

»Na, dann kann es dir auch piepegal sein, mit wem sie sich amüsiert und ob mit oder ohne Gefühl dabei«, stellte Judith, nun ebenfalls kauend, fest.

»Ist es ja auch«, bestätigte Christiane. Allerdings regte sich etwas in ihr, was nicht zu »piepegal« paßte. »Sollte heute nicht der Clubvorstand zusammenkommen?« fragte sie, um vom Thema abzulenken.

»Ja. Die hocken wahrscheinlich gerade beieinander. Morgen beim Training erfahren wir sicher, was dabei rausgekommen ist.«

»Vielleicht erwischt die Polizei den Kassenwart ja auch noch«, meinte Christiane hoffnungsvoll.

Judith winkte mit der Gabel in der Hand ab. »Der ist doch garantiert längst über alle Berge. Und sollten sie ihn doch kriegen, ist das Geld verschwunden, wetten?«

»Also läuft es am Ende auf einen neuen Sponsor raus.«

»Was anderes kann ich mir nicht vorstellen.«

4

Christianes Gedanken verweilten immer noch beim gestrigen Training. Uwe verkündete die schlechte Nachricht gleich zu Beginn. Der Verein stand vor der Pleite. Die Moral der Mannschaft rutschte schlagartig in den Keller. Obwohl gerade jetzt Motivation gefragt war. Der Clubvorstand würde zum Pokalkampf in zwei Wochen potentielle Sponsoren einladen. Die sollten eine Mannschaft in Topform sehen. Ein Siegerteam! Deshalb wurde der Trainingsplan aufgestockt. Zusätzlich zu den normalen Trainingstagen am Montag und Donnerstag setzte Uwe ein Intensivtraining am Wochenende an. Also hieß es auch die nächsten zwei Tage, relativ zeitig aufstehen, denn das Training sollte schon um neun beginnen.

»Helfen Sie mir bitte noch die Ordner reintragen?« bat Rebecca beim Öffnen der Wagentür. Christiane schreckte leicht zusammen. »Ja, sicher.« Sie stieg ebenfalls aus.

Rebecca hatte den Kofferraum bereits geöffnet und nahm eine der beiden Pappkisten mit Ordnern heraus. Christiane griff nach der anderen, setzte sie kurz auf dem Boden ab und zog die Kofferraumhaube zu. Für das Wochenende schien Rebecca sich ja mit Arbeit eingedeckt zu haben.

Offenbar erwartet sie keinen Besuch! Andererseits: an zwei Tagen ist genug Zeit für beides. Arbeit und Vergnügen.

Christiane schüttelte den Gedanken ab. Das ging sie nichts an. Sie folgte Rebecca zum Haus.

Rebecca drückte mit dem Ellenbogen auf den Klingelknopf. Sie warteten auf die sich nähernden Schritte hinter der Tür, auf Hannas »Willkommen zu Hause«. Doch beides blieb aus. Es geschah – nichts.

Rebecca drückte ihre Kiste gegen den Türrahmen, hielt sie

mit einem Arm fest. Mit der Hand suchte sie den Haustürschlüssel in ihrer Jackentasche, fand ihn und schloß auf.

Im Flur empfing sie ein Gestank nach Verbranntem. »Hanna!?« rief Rebecca. Sie stellte die Kiste mit den Ordnern auf dem Fußboden ab, eilte in die Küche. Christiane setzte ihren Karton daneben und folgte Rebecca.

In der Küche war der Gestank so beißend, daß Christiane, bevor sie sich überhaupt nach der Quelle des Übels umschaute, sofort zum nächstgelegenen Fenster stürmte und es aufriß. Dann suchten ihre Augen Rebecca. Die war direkt zum Herd geeilt, um die Platten des Ceranfeldes auszuschalten, auf denen drei Töpfe geräuschvoll vor sich hinkokelten. Gerade nahm Rebecca die Töpfe vom Herd, ließ sie in die Spüle fallen und goß kaltes Wasser darüber.

Das war ein Fehler!

Es begann fürchterlich zu zischen, zu knacken und zu spritzen.

Christiane sprang geistesgegenwärtig zu Rebecca, zog sie beherzt von der Spüle weg.

»Verdammt!« fluchte Rebecca und hielt sich schmerzend die Wange, an der sie einige Spritzer getroffen hatten. »Hanna!« rief sie laut. »Wo bist du?«

Ein kaum zu vernehmendes Wimmern aus dem Wohnzimmer war die Antwort. Rebecca lief in Richtung der Klagelaute. »Hanna!« hörte Christiane sie entsetzt rufen. »Was ist denn passiert?«

Christiane eilte nun ebenfalls ins Wohnzimmer, trat hinter Rebecca und sah das Malheur. Hanna lag neben einer Leiter, halb eingehüllt in einem Riesenstück Stoff.

»Ich wollte nur noch schnell die Gardinen aufhängen«, jammerte die sonst so gestandene, nun aber hilflos aussehende Haushälterin. Über ihre Stirn lief Blut. »Ich glaube, ich war ohnmächtig.« Sie versuchte aufzustehen und stöhnte auf. »Mein Bein, ich kann nicht auftreten.«

Rebecca wollte Hanna aufhelfen. Christiane griff mit zu, um

Hanna zu stützen. Gemeinsam bekamen sie sie hoch und setzten die verwirrte Mittsechzigerin auf die Couch.

»Ich fahre dich sofort ins Krankenhaus«, sagte Rebecca. Ihre Stimme klang ungewohnt aufgeregt.

»Ach, muß das sein? Es sieht doch in der Küche sicher schrecklich aus. Ich räume lieber auf«, wehrte Hanna ab.

»Das wirst du ganz sicher nicht tun«, widersprach Rebecca rigoros. »Wir fahren zur Unfallstation. Du kannst ja nicht mal stehen.«

An Hannas Reaktion erkannte Christiane sofort, daß sie unter Schock stand. Die Idee mit der Unfallstation fand Christiane aus diesem Grund absolut richtig, aber Rebecca schien ihr im Moment nicht sehr fahrtauglich. Sie wirkte sehr nervös. Der Unfall ihrer Haushälterin ging Rebecca sichtlich an die Nieren.

»Ist es nicht besser, einen Rettungswagen zu rufen?« warf Christiane ein.

»Nein, wer weiß, wann der hier ist.« Rebecca schüttelte den Kopf. »Ich fahre Hanna. Helfen Sie mir, sie ins Auto zu bringen.«

Als solches Nervenbündel konnte Rebecca unmöglich hinters Steuer, entschied Christiane. »Nein, *ich* fahre«, widersprach sie folglich, und das sehr bestimmt. »Sie sind viel zu durcheinander.« Auf keinen Fall ließ sie Rebecca in ihrem momentanen Zustand ein Fahrzeug lenken. Eingedenk der mangelnden Fahrroutine konnte sonstwas passieren. »Sie setzen sich neben Hanna auf die Rückbank und beruhigen sie«, ordnete sie weiter an. »Hanna steht ja völlig neben sich.«

Zu Christianes Erstaunen widersprach Rebecca nicht. Gemeinsam brachten sie Hanna zum Mercedes und setzten sie hinein. Rebecca schob sich neben Hanna, legte den Arm um ihre Schulter und sprach leise mit ihr. Christiane verstand die Worte nicht. Rebeccas Tonfall jedoch war sanft und paßte so gar nicht zu ihrer berühmten kühlen, herrschenden Art.

Vor dem Krankenhaus angekommen, übernahm Rebecca dann wieder die Regie. »Warten Sie hier«, wies sie Christiane an. »Ich sorge dafür, daß man Hanna holt.« Rebecca lief in das Klinikgebäude.

Tatsächlich kamen fünf Minuten später zwei Pfleger mit einem Rollstuhl, hievten Hanna routiniert hinein und fuhren mit ihr davon. Rebecca ging mit ihnen.

Christiane suchte einen Parkplatz und anschließend Rebecca. Sie fand sie auf dem Gang der Unfallstation auf einem Stuhl sitzend, Kopf und Oberkörper nach vorn gebeugt, Blick nach unten.

»Und? Wie sieht es aus?« Christiane setzte sich neben ihre Chefin.

»Keine Ahnung.« Rebecca hob den Kopf. Ihr Gesicht drückte Besorgnis aus.

»Wird schon nicht so schlimm sein«, versuchte Christiane sie zu beruhigen.

Rebecca erwiderte nichts.

»Hanna ist wohl schon sehr lange bei Ihnen?« Anders konnte sich Christiane Rebeccas Sorge nicht erklären.

»Neun Jahre. Sie ist meine einzige Vertraute.« Rebecca seufzte. »Sie können jetzt ruhig fahren, Christiane. Ich nehme nachher ein Taxi nach Hause.«

»Ich würde lieber noch mit Ihnen warten«, sagte Christiane vorsichtig. »Wenn Sie nichts dagegen haben«, fügte sie schnell hinzu. »Nur so lange, bis wir wissen, wie es Hanna geht.« Rebecca hier allein sitzen zu lassen, brachte sie irgendwie nicht fertig. »Möchten Sie auch einen Kaffee?« fragte sie, um eventuellen Widerspruch gleich im Keim zu ersticken. »Ich mache mich auf die Suche nach einem Automaten.«

Rebecca nickte dankbar. »Mit Milch bitte.«

Christiane mußte nicht lange suchen. Das Kleingeld klickerte im Automaten, der dafür den Becher füllte. Einmal, zweimal. Christiane nahm beide vorsichtig am oberen Rand in die Hand und ging zurück zu Rebecca.

»Bitte«, sie hielt Rebecca einen der Kaffeebecher hin. »Vorsicht, heiß.«

Rebecca bedankte sich mit einem angedeuteten Lächeln.

Christiane setzte sich neben sie. »Empfinden Sie das auch so?« dachte sie laut. »Das Innere von Krankenhäusern verbreitet eine beängstigende Atmosphäre.«

Rebecca drehte den Kopf zu Christiane. »Ich dachte, Sie wollten mich ein wenig aufmuntern.«

»Entschuldigung.«

Rebecca lächelte schwach. »Schon gut. Hanna wird schon lebend hier rauskommen. Sie hat ja keine Herzoperation oder so was. Es ist wahrscheinlich alles halb so schlimm, wie es aussieht.«

»Das glaube ich auch«, erwiderte Christiane, diesmal auf etwas mehr Diplomatie bedacht.

Sie schwiegen, tranken den Kaffee.

Wenig später trat ein Arzt aus einem der Behandlungsräume, schaute sich um. »Gehören Sie zu Hanna Tross?«

Rebecca stand ruckartig auf. »Ja.« Sie ging zu dem Arzt. Christiane folgte ihr mit einigem Abstand.

»Frau Tross bleibt für ein paar Tage bei uns. Sie hat Schürfwunden, zwei geprellte Rippen, einen angebrochenen Fuß. Da kommt ein bißchen was zusammen.«

Christiane sah, wie Rebecca erschrak. Die Diagnose klang doch schlimmer als erwartet.

»Kann ich irgend etwas tun?« erkundigte Rebecca sich.

»Im Moment nicht. Die Patientin wird jetzt behandelt, anschließend kommt sie auf Station. Am besten, Sie besuchen sie morgen.«

»Danke, Herr Doktor. Würden Sie Hanna ausrichten, daß ich morgen vormittag vorbeikomme?«

»Gern.« Der Arzt nickte ihr zu, drehte sich um und ging.

Obwohl es hier nichts mehr zu tun gab, setzte Rebecca sich wieder. Christiane wartete.

»Soll ich Sie jetzt nach Hause fahren?« fragte sie schließlich behutsam.

Rebecca sah auf, erhob sich träge. »Ja, danke.« Sie gingen

schweigend den Gang entlang und verließen das Krankenhaus. »Ich brauche morgen den Wagen, um Hanna zu besuchen«, sagte Rebecca auf dem Parkplatz. »Sie müssen ein Taxi zurück nehmen.« Sie zog ihr Handy hervor und wählte eine Nummer. »Ja, ein Taxi bitte, in zwanzig Minuten vor dem Akazienweg eins. Danke.«

Als sie im Wagen saßen, hatte Rebecca sich wieder gefaßt. »Es war übrigens nett von Ihnen, dazubleiben und mit mir zu warten«, bedankte sie sich bei Christiane.

»Das war doch selbstverständlich.«

»Nein, war es nicht.« Rebecca setzte sich etwas mehr in die Mitte, um Christiane besser im Blickfeld zu haben. »Keiner Ihrer Vorgänger hätte das getan.«

Christiane lag eine passende Antwort auf der Zunge. Nämlich daß ihre Vorgänger wohl zu verschreckt von Rebeccas Launen waren. Aber es war der falsche Moment für solche Wahrheiten. Also kam, nachdem Christiane extra tief Luft geholt hatte - nichts weiter.

»Was ist?« fragte Rebecca.

»Ach nichts.«

»Seit wann haben Sie Hemmungen, Ihre Gedanken zu verkünden?«

Christiane zögerte. Der Blick in den Rückspiegel zeigte ihr, daß Rebecca auf Antwort wartete. Um ihren Mund spielte ein feines Lächeln. »Also bitte, wenn Sie es unbedingt wissen wollen. Ich dachte, daß Sie daran sicher nicht ganz unschuldig sind. Nach dem, was ich gehört und in Ansätzen bereits erlebt habe, sind Sie nicht unbedingt Miss Charming. Da gehen die Leute eben lieber auf Abstand.«

Rebecca hob an zu widersprechen, hielt dann aber inne. Ein flüchtiges Lächeln huschte über ihr Gesicht. »Ja, das stimmt.« Sie schüttelte den Kopf. »Es gibt nicht viele, die sich trauen, mir so etwas zu sagen.«

»Sie haben es ja herausgefordert.«

»Ja, aber die meisten an Ihrer Stelle hätten mir irgend etwas erzählt, nur nicht das, was sie wirklich denken.«

Christiane zuckte mit den Schultern. »Tja, ich bin erst eine Woche bei Ihnen. Ich lerne es sicher noch, mich zu verstellen.«

»Nein, bitte nicht!« bat Rebecca eindringlich. »Christiane! Versprechen Sie mir das. Verstellen Sie sich nicht. Bleiben Sie so, wie Sie sind.«

Christiane, überrascht von der Nachdrücklichkeit in Rebeccas Stimme, war verdattert. »Ja. Ja, natürlich. Ich hatte nichts anderes vor.«

Rebecca rückte zurück auf ihren eigentlichen Platz, schaute schweigend aus dem Fenster. Sie bereute ihren unbedachten Ausbruch bereits. Er mußte Christiane rätselhaft vorkommen. Und er war ja auch kindisch.

Rebecca schloß einen kurzen Moment die Augen, öffnete sie wieder.

Seit der Sache mit Liane reagierte sie einfach überempfindlich. Sie ertappte sich immer wieder dabei, wie sie sich über Kleinigkeiten aufregte. Und jetzt diese emotionale Überreaktion auf eine harmlose Bemerkung Christianes.

Die Sache mit Liane ist jetzt bald ein Jahr her. Du mußt das endlich hinter dir lassen. Es war eine unschöne Erfahrung, du hast daraus gelernt, und so etwas wird dir nicht noch mal passieren.

Rebecca atmete tief durch und versuchte, die unangenehmen Gedanken zu verdrängen. Was brachte es schon, sich von Erinnerungen zerfleischen zu lassen? Dennoch konnte sie nicht verhindern, daß sich Bilder vor ihre Augen schoben, die sie bereits vergessen glaubte.

»Da steht schon das Taxi, glaube ich«, riß Christiane Rebecca aus ihren Gedanken.

Rebecca schaute nach vorn. »Lassen wir es nicht unnötig warten. Ich fahre selbst rein, Sie können gleich umsteigen.«

Also zog Christiane vor dem Tor des Grundstücks die Handbremse und stieg aus. Rebecca kam um den Wagen herum. »Ein erholsames Wochenende«, wünschte sie ihrer Fahrerin.

Christiane seufzte. »Damit wird es wohl nichts. Extratraining zur Turniervorbereitung. Wir brauchen Bestform.«

»Tja dann – viel Glück.«

»Danke. Das brauchen wir auch. Sonst ist das Turnier das letzte, an dem wir teilnehmen.« Christiane seufzte. »Dabei spielen wir wirklich ganz gut.«

Eigentlich wollte Rebecca nicht nachfragen. Christianes Sorgen gingen sie nichts an. Es passierte ganz automatisch. »Wo ist das Problem?«

Christiane verzog den Mund. »Letztes Wochenende machte sich unser Kassenwart mit dem Vereinsvermögen aus dem Staub. Woraufhin unser Sponsor absprang. Vertrauensbruch. Kann man ja verstehen. Aber nun sind wir finanziell arg in der Bredouille. Wir setzen all unsere Hoffnung darauf, mit einem Turniersieg einen neuen Sponsor anzulocken. Aber ...« Christiane brach ab.

Rebecca wußte auch so, was los war. »... die Unterschlagungsgeschichte wird andere Gönner abschrecken«, beendete sie.

»Ist zu befürchten.«

Rebecca legte ihre Hand auf Christianes Schulter. »Wird schon klappen«, versuchte sie, sie aufzumuntern.

»Na klar«, nickte Christiane gebremst optimistisch.

Rebecca stieg in den Wagen. »Also dann«, verabschiedete sie sich. »Trotzdem ein schönes Wochenende.«

5

Christiane seufzte innerlich.

»Wie lief das Training?« oder wenigstens »Na? Muskelkater?« könnte sie doch fragen. Aber weder das noch irgend etwas in dieser Richtung kam über Rebeccas Lippen. Sie saß schweigend auf dem Rücksitz, blätterte in irgendwelchen Unterlagen. Völlig abwesend.

Was denn, Chris? Hast du gedacht, ihr würdet heute da weitermachen, wo ihr Freitagabend aufgehört habt? Mit einem netten, vertrauten Gespräch?

Rebecca hatte das längst vergessen. Und falls nicht, war es ihr unangenehm. Es lief auf dasselbe hinaus. Sie wollte nicht daran anknüpfen.

Na warte!

»Wie geht es denn Hanna?« fragte Christiane. Darauf mußte Rebecca ja was sagen!

Rebecca sah von ihren Unterlagen auf. »Besser«, erwiderte sie knapp, den Blick schon wieder senkend.

Damit gab Christiane sich nicht zufrieden. »Hat sie noch Schmerzen?« fragte sie weiter.

»Nein.« Rebecca schaute erneut auf. »Sie bekommt schmerzstillende Mittel. Der Arzt sagt, sie braucht jetzt einfach nur Ruhe.«

»Wie lange muß Hanna denn noch im Krankenhaus bleiben?« bohrte Christiane weiter.

Jetzt endlich klappte Rebecca den Ordner zu. »Sie wird morgen vormittag noch mal geröntgt, und dann kann sie, aller Wahrscheinlichkeit nach, nach Hause. Da Sie sich so für Hannas Schicksal interessieren, können Sie sie ja abholen.«

»Gern«, freute Christiane sich.

»Und egal was Hanna sagt, Sie bringen sie zu *mir* nach Hause. Ich habe ein Gästezimmer für sie vorbereitet.«

»Kein Problem.«

»Da bin ich mir nicht so sicher«, erwiderte Rebecca trocken. »Hanna will lieber in ihre eigene Wohnung. Sie denkt, sie falle mir zur Last.«

Christiane verstand. Rebecca wollte der Auseinandersetzung mit Hanna entgehen und wälzte das Problem auf sie ab. Aber das störte Christiane nicht weiter. »Ich sage Hanna einfach, daß Sie mich entlassen, wenn ich sie nicht bei Ihnen zu Hause abliefere«, scherzte sie fröhlich.

»Gute Idee.« Rebecca verzog keine Miene. »Vielleicht wäre es das beste, Sie bleiben dann noch eine Weile bei Hanna. Damit sie nicht einfach weghumpelt. Ich höre mich gleich nachher nach einer Krankenschwester um.«

»Die Hanna, wie ich annehme, auch nicht haben will.«

»Sie sagen es. Aber das ist mir egal.«

Christiane kam eine Idee. »Statt einer Pflegerin, die Hanna überwacht, könnte ich ja ein-, zweimal am Tag bei Hanna vorbeischauen. Wir Fahrer sitzen doch oft nur auf Abruf bereit, ohne daß sich was tut. Ehrlich gesagt, ist das stinklangweilig.«

Rebecca schwieg. Sie war wenig begeistert von der Idee.

»Hanna wäre das sicher viel angenehmer«, meinte Christiane deshalb. »Sie kennt mich immerhin etwas. Und auf die Art entkräften wir Hannas Sorge, daß Sie Ihnen zur Last fällt.«

»Ach ja? Und wie machen *wir* das?«

Christiane überhörte den zynisch-skeptischen Unterton, mit dem Rebecca die Frage stellte.

»Wenn Sie mich schicken, um nach Hanna zu sehen, müssen Sie keine Termine verschieben oder gar absagen. Und mich bezahlen Sie, im Unterschied zu einer Pflegerin, sowieso. Das Ganze kostet Sie also weder Zeit noch Geld.«

Rebecca zögerte immer noch. »Was, wenn sich, während Sie bei Hanna sind, kurzfristig ein Termin ergibt und ich außer Haus muß?«

»Dann nehmen Sie ersatzweise einen der anderen Fahrer.«

»Ungern«, kam es von der Rückbank.

Christiane horchte auf. *Ungern?*

»Aber wenn es Hanna hilft«, sagte Rebecca jetzt. »Also gut, so machen wir es.« Unzufrieden murmelte sie: »Hanna wird Sie für diese Idee zur Retterin vor meiner Willkür ernennen.«

Christiane lachte leise. »Na ja, die Idee ist auch ziemlich gut, oder?« Da sie gerade an einer roten Ampel warteten, drehte sie sich zu Rebecca um. Die blickte ernst drein. Aber Christiane hätte schwören können, daß Rebeccas Lippen sich eben noch gekräuselt hatten.

»Sehen Sie lieber nach vorn«, ermahnte Rebecca Christiane.

Wenig später, vor dem Reedereigebäude angekommen, ließ Christiane Rebecca aussteigen und fuhr in den Hof zur Garage. Max wartete bereits auf den Wagen. Heute stand eine Durchsicht auf dem Plan.

»Da bin ich. Kannst dich ranmachen. Schlüssel steckt«, rief sie Max zu. »Ich bringe nur ein paar Taxiquittungen zu Anita und hole mir den Plan für heute. Dann bin ich wieder da. Kann ich dir ein bißchen über die Schultern schauen?«

»Taxi?« echote Max statt einer Antwort. »Haben wir denn nicht genug Wagen?«

Christiane grinste. »Sollte man meinen.« Sie erzählte Max von Hannas Sturz am Freitagabend und daß sie den Mercedes bei Rebecca ließ.

»Hab mich schon gewundert, daß der Wagen heute morgen nicht dastand. Nächstes Mal könntest du mich anrufen und Bescheid geben. Ich war schon fast dabei, meinen Tagesplan umzuschmeißen.« Seine Stimme enthielt keinen Vorwurf, klang völlig ruhig.

Christiane blickte zerknirscht drein. »Verdammt. Entschuldige, daran habe ich überhaupt nicht gedacht. Ich dachte, daß ich ja pünktlich zurück bin.«

Max winkte ab. »Schon gut. Beim nächsten Mal.«

»Versprochen. Okay, bis gleich dann.« Christiane machte

sich auf den Weg zu Anita.

In Rebeccas Vorzimmer traf sie jedoch nur einen verwaisten Stuhl an. Der Schreibtisch sah auch verdächtig aufgeräumt aus. Scheinbar war Anita noch nicht da. Hatte sie verschlafen?

»Na, Gott sei Dank«, hörte Christiane Rebecca durch die angelehnte Tür sagen. »Eine Woche Streik ist auch mehr als genug. Erstellen Sie mir sofort eine Übersicht über die zu erwartenden Verzögerungen und die daraus entstehenden Mehrkosten ... ja, ich weiß ... nein, da haben wir nicht viele Möglichkeiten ... ja ... und eine Kopie des Berichts geht an die Rechtsabteilung. Die soll prüfen, was wir bei der Versicherung geltend machen können, und den Rest bei der spanischen Logistikfirma einklagen. Mal sehen, ob was bei rauskommt.«

Es folgte Stille. Offenbar hatte Rebecca aufgelegt.

Das Telefon auf Anitas Schreibtisch klingelte. Christiane zuckte leicht zusammen.

»So schreckhaft?« fragte Rebecca von der Tür her. Sie kam zum Schreibtisch, langte an Christiane vorbei zum Telefon. »Reklin«, meldete sie sich. »Ja, ich selbst. Was gibt es denn Marius? ... Ja, mach das. Dann verschieben wir unseren Termin um eine Stunde.« Sie legte wieder auf. »Tja, Anita ist krank. Ich hatte noch keine Zeit, ihren Apparat auf meinen umzulegen.« Jetzt klingelte es in Rebeccas Büro. »Sie hören ja, was los ist.« Rebecca lief zurück.

»Soll ich den Telefondienst für Sie machen?« fragte Christiane hinter ihr her. Doch es kam keine Antwort. Rebecca sprach bereits auf ihrem Apparat.

Anitas Apparat klingelte erneut. Kurzentschlossen griff Christiane nach dem Hörer. »Büro Reklin, Seidel«, meldete sie sich.

»Druckerei Hartmann. Es geht um die Visitenkarten.«

»Ja?«

»Wir können nicht pünktlich liefern, wenn wir nicht bis heute mittag das Okay für eines der vorgeschlagenen Layouts bekommen.«

Christiane ging um den Schreibtisch herum, griff sich Zettel und Stift und schrieb mit. »Sagen Sie mir noch Ihren Namen und Ihre Telefonnummer. Ich helfe nur aus. Es geht schneller mit dem Rückruf, wenn ich nicht erst im System nach dem Auftrag suchen muß. ... Ja, natürlich. ... Frau Reklin meldet sich bei Ihnen.« Christiane legte auf.

Rebecca kam wieder. »Was war?«

Christiane reichte ihr den Zettel. »Druckerei Hartmann«, antwortete sie. »Wegen der Visitenkarten.«

»Ach ja.« Rebecca griff sich an den Kopf. »Verdammt. Die Entwürfe liegen zu Hause. Aber ich nehme die aufklappbare Variante.« Sie reichte Christiane den Zettel zurück.

»Soll ich dort anrufen?« fragte sie.

»Bitte.« Rebecca musterte Christiane kritisch. »Trauen Sie sich das zu?«

»Einen Anruf?« Christiane lachte. »Aber sicher.«

»Nein. Ich meine das hier.« Rebecca machte eine Bewegung, die den Raum umfaßte. »Für heute?«

Christiane zuckte mit den Schultern. »Ich schreibe einfach alles auf. Oder?«

»Genau. Sie stellen keine Gespräche durch, auf die ich nicht warte. Die Leute, die wichtig sind, haben meine Durchwahl und wissen, in welchen Fällen sie die benutzen sollen. Sie machen keine Termine ohne vorherige Rücksprache mit mir.«

»Alles klar«, meinte Christiane salopp. »Äh, welche Auswärtstermine haben wir denn heute?«

»Da *Sie* gerade den Bürojob übernommen haben, gibt es für Sie heute keine Auswärtstermine. Einer Ihrer Kollegen wird mich fahren. Sie selbst haben mich auf diese Möglichkeit gebracht. Erinnern Sie sich?« Rebecca schmunzelte.

»Ja, aber ... das war für den Notfall gedacht. Nicht dafür, daß Sie auf den Geschmack kommen.« Christiane tat verschnupft. »Am Ende gewöhnen Sie sich an die Kollegen und ich verliere meinen Job.«

Jetzt lachte Rebecca. »Keine Sorge. So weit kommt es schon nicht. Im Gegenteil. Wenn Anita wieder da ist, kann Sie Ihnen ein paar Dinge hier zeigen, damit Sie sie ab und an entlasten können.«

Christiane verzog skeptisch den Mund. »Ob das eine gute Idee ist? Anita wird denken, ich wolle ihr den Job klauen.«

»Nein, wird sie nicht«, sagte Rebecca bestimmt. »Anita wird froh sein, daß sie endlich auch mal zwei Wochen Urlaub am Stück genehmigt bekommt. Bisher war ihr nie mehr als eine Woche vergönnt.«

Das hörte sich einleuchtend an. »Hm, na dann.« Christiane ging zurück um den Schreibtisch und setzte sich auf Anitas Platz. »Warum nicht.«

Rebecca runzelte leicht die Stirn. »Christiane, das war eigentlich keine Bitte«, stellte sie klar. »Sondern als Maßnahme gedacht, um Ihre Wartezeiten mit etwas Nützlichem zu füllen. Ich werde anordnen, auch den anderen Fahrern kleinere administrative Aufgaben zuzuweisen. Ehrlich gesagt, ging ich davon aus, daß dies bereits der Fall wäre. Danke, daß Sie mich auf meinen Irrtum aufmerksam gemacht haben.«

Na prima. Christiane, eben noch bester Laune, klappte innerlich zusammen. Ihre Mundwinkel zogen sich nach unten. Wenn die Kollegen hörten, wem sie diese Neuerung verdankten, redeten die sicherlich kein Wort mehr mit ihr. Damit nicht genug. Sprach sich ihr »Verdienst« erst herum, galt sie als Kratzfuß.

»Was ist?« fragte Rebecca.

»Nichts, außer daß alle denken werden, ich hätte mich mit diesem Hinweis bei Ihnen eingeschleimt.« Etwas unglücklich fügte Christiane hinzu: »Dabei wollte ich nur helfen.«

Rebecca lächelte spöttisch mild. »Tja, das Leben ist nur sehr selten fair.«

»*Das Leben ist nur sehr selten fair.* Ich hätte sie in dem Moment echt erwürgen können.« Christiane warf ihre Trainingstasche auf die Bank im Umkleideraum. »Das hat man nun davon, wenn man seine Hilfe anbietet.«

»Mit so was mußt du bei solchen Leuten doch immer rechnen. Was glaubst du, wie in den Chefetagen miteinander umgegangen wird.« Judiths Tasche plumpste neben die von Christiane. »Das ist wie Mord und Totschlag. Jeder verteidigt seinen Platz.«

»Woher willst du denn das wissen?« fragte Christiane. Judith arbeitete als technische Zeichnerin in einem Ingenieurbüro, einer kleinen Klitsche, wie sie selbst immer sagte. »Außerdem braucht Rebecca doch gar nichts verteidigen. Ihr gehört der Laden.«

»Warum läßt sie dich dann so auflaufen?«

»Vielleicht wollte sie sehen, wie ich reagiere.«

»Wieso?« fragte Judith verständnislos.

»Weiß nicht recht. Manchmal glaube ich, sie testet mich.«

»Testet? Du meinst, testen wie ... provozieren?«

»Nein, testen wie ... neugierig beobachten.«

»He, ihr beiden.« Susanne trat zu ihnen. »Kommt ihr morgen mit ins Kino?«

»Klar«, beschloß Judith für Christiane gleich mit. »Um wieviel Uhr treffen wir uns?«

»Halb acht, selbe Stelle wie immer.« Susanne ging weiter zur nächsten.

»Beeilung, die Damen!« rief es von draußen ungeduldig. Es war Uwes Stimme.

Wie schon die beiden letzten Trainingstage, kritisierte Uwe die kleinsten technischen Fehler. Jeden verlorenen Ball, jeden Fehlwurf wertete er in der Pause aus. Jede im Team mußte Federn lassen. Das hatte zur Folge, daß nach dem Training in der Kabine alle einen Rochus auf den Trainer hatten.

»Er tut ja gerade so, als machten wir die Fehler mit Absicht«, beschwerte Susanne sich.

»Der ist gereizt und läßt es an uns aus«, schnaufte Bianca.

Zustimmendes Gemurmel.

»Ach kommt, Mädels. Wollt ihr ihm das verdenken?« verteidigte Marina den Trainer. »Ihm geht es doch genauso wie uns.

Kann eine von euch sich vorstellen, daß die Mannschaft sich auflösen muß, nur weil wir kein Geld in der Kasse haben? Das ist doch wirklich der absolute Horror.«

»Können wir nicht einen Kredit aufnehmen? Das machen heutzutage doch alle«, meinte Judith.

Susanne schüttelte den Kopf. »Ja, wenn man ein Einkommen nachweisen oder eine Sicherheit bieten kann. Das kann der Club aber nicht. Das einzige, was wir bieten können, ist das bißchen Werbefläche auf unseren Trikots und in der Halle. Nicht eben ein Superangebot.«

Betretenes Schweigen folgte. Das Gespräch starb ab. Man ging in die Duschen, zog sich um, packte die Tasche. Der Umkleideraum leerte sich nach und nach.

Christiane wartete noch auf Judith. »Daß du immer die letzte sein mußt«, beschwerte sie sich.

»Ich kann doch nichts dafür, daß es länger dauert, bis meine Haare trocken geföhnt sind.« Judith zog ihre Schuhe an. Sie grinste. »Schönheit hat eben ihren Preis.«

»Ja, komm, meine Schönheit«, erwiderte Christiane amüsiert.

6

Christiane lehnte die Krücken an den Wagen und half Hanna beim Aussteigen. »Geht es?«

»Ja, ja.«

Die wenigen Schritte zum Haus, sogar die drei Stufen, meisterte Hanna ohne große Schwierigkeiten, aber vor der Treppe in den oberen Stock blieb sie zweifelnd stehen.

»Kommen Sie, ich helfe Ihnen.« Christiane half Hanna, so gut es ging.

Oben angekommen, schnaufte die Gehandicapte kräftig. »Und hier bleibe ich, bis ich wieder freihändig gehen kann.«

Christiane mußte grinsen. »Schätze, genau das war Rebeccas Absicht.«

Sie ging vor, öffnete Hanna die Tür – »Wenn Sie nach oben kommen, die dritte Tür auf der linken Seite«, hatte Rebecca gesagt – und staunte. Nicht über die Größe des Zimmers, auch nicht über seine helle, freundliche Einrichtung, sondern die Details, die das Willkommen ausdrückten. Überall im Zimmer gab es Blumen, eine Schale mit Obst stand auf dem Beistelltisch neben dem Bett. Letzteres war extra von der Mitte des Raums zum Fenster hin verschoben worden. Christiane erkannte es an den alten Abdrücken auf dem Teppich. So konnte Hanna besser in den Garten sehen.

»Sie hat einen Fernseher aufstellen lassen«, stellte Hanna fest.

Das auch noch! Christiane setzte Hannas Tasche auf dem Fußboden ab. »Na, hier haben Sie wirklich alles, was man sich wünschen kann.«

»Danke, daß Sie Rebecca die Idee mit der Pflegerin ausgeredet haben«, wiederholte Hanna zum x-ten Mal.

Christiane winkte auch diesmal nur ab. »Keine Ursache.«

»Wie haben Sie das nur geschafft?«

»Ich bot einfach an, nach Ihnen zu sehen.«

»So einfach war das bestimmt nicht.«

Christiane rief sich das Gespräch mit Rebecca noch einmal in Erinnerung. »Na ja. Zwei, drei Sätze mehr brauchte es schon, aber sie ließ sich relativ schnell überzeugen.«

Hanna setzte sich aufs Bett, legte die Krücken neben sich. »Das ist merkwürdig«, sagte sie dabei.

»Was?«

»Rebecca ist normalerweise in ihren Entscheidungen nicht umzustimmen. Schon gar nicht mit wenigen Sätzen.«

»Sie mag Sie eben, Hanna. Für Sie will sie das Beste. Mein Vorschlag war die optimale Lösung für beide Seiten.«

»Ja.« Hanna nickte langsam. »So muß es wohl sein.«

»Entspannen Sie sich«, sagte Christiane. »Und wenn Frau Reklin nach Hause kommt, triezen Sie sie ruhig ein bißchen.« Sie zwinkerte Hanna zu. »Patienten dürfen launisch sein. Nutzen Sie das aus.«

»Ausnutzen? Wieso?«

»Na, sonst sind *Sie* es doch, die ausgenutzt wird. Sie stehen zwölf Stunden am Tag für sie auf den Beinen. Unverantwortlich in Ihrem Alter. Haben Sie wenigstens auch mal einen Tag frei?«

»Zwölf Stunden? Wie kommen Sie denn darauf?«

»Na, wenn ich die Chefin früh hole, sind Sie da, und abends, wenn ich sie bringe, auch.«

»Das stimmt. Ich komme morgens drei Stunden und zum Abend drei. Zwischendurch habe ich frei.« Hanna schüttelte den Kopf. »Rebecca ist doch keine Sklaventreiberin.«

»Hm«, machte Christiane etwas zweifelnd und dachte an ihre bisherigen Erfahrungen mit Rebecca. »Aber sie stampft einen auf jeden Fall gern mal in den Boden. Und deswegen spute ich mich jetzt besser.« Christiane schaute auf die Uhr. »In einer halben Stunde muß ich sie zu einem Termin fahren.« Ihr Blick musterte Hanna, die einen müden Eindruck machte. »Morgen bringe ich Ihnen ein paar Kreuzworträtsel und Illustrierte mit.«

»Danke.« Hanna lehnte ihre Krücken jetzt gegen die Wand, nahm die Beine hoch aufs Bett und sank ins Kissen. »Ich mach mal kurz die Augen zu«, murmelte sie leise.

Christiane ließ Hanna allein und fuhr zur Firma.

Rebecca wartete bereits vor dem Gebäude. »Sie sind spät«, tadelte sie Christiane, während sie einstieg.

»Tut mir leid.«

»Hanna ist gut zu Hause angekommen?« erkundigte sich Rebecca, als sie saß.

»Ja, die Treppen waren ein Problem, aber ...«

»Gut«, unterbrach Rebecca Christianes aufkommenden Redeschwall. »Schon mal vorab zu Ihrer Information: Heute abend erwarte ich wieder einen Gast, den Sie bitte abholen. Eine Karin Goslar, Weberstraße 11.«

Der plötzliche Wechsel von Hanna zu der abendlichen Besucherin, genaugenommen dem, was Christiane mit dieser verband, überforderte sie. »Heute?« fragte sie verstört.

»Ja.«

»Aber ... Hanna ...«, stotterte Christiane. Rebecca konnte doch nicht ... während Hanna im Nebenzimmer war ...

»Keine Sorge. Ich kümmere mich schon um Hanna.«

Wie? Indem du ihr Ohropax gibst? Oder werdet ihr dabei leise sein?

Christiane fand beide Möglichkeiten ziemlich grotesk. »Ich finde, Sie sollten etwas mehr Rücksicht auf Hanna nehmen«, konnte sie sich nicht verkneifen zu sagen.

»Nun übertreiben Sie aber. Hanna ist ja schließlich kein Kleinkind«, erwiderte Rebecca mit einer Stimmlage irgendwo zwischen Belustigung und Genervtheit. »Sie kann mal eine oder zwei Stunden allein sein. Tagsüber schafft sie das ja auch. Übrigens waren Sie es, die sich mit großem Engagement *gegen* eine Rund-um-die-Uhr-Betreuung eingesetzt hat. Erinnern Sie sich?«

Darauf fiel Christiane keine Erwiderung mehr ein.

Nein. Hanna machte keinen vernachlässigten Eindruck, auch nicht den einer durch nächtliche Stöhnlaute um den Schlaf gebrachten oder sonstwie geschädigten Frau. Sie lag völlig entspannt auf dem Bett, als Christiane in das offene Zimmer trat, ließ das Buch sinken, in dem sie las, und lächelte Christiane entgegen.

»Hallo«, begrüßte sie ihre Besucherin freudestrahlend.

Vielleicht hatte sie nichts von dem mitbekommen, was gestern abend hier stattgefunden hat, dachte Christiane. Vielleicht fand Hanna aber auch nichts dabei. Hanna war zwar etwas älteren Baujahres, aber wie Christiane sie bisher kannte, nicht von gestern.

»Hallo Hanna«, grüßte Christiane zurück. »Wie versprochen was zum Lesen und ein paar Kreuzworträtsel.« Sie setzte sich auf die Bettkante, legte die Zeitungen ab.

»Danke.«

»Und? Wie geht es Ihnen heute?«

»Zuallererst einmal finde ich es albern, daß wir uns siezen«, erklärte Hanna. »Und da ich die Ältere bin, biete ich dir das Du an. Ist das in Ordnung?«

»Ja, sicher«, erwiderte Christiane überrascht. »Gern sogar.«

»Gut. Und was deine Frage angeht: Es geht mir gut. Wenn man mal davon absieht, daß ich zur Untätigkeit verdammt bin. Aber bekanntlich ist das beste Mittel gegen Langeweile, neugierige Fragen zu stellen.« Sie zwinkerte Christiane zu. »Und was mich schon die ganze Zeit interessiert: Wie kam es eigentlich dazu, daß Rebecca ausgerechnet dich aus der Vielzahl der Bewerber ausgewählt hat?«

Christiane gluckste. »Ausgewählt? So würde ich es nicht nennen. Die Wahl aus eins ist ja bekanntlich nur eins oder keins.«

Christiane erzählte Hanna von dem Montag vor einer Woche, als sie in Rebeccas Vorzimmer kam, was dort passierte, bis einschließlich des Fauxpas gleich am ersten Abend.

»Sie hat mich ziemlich runtergeputzt. Ich wollte sie schon einfach mit ihrem protzigen Wagen stehenlassen«, schloß sie kichernd.

»Du hältst Rebecca für überheblich, hab ich recht?«

»Aber nein«, wehrte Christiane in einem Ton ab, der sie Lügen strafte. »Sie ist nur immer leicht verärgert, hat nie Spaß und gibt am liebsten die Schweigsame«, meinte sie trocken.

Hanna seufzte. »Ja. Ich weiß. Sie gibt sich reserviert. Aber eigentlich ist sie ein sensibler Mensch. Sie wurde halt oft verletzt, hatte viel Pech mit den Frauen ... äh ...« Hanna biß sich auf die Unterlippe. »Verdammt, jetzt habe ich mich verplappert.« Sie schaute Christiane bittend an. »Bitte sag Rebecca nicht, daß ich sie geoutet habe.«

Beruhigend legte Christiane ihre Hand auf Hannas Arm. »Mach ich nicht. Außerdem wußte ich es schon.«

Hanna bekam große Augen. »Ja?«

Christiane nickte.

»Ach so, du hast von dieser Geschichte gehört. Wo? In der Firma?«

Christiana hob fragend die Augenbrauen. Von welcher Geschichte sprach Hanna?

Hanna seufzte erneut. »Ich dachte, die Gerüchteküche wäre nach einem Jahr endlich abgekühlt. Diese Liane war wirklich ein Miststück. Sie hat Rebecca angezeigt.«

»Angezeigt?!« Christiane blinzelte irritiert.

»Wegen sexueller Belästigung am Arbeitsplatz, Nötigung.«

»Wie bitte?« Christiane glaubte, sich verhört zu haben. Rebecca hatte sicher ihre Fehler, aber sie belästigte doch niemanden!

»Der Anwalt handelte einen Vergleich aus«, erzählte Hanna weiter. »Im Grunde war es nichts anderes als eine Erpressung von diesem hinterhältigen Luder.«

»Und das hat Rebecca sich gefallen lassen?«

Hannas Blick trübte sich. »Rebecca war völlig am Ende«, sagte sie traurig.

Christiane schwieg betroffen. Lud Rebecca sich deshalb nur noch abendliche Besucherinnen ein? Um keine Gefühle zu entwickeln, die verletzt werden könnten?

Hanna hob resigniert die Arme und ließ sie wieder sinken.

»Seit dieser Sache ist Rebecca, wie soll ich sagen, in allen Dingen sehr diszipliniert. Sie läßt niemanden an sich heran.«

Christiane kratzte sich verlegen am Kopf. Na ja, hier irrte Hanna. Rebecca ließ durchaus Frauen an sich heran. Aber was Hanna meinte, war ja auch ein anderes Heranlassen. Eines, welches Rebeccas Inneres betraf.

»Tja, wir alle haben unsere Probleme«, meinte Christiane.

Rebecca hatten diese Probleme hart gemacht. Das wäre für sie, Christiane, keine Alternative. Sie versuchte die Dinge positiv zu sehen. Enttäuschungen gehörten zum Leben. Deswegen durfte man sich nicht einigeln oder gar zynisch werden. »Das Leben ist nur selten fair.« Wer so sprach, lebte immer in Erwartung von etwas schlechtem. Ein freudloses Leben war das. Einsam.

»Rebecca sucht in der Arbeit Zuflucht«, redete Hanna sich weiter ihren Verdruß von der Seele. »Nicht, daß sie vor dieser Geschichte faul war. Ganz sicher nicht. Aber jetzt ... ich sage ihr immer, daß sie raus muß aus dem Trott, sich Freunde suchen, dann wird sie das Leben auch wieder genießen. Aber davon will sie nichts hören.«

Christiane verstand Hannas Sorge, aber nach dem, was sie wußte, hatte Rebecca ihre eigene Methode entwickelt, dem Trott zu entfliehen. Es konnte ja sein, daß Rebecca Hannas gutgemeinten Rat aus dem Grund ablehnte, weil sie mit dieser Methode durchaus zufrieden war.

»Hanna, man kann nichts erzwingen«, sagte Christiane vorsichtig. »Wenn Rebecca nicht will, dann hat es wohl kaum Sinn, in sie zu dringen. Sie ist erwachsen. Und sie ist eine sehr energische Frau. Wie ich sie einschätze, mag sie von Haus aus keine Einmischung. Und was das Privatleben betrifft, ist jeder besonders empfindlich. Da kannst du mit Engelszungen reden. Du wirst nichts erreichen, was sie nicht selbst will.«

»Egal. Ich versuche es trotzdem weiter«, brummte Hanna.

Christiane schmunzelte. »Wenn du meinst.« Sie stand auf. »Ich muß dann wieder. Wenn nichts dazwischenkommt, sehe ich am späteren Nachmittag noch mal vorbei.« Sie winkte Hanna zu.

»Fein, dann sind die technischen Details geklärt«, sagte Rebecca am Telefon. »Ich lasse die Verträge ausdrucken, genau wie beim letzten Mal, und komme am ...«, Rebecca blätterte in ihrem Kalender, »... Freitag mit den Papieren rüber nach Hamburg zur Unterschrift ... Okay, dann am Montag? ... Gut. Wir sehen uns, Frank.« Rebecca legte auf und ging ins Vorzimmer. »Anita, ich fahre am Montag nach Hamburg. Verschieben Sie bitte alle Termine.«

Die Sekretärin nickte. »Geht klar.«

Rebecca sah auf die Uhr. »Ist Christiane noch nicht zurück?«

Wie aufs Stichwort betrat Christiane das Vorzimmer. Rebecca holte ihre Jacke. »Na dann.«

Heute war es Christiane sehr recht, daß Rebecca während der Fahrt, die sie zu deren Anwalt führte, schwieg. Christianes Gedanken waren bei ihrem Gespräch mit Hanna.

Hanna sollte es wissen, wenn sie sagte, Rebecca sei im Grunde kein so schlechter Mensch. Andernfalls hätte sie es wohl kaum neun Jahre bei Rebecca ausgehalten. Christiane hatte sogar den Eindruck, daß Rebecca und Hanna so etwas wie Zuneigung verband. Rebeccas Sorge nach Hannas Leitersturz, Hannas warmherzige Worte über Rebecca, ihr Umgangston miteinander, das alles deutete auf ein sehr vertrautes Verhältnis hin. Das war bestimmt nicht von Anfang an so. Sicher hatten sich die beiden das ein oder andere Gefecht geliefert.

So wie du und Rebecca auch!

Rebecca war eine Frau, deren Akzeptanz man sich erst verdienen mußte. Erst recht, wenn man so verschiedener Auffassungen war, verschiedene Lebensarten hatte.

Christiane überraschte sich bei der Frage: *Ist dir das wichtig? Ihre Akzeptanz?* Und auch die Antwort überraschte sie: *Ja, das ist es.*

Christiane seufzte still in sich hinein. Aber natürlich konnte sie nach etwas mehr als einer Woche nicht erwarten, daß Rebecca sie in irgendeiner Weise anders als den Rest der Belegschaft behandelte. Genaugenommen konnte sie *gar nichts* erwarten. Egal, ob eine Woche, ein Monat oder ein Jahr verging!

»Sie sind ja heute so still. Was ist los?« meldete Rebecca sich vom Rücksitz.

Christiane schrak leicht zusammen. »Wie?«

»Angespannt wegen des Turniers?«

»Äh, nein.«

»Sondern?«

»Ach, nichts.«

Kurzes Zögern bei Rebecca. »Schon gut. Sie wollen nicht darüber reden«, sagte sie dann. Christiane merkte Rebeccas Stimme an, daß sie ihren Versuch, ein Gespräch aufzubauen, bereits bereute.

Verdammt! Christiane biß sich auf die Unterlippe. Da verließ Rebecca einmal ihre Deckung, und sie stieß sie vor den Kopf. Aber es war der falsche Augenblick. Christianes Gedanken wandelten gerade eben auf sehr merkwürdigen Pfaden. Unmöglich, Rebecca davon zu erzählen. »Sie reden ja sonst auch nicht mit mir. Jedenfalls nicht freiwillig«, flüchtete sie sich in eine schnippische Erwiderung. Der kecke Ton, der dazugehörte, mißlang jedoch.

»Na ja. Da haben Sie wohl recht.« Rebecca räusperte sich. »Belassen wir es dabei. Damit fühlen wir uns beide besser. Nicht wahr?« Es war zwar als Frage formuliert, doch Rebeccas Ton ließ keinen Zweifel, daß es keinen weiteren Vorstoß dieser Art geben würde. Christiane registrierte via Rückspiegel ein unwilliges Kopfschütteln Rebeccas.

Toll, Christiane! Das hast du ja schön vermasselt.

Am Anwaltsbüro angekommen, nahm Rebecca ihre Unterlagen vom Sitz und stieg wortlos aus.

»Was ist denn nur los mit mir?« fluchte Christiane vor sich hin, als sie allein war. Warum stellte sie sich Fragen über ihr Verhältnis zu Rebecca? Warum wurde sie verlegen, wenn Rebecca sie dabei ertappte?

Weil du schon seit deiner ersten Begegnung mit Rebecca von ihr fasziniert bist. Christiane gestand sich ein, mit dem Urteil »Schön, aber viel zu schwierig« versucht zu haben, sich dem zu entziehen. Und so lange sie in Rebecca die arrogante Exzentrikerin sehen konnte, gelang das auch. Mittlerweile, und das lag nicht nur an dem Gespräch mit Hanna, wußte Christiane, daß es noch eine andere Rebecca gab. Eine, die Humor hatte, wie an dem Morgen nach Christianes Erlebnis auf der Polizeiwache. Rebecca hatte Mühe gehabt, ihr Grinsen unter Verschluß zu halten. Und im Krankenhaus, nach Hannas Unfall. Da war Rebecca voller Sorge. Ganz und gar nicht kalt und distanziert. In diesen Momenten war sie wieder da, diese Faszination. Und sie wuchs.

Wo führte das hin? Doch nur auf direktem Weg in ein Gefühlschaos!

Du mußt einen klaren Kopf bewahren, Christiane. Das ist ganz sicher nur eine vorübergehende hormonelle Schwankung. Hoffentlich! Denn wenn das nicht so wäre, wenn hier wirklich Gefühle ins Spiel kommen sollten, dann gute Nacht, Christiane. Dann solltest du dir schnellstens einen neuen Job suchen, es sei denn, du strebst neuerdings ein Leben als Masochistin an.

Christiane starrte in Gedanken auf die Tür des Mietshauses, hinter der Rebecca vor Minuten verschwunden war.

Ausblenden! Sie mußte einfach jedweden Gedanken ausblenden, der sich irgendwie mit Rebecca als Person beschäftigte. Rebecca war ihre Arbeitgeberin, der Boss, die Frau, die sie chauffierte. Punkt und aus.

Christiane preßte ihren Kopf in die Kopfstütze, starrte den weißen Himmel des Wagens an und schloß die Augen. Irgendwie hatte sie erhebliche Zweifel, daß das funktionieren würde. Da gab es nämlich etwas, das entschieden gegen die Ausblendungstaktik sprach. Rebecca war eine viel zu interessante Frau, um sie einfach zu ignorieren. Schön, klug, selbstbewußt, zuweilen etwas zu sehr. Und wenn man es am wenigsten erwartete, sensibel, verletzlich.

Es klopfte an der Scheibe. Christiane fuhr erschrocken zusammen. Auf Rebeccas Zeichen hin ließ sie das Seitenfenster runterfahren.

»Ich fahre mit Herrn Faber mit. Sie können Mittag machen. Ich bin gegen halb zwei zurück.«

Rebecca ging mit einem Mann in braunem Sakko davon. Christianes Blick folgte ihnen, bis sie in einen schwarzen Honda stiegen.

Ich will mich nicht in sie verlieben! Göttin, mach, daß ich mich nicht in sie verliebe.

7

Die Blumen in Hannas Krankenzimmer wurden regelmäßig ausgewechselt. Das Obst war stets frisch. Christiane entgingen diese kleinen Details nicht. Rebecca sorgte dafür, daß Hanna sich wohl fühlte. Offenbar so wohl, daß sie übermütig geworden war!

»Das kannst du nicht von mir verlangen. Sie wird mich feuern!« Christiane blickte Hanna entgeistert an. Heute nutzte sie eine längere Fahrpause am frühen Nachmittag, Hanna einen Besuch abzustatten. Und Hanna überfiel sie prompt mit einem derartigen Ansinnen!

»Wird sie nicht. Dann müßte sie mich ja auch feuern.«

»Du arbeitest schon ein paar Jahre für sie, ich erst ein paar Tage. Und wie du dich vielleicht erinnerst, hatte ich einen schlechten Start.«

»Ich verspreche dir, Rebecca schmeißt dich nicht raus. Es ist *mein* Plan, *meine* Überraschung zu ihrem Geburtstag. Du und Anita, ihr seid meine Helfershelfer. Ihr steht unter meinem Schutz«, beruhigte Hanna Christiane.

»Ich hoffe sehr, du überschätzt deinen Einfluß nicht.«

Hanna schüttelte den Kopf. »Keine Sorge. Es ist jedes Jahr das gleiche. Sie sagt, sie möchte um ihren Geburtstag kein großes Aufsehen gemacht haben – und ich ignoriere das.« Hanna lächelte verschmitzt. »Eigentlich wollte ich sie an diesem Tag ja unter einem Vorwand selbst fahren und die Ballonfahrt mit ihr gemeinsam machen.« Ein tiefer Seufzer. »Aber mit einem Bein in Gips fährt es sich schwer Auto, und in meiner Verfassung in die Lüfte zu steigen, ist wohl auch keine gute Idee. Du *mußt* für mich einspringen.«

Christiane fühlte sich überrumpelt. »Ich weiß nicht«, sagte sie lahm. Ihre Ausblendungstaktik sah Ballonfahrten mit Rebecca nun wirklich nicht vor!

»Du brauchst wirklich keine Angst vor Rebecca zu haben. Sie wird erst ein mürrisches Gesicht machen, aber das vergeht schnell. Wenn ihr erst mal am Startplatz seid, gibt sie ihren Widerstand auf.«

Hanna wies auf die Tasche am Fußende des Bettes, über die sich Christiane schon beim Hereinkommen gewundert hatte.

»Ich habe ein paar von Rebeccas Sachen eingepackt. Turnschuhe, Pullover, eine wetterfeste Jacke, Jeans. Es ist kalt in mehreren hundert Metern Höhe. Die Tasche legst du schon mal in den Kofferraum. Und morgen früh mache ich heimlich einen Picknickkorb fertig. Noch bevor Rebecca aufsteht.«

»Aber dazu mußt du die Treppe runter und wieder rauf«, wies Christiane auf einen entscheidenden Mangel in Hannas Plan hin.

»Das schaffe ich schon. Keine Sorge.« Hanna zwinkerte schelmisch. »Ich habe die Po-Methode entdeckt. Das geht wirklich einfach.«

Christiane stellte sich Hanna auf dem Po die Treppe herunterrutschend vor und grinste.

»Ich stelle den Korb vor die Tür«, erklärte Hanna weiter. »Wenn du kommst, halte ich Rebecca lange genug auf, so daß du den Korb unbemerkt einpacken kannst.«

»Du bist ja wirklich eine Strategin.«

»Sie darf von allem nichts ahnen. Sonst steigt sie nicht in den Wagen.«

Christiane blickte immer noch skeptisch. Wohl war ihr bei der Sache nicht.

»Herzlichen Glückwunsch zum Geburtstag.« Hanna strahlte Rebecca an, die in ihr Zimmer kam, um sich zu verabschieden.

»Danke.« Rebecca schaute auf die Uhr. Durch das gekippte Fenster drangen Motorgeräusche. »Ah, da ist Christiane.« Sie machte Anstalten, das Zimmer zu verlassen.

»Und du wirst diesen Tag wie jeden anderen verbringen? Ins Büro fahren, Meetings halten, Verträge abschließen. Wie gehabt?« rief Hanna Rebecca hinterher.

Rebecca blieb stehen und drehte sich um. »Du sagst es«, bestätigte sie. »Und da du dieses Jahr krank bist, kannst du keine deiner üblichen Überraschungen starten.« Sie grinste Hanna breit an, schnalzte mit der Zunge. »Alles hat auch seine guten Seiten.«

Hanna gab sich geknickt und ihrem Buch einen unauffälligen Schubs, so daß es zwischen Fenster und Bett fiel. »Huch«, sagte sie und schaute Rebecca bittend an. »Kannst du mal bitte . . .?«

Rebecca bückte sich. Sie mußte auf die Knie gehen und sich ziemlich strecken, um das Buch zu erwischen. Als sie wieder stand, ordnete Rebecca ihre Kleidung. Bildete sie es sich nur ein, oder nahm ihre Hose den Kniefall übel? Rebecca meinte, eine klitzekleine Beule in Kniehöhe zu erkennen.

»Also dann, langweile dich nicht zu sehr«, verabschiedete sie sich von Hanna und ging schnell noch einmal ins Schlafzimmer, wo sie sich vorsichtshalber umzog. Schließlich predigte sie ihren Mitarbeitern tadellose Präsentation, da mußte sie selbst ein Beispiel geben.

Wieder in makellosem Zustand, verließ Rebecca das Haus.

»Guten Morgen und herzlichen Glückwunsch«, begrüßte Christiane sie und hielt ihr die Tür des Wagens auf.

»Guten Morgen. Und danke. Aber tun Sie mir einen Gefallen: kein Tamtam deswegen.« Rebecca stieg ein.

Während der Fahrt vertiefte Rebecca sich gewohnheitsmäßig in ihre Zeitung. Irgendwann blickte sie auf, weil sie das Gefühl hatte, daß sie nicht die normale Strecke fuhren. Und richtig. Üblicherweise kamen sie nicht am Bahnhof vorbei.

»Christiane? Das ist aber nicht der Weg ins Büro.«

»Da war eine Umleitung.«

Rebecca senkte wortlos den Blick, las weiter. Als sie erneut aufschaute, wunderte sie sich. »Immer noch Umleitung? Wir sind ja fast aus der Stadt raus.«

Christiane schwieg.

»Christiane?«

Keine Antwort.

»Christiane!« Rebecca fand das alles langsam sehr mysteriös. In ihrer Stimme lag entsprechender Nachdruck. »Sie ... sind doch nicht unter die Entführer gegangen?«

Christiane grinste. »Würde denn jemand für Sie zahlen?«

Rebecca saß mit offenem Mund da.

»Keine Sorge. Alles in Ordnung«, kam es von vorn. »Eine kleine Abweichung vom Plan. Es dauert nur noch ein paar Minuten, dann sind wir da. Ich habe den Auftrag, Sie an einem bestimmten Ort abzuliefern und nichts zu verraten.«

Schweigen.

Dann folgte ein überdeutlich artikuliertes »Wohin?!« mit deutlich warnendem Unterton. »Sie wissen, ich hasse Überraschungen. Und überhaupt – Auftrag? Von wem?«

Christiane zögerte.

»Christiane!« Rebeccas Stimme hob sich eine weitere Nuance, ließ keinen Zweifel mehr daran, daß sie gereizt war.

»Ich habe Hanna gesagt, daß es Ihnen nicht recht sein würde«, verteidigte sie sich.

»Natürlich. Hanna.« Rebecca schüttelte den Kopf. »Warum bin ich nicht gleich darauf gekommen. Also gut. Wenden Sie und fahren Sie mich ins Büro.«

»Das würde nicht viel bringen. Hanna hat Anita gesagt, sie solle alle Ihre Termine heute verschieben.«

Rebecca beugte sich vor. »Sie scherzen hoffentlich!«

»Wollen Sie Hanna anrufen?«

Rebecca verzichtete darauf. »Hat sie es also doch wieder getan«, murmelte sie vor sich hin und lehnte sich zurück in die Polster. »Diesmal mittels eines regelrechten Komplotts!«

Christiane zog es klugerweise vor, nichts zu erwidern.

»Sie riskieren Ihren Job, das ist Ihnen doch klar!« brummte Rebecca mißmutig.

»Es wäre unfair, die Helferinnen zu feuern und die Initiatorin zu begnadigen. Und Hanna war sich sicher, daß Sie sie nicht feuern«, argumentierte Christiane.

»Ha!« war alles, was Rebecca darauf erwiderte. Und es war durchaus Absicht, daß für Christiane aus diesem *Ha!* nicht zu entnehmen war, ob ihre Chefin wirklich derart viel Nachsicht aufbringen würde. Auch deshalb hüllte Rebecca sich jetzt in Schweigen. Christiane sollte ruhig glauben, daß sie in Gedanken bereits die Entlassungsschreiben formulierte. Sie sollte über ihren Leichtsinn, sich an ein Komplott gegen sie zu beteiligen, nachdenken.

»Wir sind da«, sagte Christiane nach einigen Minuten erfreulich kleinlaut. Der Wagen stoppte.

Rebecca schaute aus dem Fenster. Ein paar Häuser, ein Waldstück, eine offene Wiese. Darauf ein paar Leute, die an irgend etwas rumhantierten. »Hier ist nichts«, brummte sie.

Christiane reichte Rebecca einen Umschlag nach hinten. »Den soll ich Ihnen von Hanna geben.«

Rebecca nahm den Umschlag und öffnete ihn. »Happy Birthday, Liebes«, las sie. »Wie du sicher schon gemerkt hast, fährt Christiane dich heute nicht ins Büro. Ich habe eine Ballonfahrt für dich gebucht. Ihr steht jetzt am Startplatz. Im Kofferraum liegen ein paar bequeme Sachen und ein Picknickkorb. Genieße den Flug hoch in den Wolken. Ich wäre gern mitgekommen, aber leider bin ich ja gehandicapt. Den Korb habe ich trotzdem reichlich bestückt. Es wäre ja möglich, daß du jemanden findest, der mit dir aufsteigt. Und ich meine nicht den Piloten!«

Rebecca las noch einmal. Hanna schenkte ihr eine Ballonfahrt zum Geburtstag? Wurde Hanna auf ihre alten Tage verrückt? Rebecca schaute jetzt genauer zu der Gruppe auf der Wiese und erkannte die Gondel samt Ballon. Glaubte Hanna wirklich, daß sie da einsteigen würde? Sie war doch nicht lebensmüde!

Jetzt drehte sich Christiane zu Rebecca um. »Sind Sie bereit?« fragte sie aufgelegt enthusiastisch. Den Teil von Hannas Plan, der vorsah, daß sie mit Rebecca gemeinsam in die Lüfte stieg, verschwieg sie eingedenk Rebeccas mürrischer Laune gern.

»Nein!« lautete die unwirsche Antwort.

»Haben Sie Höhenangst?«

»Nein. Aber mir behagt es nicht, mich auf eine Reise zu begeben, deren Richtung nur der Wind bestimmt. Das kommt mir, ehrlich gesagt, nicht sehr schlau vor. Am Ende hänge ich in irgendeiner Stromleitung.«

»Ich glaube, das weiß der Ballonführer zu verhindern«, meinte Christiane.

Rebeccas Augen verengten sich. »Ihnen gefällt wohl der Gedanke, daß mir der Boden unter den Füssen weggezogen wird, was?« fragte sie argwöhnisch. »Wahrscheinlich haben Sie sich gern zur Komplizin machen lassen.«

»Seien Sie doch nicht so verkrampft!« entfuhr es Christiane da plötzlich. Und selbst Rebecca spürte die Schrecksekunde, die Christiane unmittelbar darauf überfiel, weil sie ihre Chefin derartig anranzte. »Ich meine, warum sehen Sie es nicht einfach als ein Abenteuer, gemischt mit ein wenig Romantik«, fuhr Christiane schnell fort. »Ich glaube, das hatte Hanna mit diesem Geschenk im Sinn. Im Kofferraum sind übrigens ein Picknickkorb und Sachen zum Umziehen.«

»Sie haben ja wirklich an alles gedacht.«

»Hanna, das war Hanna«, korrigierte Christiane. »Glauben Sie mir, ich habe nichts damit zu tun.«

Ach ja? Und warum stehen wir dann hier? fragte Rebeccas Blick. Christiane zog es vor, sich ihm zu entziehen. Sie stieg aus, ging zum Heck des Wagens, darauf hoffend, daß Rebecca ihr folgte. Und siehe da, Rebecca stieg tatsächlich aus.

»Ich schließe mich dem Bodenteam an«, sagte Christiane und öffnete dabei den Kofferraum. »Das hält Funkkontakt zum Piloten. Wenn Sie landen, bin ich da.«

Rebecca trat neben sie, inspizierte den Inhalt des Picknickkorbes. Aus einer ihr später nicht mehr nachvollziehbaren Laune heraus sagte sie trocken: »Ja, Sie sind da. Weil Sie mitfliegen.«

»Wie bitte?« Der Schreck in Christianes Stimme war unüberhörbar. Sie hatte doch gar nicht erwähnt, daß Hanna sie auch dafür engagiert hatte.

»Schauen Sie mal in den Picknickkorb. Was sehen Sie da?«

Christiane beugte sich leicht vor. »Baguettes mit Schinken und Käse, eine Flasche Wein«, zählte sie auf.

Rebecca nickte. »Und wieviel Gläser?«

»Zwei.«

»Eben.« Rebecca reichte Christiane Hannas Brief. Während Christiane las, sagte Rebecca: »Hanna hat den Korb nicht nur für mich allein gepackt. Tja, meine Liebe, mitgegangen – mitgefangen. Heißt es nicht so?« Rebecca grinste, zwar immer noch leicht unzufrieden, aber auch etwas amüsiert.

Christiane gab Rebecca den Brief mit leicht geröteten Wangen zurück.

»Als ich Romantik sagte, meinte ich die Natur, nicht . . . also, ich habe wirklich nichts mit der Sache zu tun. Es war allein Hannas Idee . . .«, stotterte sie. Das Rot ihrer Wangen nahm zu.

Rebecca verstand nicht gleich, wovon Christiane sprach. Als es ihr aufging, hob sie abwehrend die Hände. »Oh, nein, nein«, stotterte nun auch sie und schüttelte den Kopf. »Natürlich. So meinte ich das auch nicht! Was Hanna meinte, keine Ahnung. Aber ich: nein und nochmals nein.«

Eine Verlegenheitspause entstand, aus der Rebecca sich damit rettete, indem sie begann, geschäftig in der Sporttasche herumzuwühlen. Sie förderte die Jeans zutage. »Ich ziehe mich jetzt um«, kündigte sie an.

Christiane war dies sehr recht. Denn das gab ihr die Gelegenheit, Rebecca den Rücken zuzuwenden. Die wechselte Bürolook gegen Jeans und Pullover, Pumps gegen Joggingschuhe.

»Na ja, dann wollen wir mal«, meinte sie, als sie fertig war, griff den Picknickkorb und stapfte los. »Auf den Spuren von Jules Verne, Abenteuer – wir kommen.«

Froh klingt anders, dachte Christiane. Sie zögerte. Sollte sie wirklich? Nach der peinlichen Situation eben? Und bei Rebeccas sichtbar schlechter Laune? Andererseits, sie würden ja nicht allein im Ballon sein, und wie sie Rebecca kannte, akzeptierte sie ein Nein sowieso nicht.

»Wo bleiben Sie denn?« Rebecca drehte sich um. Sie war schon zehn Meter vor Christiane. »Oder haben Sie Höhenangst?«

Für einen Moment war Christiane versucht, mit ja zu antworten. Aber natürlich würde Rebecca ihr das nicht abnehmen. Schicksalsergeben drückte Christiane die Fernbedienung des Wagens und verschloß ihn. Dann setzte sie sich in Bewegung.

Während der Ballon mit ihnen aufstieg, schwiegen sie. Rebecca brauchte ein paar Minuten, um sich an das Gefühl zu gewöhnen, daß unter ihren Füßen nichts war außer der Plattform, auf der sie stand. Daß ihr Gefährt ein Spielball des Windes war, wohlgemerkt ein Spielball gefüllt mit einem leicht entzündbaren Gas, und sie dem Können des Piloten vertrauen mußte, der sie hoffentlich wieder sicher auf den Boden brachte. Rebecca verspürte eine leichte Beklemmung. Statistisch gesehen war ein Autounfall oder Flugzeugunglück wohl weitaus wahrscheinlicher als ein Unfall mit einem Heißluftballon, trotzdem . . .

»Beginnt Ihnen Ihr Geschenk zu gefallen?« fragte Christiane neben ihr.

Rebecca brach ihre Überlegungen ab und atmete einmal tief durch. »Ich weiß noch nicht recht, es ist ein wenig beklemmend«, sagte sie. »Aber auch schön.« Sie betrachtete die kleiner werdenden Häuser. Die Strahlen der Vormittagssonne wärmten angenehm das Gesicht und tauchten die Landschaft in ein Meer aus Licht.

»Hanna hat sicher lange überlegt, was Sie Ihnen schenken soll. Wo Sie doch alles haben, was man mit Geld so kaufen kann.«

Rebeccas Antwort war ein Seufzen. »Ich sage ihr jedes Jahr, daß sie mir nichts zu schenken braucht. Aber sie ist einfach nicht davon abzubringen.«

»Weil sie Sie mag. Das möchte Sie Ihnen eben einmal im Jahr zeigen. Warum wehren Sie sich so dagegen?«

»Es ist ... doch nicht nötig, das zu zeigen. Ich weiß, daß es so ist, und umgekehrt weiß Hanna, daß sie wichtig für mich ist. Oder warum glauben Sie, war Hanna sich so sicher, daß Ihr Job nicht in Gefahr ist, wenn Sie bei ihrer kleinen Verschwörung helfen?«

»Ist er nicht?« Christiane sah Rebecca an. »Da bin ich erleichtert. Ich war mir bis eben nicht so sicher.« Sie schmunzelte. »Ehrlich gesagt, dachte ich, Sie nehmen mich nur mit hier hoch, weil Sie sich die Option offenhalten wollten, mich über Bord zu schubsen.«

Rebecca lachte leise. »Ich kann ja noch mal darüber nachdenken, ob das eine angemessene Strafe wäre.«

Christiane hob warnend den Zeigefinger. »Denken Sie daran, daß es wie ein Unfall aussehen muß.«

»Tja, das ist ein Problem. Schließlich gibt es da einen unbequemen Zeugen.« Rebecca deutete mit dem Kopf in Richtung Piloten. »Wie es scheint, haben Sie also Glück. Na ja, allein wäre es hier oben auch entsetzlich langweilig.«

Angesichts des Überraschungslautes, den dieses Geständnis bei Christiane auslöste, lachte Rebecca erneut. »Dachten Sie, ich würde es vorziehen, mit mir allein zu sein?« Sie gluckste. »Sozusagen nur ich und meine eigene strahlende Aura?«

Da Christiane nichts erwiderte, fuhr Rebecca fort: »Glauben Sie, Sie kennen mich, weil wir täglich eine Stunde oder auch länger zusammen in einem Auto fahren?«

Jetzt fand Christiane ihre Sprache wieder. »Nein. Ich glaube, niemand kennt Sie. Sie lassen ja niemanden an sich heran, außer Hanna.«

Rebeccas Gesicht verschloß sich abrupt. »Das hat seine Gründe. Leute wie ich müssen vorsichtig sein.«

Christiane winkte ab. »Sie meinen, weil alle nur Ihr Geld sehen, den Luxus, der Sie umgibt, und davon gern etwas abhaben wollen?«

»Ja, allerdings.«

»Ich glaube, daran liegt es nicht«, sagte Christiane.

»Sondern?«

»Ihr Glaube, alle seien nur hinter Ihrem Geld her, macht Sie blind für ehrliche Angebote. Dieser Glaube frißt Ihnen, wie ein Geschwür, die einfache Sicht der Dinge weg.«

Nun war es Rebecca, die abwinkte. »Ach, hören Sie auf. Sie sagen, ich solle ignorieren, wie die Menschen sind, das Gute in ihnen suchen? Glauben Sie, das habe ich nicht versucht? Am Ende läuft es immer auf dasselbe hinaus: man will mir ein gutes Geschäft anbieten, das leider nur eben vorfinanziert werden muß, einen Kredit aus dem Kreuz leiern oder eine kleine Spende. Nicht zuletzt erpreßt man mich sogar. Ehrliche Angebote? Tut mir leid. Davon sehe ich nichts.«

»Schlechte Erfahrungen machen wir doch alle, egal, wieviel wir auf dem Konto haben. Sie sind verbittert, das ist Ihr Problem. Sie haben sich zurückgezogen. Mal ehrlich, macht Sie das glücklich?«

Rebecca zögerte. »Hm. Geht so.«

»Wenn *geht so* das ist, was Sie wollen, sind Sie auf dem richtigen Weg«, meinte Christiane dazu.

»Sie sind eine Idealistin«, erwiderte Rebecca.

»Mag sein.«

Rebecca betrachte Christiane nachdenklich.

»Stört sie das?« fragte Christiane.

»Nein, eigentlich beneide ich Sie darum.« Rebeccas Blick durchdrang Christiane. »Falls es wirklich so ist«, schränkte sie sofort ein.

»Wieder ein Aber«, stellte Christiane lediglich fest.

»Ja.«

»Das muß schwer sein.«

»Was?« fragte Rebecca verwundert.

»Immer auf der Hut zu sein.«

Rebecca schüttelte den Kopf. Da sie nichts erwiderte, glaubte Christiane, sie suche nach einer Erwiderung. Es überraschte

Christiane, als Rebecca sagte: »Ich hätte nie gedacht, daß wir so miteinander reden können. Ich dachte ...« Rebecca brach ab.

Christiane half ihr. »Sie dachten, eine Kurierfahrerin ist entweder eine Studentin oder eine gescheiterte Existenz. Für eine Studentin bin ich zu alt. Und von einer gescheiterten Existenz erwartet man keinen Tiefgang.« Sie verzog spöttisch den rechten Mundwinkel. »Glauben Sie, Sie kennen mich, weil wir täglich eine Stunde oder auch länger zusammen in einem Auto fahren?«

»Autsch.« Rebecca zog den Kopf ein. »Das schreit nach einem Friedensangebot. Was halten Sie von einem versöhnlichen Schluck Wein?«

Dagegen hatte Christiane nichts einzuwenden. Rebecca öffnete die Flasche und goß ein.

»Warum wird man Kurierfahrerin?« fragte Rebecca mit einem angedeuteten Zuprosten.

»Weil man einen Job braucht, um die Miete zu zahlen. Für mich ist Hartz IV und Wohngeld keine annehmbare Alternative. Nicht, so lange ich gesund bin.«

»Eine achtenswerte Einstellung.«

»Und nun wollen Sie wissen, was ich gelernt habe und warum ich nicht in meinem Beruf arbeite.«

»Das ...« Rebecca hielt verwirrt inne. Das können Sie doch gar nicht wissen, hatte sie sagen wollen. »Ja, das wollte ich fragen«, erwiderte sie statt dessen.

»Ich war im vierten Semester meines Pharmaziestudiums, als meine Eltern starben. Meine Schwester war dreizehn. Sie hätte ins Heim gemußt, und das wollten wir beide nicht. Ich dachte erst, ich kriege das mit Nebenjobs hin. Das war aber ein Irrtum. Also wurde aus den Nebenjobs ein Hauptjob. Als meine Schwester dann auf eigenen Füßen stehen konnte, hatte ich zum ersten Mal Geld über. Ich leistete mir dies und das, manchmal richtig kleinen Luxus. Das gefiel mir. Ich dachte, ich mache noch eine Weile so weiter, spare was und studiere eben später fertig. Auf ein, zwei Jahre käme es nicht an. Außerdem wollte ich endlich mal was von der Welt sehen. Also suchte ich mir einen Job im Ausland. Aus einem Jahr wurden zwei, aus zwei vier, fünf und sechs. Und so weiter. Vor zwei Jahren kam ich zurück. Ich habe viel gesehen, aber weder eine abgeschlossene Ausbildung noch zugehörige Berufserfahrung. Tja, so wird man Kurierfahrerin.«

»Wie haben Sie sich im Ausland finanziert?«

»Ich war Küchenhilfe auf einer Bohrinsel vor der amerikanischen Küste, Pizzabotin in New York, Englischlehrerin in einem Dorf in Südafrika, Animateurin auf Ibiza, Reisebegleiterin in Marokko ... all so was eben.«

»Beeindruckend«, entschlüpfte es Rebecca. Eigentlich hatte sie nur nicken wollen.

»Finden Sie?« fragte Christiane zweifelnd. Das konnte Rebecca doch unmöglich imponieren. Eine Frau, die sich mit Gelegenheitsjobs durchs Leben schlug.

»O ja.« Rebecca zögerte. Das Gespräch hatte eine unerwartete Wendung genommen, war sehr persönlich geworden. Für gewöhnlich mochte sie das nicht. Aber Christianes Erzählung machte sie neugierig. Und nachdenklich. Rebecca gestand sich ein, keine Ahnung gehabt zu haben, wer sie da jeden Tag chauffierte. Sie hatte Christianes Spontaneität, deren unkonventionelle Art bisher zwar nicht als lästig, doch mindestens als störend empfunden. Von einer positiven Seite ganz zu schweigen.

Aber wie hätte sie an Christianes Stelle gehandelt? Hätte sie den geplanten Weg verlassen? Ihr Studium aufgegeben, um für jemanden zu sorgen? Nein. Sie hätte sich gesagt, dafür gebe es Einrichtungen, die das besser könnten als sie selbst! Sie hätte die Verantwortung anderen übergeben, Christiane übernahm sie selbst. Das veranlaßte Rebecca dazu zu sagen: »Wie Sie die Dinge anpacken, das ist ungewöhnlich. Und es ist sehr mutig, sich auf diese Art in der Welt durchzuschlagen. Vielleicht auch etwas leichtsinnig, denn wenn Sie krank geworden wären oder einen Unfall gehabt hätten ... aber ich nehme an, so denken Sie nicht.«

Christiane lächelte. »Nein, damals nicht. Das wäre auch nicht hilfreich gewesen.«

»Warum sind Sie nach Deutschland zurückgekommen?«

»Irgendwann ist man einfach zu alt für dieses Umhergeziehe.«

Rebecca lachte laut auf. »Zu alt? Sie sind doch höchstens fünfunddreißig. Und warum landet man ausgerechnet in Bremerhaven?«

Christiane zuckte mit den Schultern. »Hier endete die Kreuzfahrt, bei der ich als Servicekraft an Bord war.«

»Und hier wollen Sie nun seßhaft werden?«

»Diese Stadt ist so gut wie jede andere. Ich habe meinen alten Sport wiederaufgenommen und durch den Klub gute Freundinnen gefunden. Und das ist doch das Wichtigste. Oder? Das war etwas, was mir auf meinen Reisen fehlte. Natürlich traf ich jede Menge Leute, aber für Freundschaften reichte die Zeit selten. Und wenn doch mal eine entstand, trennten sich die Wege bald darauf wieder.«

»Dann ist Ihr Sportclub so etwas wie Ihre neue Familie?«

»Ja.«

»Was ist mit Ihrer Schwester?«

»Meine Schwester lebt achthundert Kilometer entfernt, ziemlich am entgegengesetzten Ende Deutschlands. Wir sehen uns sehr selten, telefonieren gelegentlich.«

»Das überrascht mich. Nach dem, was Sie für sie getan haben, nahm ich an, Sie beide hätten ein sehr enges Verhältnis zueinander.«

»Und daß daraus mein Glaube an das Gute im Menschen entspringt? An gegenseitige Aufopferung und Dankbarkeit?« Christiane verzog erneut spöttisch den Mund. Rebecca kam es langsam so vor, als wenn Christiane ihre Gedanken las.

»Meine Schwester dankt mir, indem sie ihr eigenes Leben lebt«, sagte Christiane schlicht. »Was sollte sie auch sonst tun? Nach dem Tod meiner Eltern nahm ich deren Platz ein, weil *ich* es für das Richtige hielt. Damit habe ich mir kein Anrecht auf meine Schwester erworben.«

»Aber Sie haben Ihre Karriere für sie aufgegeben.«

»Welche Karriere?«

»Das Studium, den späteren Job. Sie hätten viel mehr erreichen können.«

»Viel mehr, als Ihre Fahrerin zu sein?« Christiane grinste. »Ich glaube, das ist die anspruchsvollste Aufgabe in Ihrem Unternehmen. Was man so hört«, witzelte sie.

Rebecca schüttelte den Kopf. »Ich verstehe Sie nicht.«

»Das sehe ich. Dabei sagt man Ihnen nach, eine intelligente Frau zu sein. Es ist doch ganz einfach: ich bin zufrieden mit meinem Leben, so, wie es ist. Wie es weitergegangen wäre, wenn ich mein Studium abgeschlossen hätte, ob ich Karriere gemacht hätte? Niemand kann das wissen. Soll ich einer Möglichkeit nachtrauern, die vielleicht nie eingetreten wäre? Würden Sie das tun?« Christiane blickte Rebecca fragend an.

»Ja, das würde ich«, mußte die gestehen.

»Natürlich. Sonst hätten Sie mir ja nicht diese Frage gestellt.«

»Wenn Sie die Antwort auf Ihre Fragen schon kennen, warum fragen Sie?«

»Ich weiß nicht. Um die Unterschiede zwischen uns besser zu begreifen? Manchmal muß man eben etwas hören, obwohl man es weiß.«

Diesmal war es an Rebecca, spöttisch den Mund zu verziehen. »Ich dachte, das gilt nur in Beziehungen. Wo sich die Partner wechselseitig vorwerfen, nicht genug Aufmerksamkeit vom anderen zu bekommen.«

»Na ja, wir sind zwar kein Paar, aber eine Art Beziehung haben wir schon«, gluckste Christiane.

»Ach ja? Klären Sie mich auf.«

»Nun, Dank dieses Gesprächs, welches wir hier gerade miteinander führen, sind wir uns doch sehr viel näher gekommen. Ihr skeptisch abwehrender Blick sagt mir übrigens gerade, daß Sie selbiges bereits bereuen. Keine Angst, ich werde jetzt nicht den Spieß umkehren und Sie ausfragen, auch wenn es mir zustände. Ich weiß, das wäre Ihnen unangenehm. Also, keine Panik.« Christiane lachte frei heraus, angesichts der Tatsache, daß Rebecca sich in offensichtlicher Verwirrung ihr Ohr massierte. »Sehen Sie, so gut kenne ich Sie schon. Wenn das keine Beziehung ist.«

»Beängstigend«, meinte Rebecca beklommen. »Ist es Höflichkeit oder die Erwartung allzu karger Antworten, daß Sie verzichten?«

»Weder noch. Ich weiß bereits alles über Sie, was ich wissen muß.«

»Ach so? Und das wäre?«

»Sie sind ein Arbeitstier. Waren es schon immer und werden es immer sein. Sie sind niemals spontan, immer beherrscht, haben zu niemandem Vertrauen und sind deshalb sehr verschlossen. Dadurch wirken Sie ziemlich arrogant. Was Sie wohl auch sind, aber doch nicht so sehr, daß es Sie komplett unsympathisch macht. Ihre Vorliebe für Frauen ist mir genauso bekannt wie Ihre Schwäche für Hanna, die mit erwähnter Vorliebe nichts zu tun haben dürfte, sondern einfach nur beweist, daß Sie durchaus in der Lage sind, über Ihren Schatten zu springen und Sympathie für einen Menschen zuzulassen. In diese Richtung sollten Sie weiterarbeiten. Nur Mut.«

Rebecca blieb bei Christianes Ausführungen regelrecht der Mund offenstehen. In einem Anfall von Übermut verschloß Christiane ihn durch einen Kuß. Noch bevor Rebecca irgendwie reagieren konnte, plapperte Christiane weiter. »Okay, jetzt sehen Sie nicht sehr beherrscht aus. Aber ich erzähle es nicht weiter. Ich weiß, als Ihre Fahrerin bin ich zur Diskretion verpflichtet.« Erst jetzt brach Christiane abrupt ab. Erschrocken hielt sie sich die Hand vor den Mund, starrte Rebecca entsetzt an. Nun standen sie beide wie erstarrt.

Rebecca war nicht in der Lage, auszumachen, was sie mehr durcheinanderbrachte: Christianes Kuß oder deren treffsichere Schlußfolgerungen. Unschlüssig, ob sie verärgert sein sollte oder nicht, rettete Rebecca sich in Ironie. »Ich will hoffen, das eben liegt an der dünnen Luft hier oben«, brummte sie.

Christiane nickte schnell. »Entschuldigung«, flüsterte sie atemlos.

»Es ist wohl an der Zeit, uns von unserer Beziehung zu verabschieden. Sie geht mir eindeutig zu weit«, grummelte Rebecca. Um ihre Unsicherheit zu verbergen, beugte sie sich zum Picknickkorb. »Käse oder Schinken?« fragte sie, als sie wieder auftauchte, und hielt Christiane die Baguettes hin.

Christiane, immer noch betreten, griff sich wahllos eines der beiden. »Danke«, murmelte sie, wickelten die durchsichtige Folie ab und biß in das krosse Brot, froh, so erst mal nichts sagen zu müssen. Rebecca schien es ähnlich zu gehen. Auch sie kaute schweigend, sah angespannt auf die Landschaft hinab.

»Hallo?« rief der Pilot in ihrem Rücken.

In dem Moment, da sie sich umdrehten, surrte leise ein Auslöser. Der Pilot lachte, zog das Foto aus der Polaroid und wartete kurz. Mit den Worten »Ein Erinnerungsfoto« gab er Rebecca das kleine Bild. Rebecca nahm es verdutzt entgegen, legte es in den Picknickkorb. Als sie sich wieder aufgerichtet hatte, surrte es erneut.

»Und eines für die andere Dame.« Damit überreichte der Pilot ein weiteres Foto an Christiane. Die steckte es schnell in die Tasche ihrer Jacke.

»Wir steigen jetzt ab«, kündigte der Pilot an. »Unser Wagen bringt Sie dann zurück zum Starplatz. Ich hoffe, der Flug hat Ihnen gefallen.«

Rebecca lächelte. »Es war mal etwas ganz anderes.«

»Gut.« Der Mann lächelte zurück. »Dann empfehlen Sie uns bitte weiter.«

»Zurück ins Büro?« fragte Christiane, wieder hinter dem Steuer. Die Fahrt zurück zum Ausgangspunkt hatten sie und Rebecca kein Wort miteinander gesprochen. Christiane traute sich nicht einmal, Rebecca anzuschauen, so peinlich war ihr ihr Fauxpas.

Es überraschte sie, als Rebecca erwiderte: »Nein. Fahren Sie mich ein bißchen in der Gegend herum.«

»Nur so?« vergewisserte Christiane sich irritiert.

»Ja.«

»Und danach ins Büro?«

»Wir werden sehen.«

Christiane fuhr los. Im Rückspiegel sah sie, wie Rebecca den Kopf schüttelte. Die Christiane mittlerweile gut bekannten Falten auf Rebeccas Stirn stellten sich ein und verhießen nichts Gutes.

Du hältst besser die Klappe und machst einfach, was sie sagt, Christiane. Sicher ist Rebecca stinksauer auf dich. Zum Glück ist sie selbst jetzt die Beherrschung in Person. O Mann, Christiane, wie konntest du nur!

Was Christiane nicht wissen konnte: Rebeccas Unmutsbezeugung galt nicht ihr, der Fahrerin, sondern sich selbst. Wie hatte sie sich nur darauf einlassen können, mit Christiane in diesen Ballon zu steigen? Warum hatte sie dieses dumme Gespräch nicht einfach abgebrochen?

Neugier, Rebecca, gib es zu. Es hatte sie interessiert, mehr über Christiane zu erfahren. Aus diesem Grund hatte sie den Moment verpaßt, dem Gespräch ein Ende zu setzen, und mußte feststellen, daß Christiane sie durchschaute, als wäre sie aus Glas. Sie war total perplex und hätte nicht gedacht, daß ihre Verwirrung noch steigerungsfähig war. Auch was das betraf, sorgte Christiane für eine Überraschung.

Da küßt mich diese Frau doch einfach so. Und ich? Wasche ich ihr den Kopf? Mache ich sie zur Schnecke? Nein. Ich lasse ihr das einfach durchgehen.

Dieser Gedanke war es, der Rebecca veranlaßte, mit dem Kopf zu schütteln. Die Falten auf ihrer Stirn kamen hinzu, als sie versuchte, sich damit zu rechtfertigen, daß es ja im Grunde gar kein richtiger Kuß war. *Du hättest es trotzdem nicht einfach so abtun dürfen. Sie hat jetzt keinerlei Respekt mehr vor dir!*

An dieser Stelle grinste Rebecca unweigerlich. Als wenn Christiane Seidel jemals Respekt vor ihr gehabt hätte. Sie war viel zu unkonventionell, um sich von Titel oder Positionen beeindrucken zu lassen. Endlich mal jemand, der ihr unvoreingenommen gegenübertrat, sie wie einen ganz normalen Menschen behandelte.

Rebecca stutzte. Wie war das? Gefiel ihr am Ende Christianes saloppe, manchmal fast schon schnodderige Art? Diese Überraschungen, die neuerdings fester Bestandteil ihres Tages waren? Fand sie das alles gar nicht so störend, wie sie Hanna hatte glauben machen wollen?

Hm, so war es wohl, gestand Rebecca sich ein. Anders ließ sich kaum erklären, daß Christiane, die kaum ein Fettnäpfchen ausließ, sie immer noch fuhr.

»Ich glaube, Hannas Geschenk hat bewirkt, daß ich heute keine Lust mehr auf enge Räume habe«, sagte Rebecca entspannt. »Fahren Sie mich bitte zum Golfplatz.«

Christiane nickte. Eine gute Idee, dachte sie erleichtert. Rebecca schloß des öfteren Geschäfte auf dem Golfplatz ab, und die Erinnerung an erfolgreich abgeschlossene Geschäfte schien Christiane nach der verpatzten Ballonfahrt eine nützliche Sache.

Der Parkplatz des Golfplatzes lag jetzt, am frühen Nachmittag, ziemlich ausgestorben da.

»Hm, unter den parkenden Wagen ist keiner, den ich kenne«, stellte Rebecca fest. Also kein Golfpartner. Sie würde allein über die Bahnen ziehen müssen. Das hatte sie nicht bedacht. »Sie spielen nicht zufällig Golf?«

Daß sie das wirklich gerade gefragt hatte und es sich nicht einbildete, bewiesen ihr Christianes große, überraschte Augen, die ihr im Rückspiegel begegneten. »Nein, ich spiele Basketball. Das wissen Sie doch.«

»Ja.« Rebecca zögerte. *Das kannst du unmöglich ernst meinen, du kannst auch allein spielen,* sagte sie sich. Doch irgend etwas in ihr bestand offenbar auf diese verrückte Idee. »Aber die Spiele sind eigentlich ganz ähnlich«, fuhr sie nämlich zu ihrer eigenen Verwunderung fort. »Einen Ball in eine Öffnung befördern, welche fast dessen Größe hat.« Rebecca entriegelte die Wagentür, wartete aber noch mit dem Aussteigen. »Das ist natürlich keine Anordnung. Nur wenn Sie nichts Besseres vorhaben.«

Christiane drehte sich zu Rebecca um. Was sollte das Besseres sein? Im Auto sitzen und warten? Da ging sie doch lieber mit. Sie hatte nur eigentlich erwartet, daß Rebecca, nach dem, was da in der Luft passiert war, lieber so viel Abstand wie möglich zu ihr hielt. Aber scheinbar hatte Rebecca das schon vergessen. Brachte diese Frau denn gar nichts aus der Fassung?

»Als mich zu blamieren?« fragte Christiane schnippisch. »Nein. Sie wissen doch, ich blamiere mich öfter mal. Was macht da schon einmal mehr?«

Sie stiegen aus und gingen zum Center, wo Rebecca für die Ausrüstung sorgte. Auf dem Platz erklärte sie Christiane zunächst die Ausrüstung, die wichtigsten Regeln und verschiedene Schlagvariationen. Dann zeigte Rebecca, wie es ging. Position einnehmen, Probeschwung, Abschlag. Ihr Ball flog sirrend davon und landete irgendwo im Grün.

»War das gut?« fragte Christiane.

Rebecca schmunzelte. »Ganz ordentlich. Und nun Sie.«

Zweimal haute Christiane schwungvoll daneben, beim dritten Mal traf sie. Erstaunt blickte sie dem Ball nach. »Er fliegt.«

Das tat er tatsächlich, und zwar in hohem Bogen. Allerdings nicht sehr weit, dann senkte er sich über einer Baumkrone und fiel, wahrscheinlich ein Blätterrauschen nach sich ziehend, herab.

»Nicht schlecht«, kommentierte Rebecca. »Zu kurz und falsche Richtung, aber die Bewegung stimmte.«

Mit dem Golfcar ging es zunächst zu Christianes Ball. Diesmal traf Christiane zwar schon beim ersten Schlag, die Richtung war auch okay – nur der Teich war im Weg. Sie hörten das Platsch nicht. Aber da der Ball im Wasser landete, hatte es ein solches sicherlich geben müssen. »O Schande. Haben wir eine Tauchausrüstung dabei?« Christiane drehte sich zu Rebecca um, die hinter ihr stand. »Und nun?«

»Sie bekommen einen neuen Ball.« Aber auch der landete

treffsicher im Naß. Ebenso Nummer drei. Was Rebecca zu dem Vorschlag veranlaßte: »Besser, wir erweitern die Regeln ein wenig. Schlagen Sie doch einfach hinter dem Hindernis neu ab.«

Weiter ging es mit dem Golfcar zum Teich. Aus dem Unkrautgürtel des kleinen Gewässers kam ihnen eine Entenfamilie entgegen. Rebecca holte einen neuen Golfball aus der Tasche, ließ ihn einfach auf den Rasen plumpsen. »Neuer Versuch«, sagte sie dabei.

Doch die Entenfamilie war da anderer Meinung. Sie lief, graszupfend, zwischen ihnen und dem Golfcar hin und her. Christiane beobachtete amüsiert die kleinen Tiere, stützte sich abwartend auf ihren Golfschläger.

»Was kostet denn so ein Ball? Ich meine, wieviel Euro habe ich gerade versenkt?«

»So ganz pauschal? Ein bis zwei. Pro Ball.«

»Hui. Wer fischt denn hier die Gewässer ab?«

»Ich vermute, der Hausmeister.«

»Schöner Nebenverdienst für den Mann.«

Die Entenfamilie zog weiter. Christiane holte aus, schwang den Schläger abwärts. Der Ball hoppelte diesmal nur wenige Meter weiter. Sie schaute dem verdrießlich zu. »Gut, daß ich mein Geld nicht als Golfprofi verdienen muß. Gibt es hier nicht so was wie den Idiotenhügel beim Ablaufski? Ich glaube, da wäre ich besser aufgehoben«, meinte sie mit zerknirschtem Gesicht. Sie ging die wenigen Schritte zum Ball.

»Meine Schuld«, sagte Rebecca in ihrem Rücken. »Ich hätte Sie erst auf der Driving Range üben lassen müssen. Na los, noch mal.« Christiane holte aus. Eben wollte sie den Schläger lossausen lassen, als Rebecca rief: »Nein, warten Sie.«

Rebecca stellte sich dicht hinter Christiane, legte ihre Hand auf deren Schulter. »Lassen Sie sich Zeit. Konzentrieren Sie sich. Nicht die Kraft entscheidet, sondern der perfekte Schwung. Und erst einen Probeschlag ohne Ballberührung. Ich zeig es Ihnen.« Rebecca griff um Christiane herum und nahm ihre Hände, die den Schläger hielten, führte Christianes Arme langsam seitwärts in die Höhe und wieder zurück zum Ball, stoppte kurz davor. »So. Und den Oberkörper beim Ausholen nicht verdrehen. Merken Sie den Unterschied?«

Christiane merkte im Moment nur, wie Rebeccas Wärme sie umfing, was ganz und gar nicht dazu beitrug, sich auf den Schlag zu konzentrieren. Sie wagte kaum zu atmen.

Nun fiel auch Rebecca auf, daß sie im Zuge ihrer Unterweisung Christiane sehr nah gekommen war. Sie trat rasch einen Schritt zurück, warf einen Blick zu Christiane. Nur gut, daß die ihr den Rücken zuwandte. So bekam sie nicht mit, wie ihre Chefin für einen Moment verwirrt verharrte. Wäre Christiane nicht so sehr mit sich beschäftigt gewesen, wäre ihr trotz fehlenden Blickkontakts sicher aufgefallen, daß Rebeccas »Probieren Sie es mal« ungewohnt unsicher ausfiel.

Christiane tat wie geheißen. Leider nutzte Rebeccas kleine Lektion nur insofern, als daß sie zwar diesmal den Ball besser traf, der aber in einem Sandbunker landete.

»Ich bleibe besser beim Basketball«, kommentierte Christiane den erneuten Fehlschlag trocken.

»Sie machen das gar nicht so schlecht«, tröstete Rebecca sie. Die kurze Verlegenheit von eben war vergessen.

Christiane warf ihr einen skeptischen Blick zu.

»Nein, wirklich«, versicherte Rebecca. »Sie . . .« Ein Kichern stieg ihre Kehle hinauf. »Sie geben nur leider das typische Beispiel dafür, daß Mühe allein nicht ausreicht.«

»Ha, ha.«

»Entschuldigung. Kommen Sie.« Rebecca ging zum Car. »Wir fahren zurück. Das war eine Schnapsidee. Niemand lernt Golf an einem Nachmittag.«

»Zurück?« Christiane war enttäuscht. »Aber es macht mir Spaß.«

»Ehrlich?« Rebecca fiel es schwer, das zu glauben. »Sie sagen das nicht nur so?«

»Ich sage, was ich meine, das sollten Sie doch wissen.« Damit stieg Christiane ins Car.

»Also dann«, Rebecca setzte sich neben Christiane hinter das Steuer und drückte das Pedal durch, »trödeln wir besser nicht. Sonst schaffen wir die Bahnen nie. Bei *Ihrem* Spiel.« Sie lachte.

Christiane hielt den Wagen vor Rebeccas Haus.

»Danke für einen wirklich schönen Tag.« Rebecca saß auf der Rückbank und fühlte sich seltsam heiter, aber auch irgendwie schwer. Fast zu schwer, um jetzt aus dem Wagen zu steigen. »Die letzten Jahre habe ich meinen Geburtstag immer gehaßt«, gab sie zu. »Heute war es . . . in jedem Fall anders.«

Christiane drehte sich zu ihr um. »Das ist doch gut.«

»Ja.« Rebecca lächelte. »Ich muß mich bei Ihnen bedanken.«

»Nicht bei mir. Hanna hat . . .«

»Hanna hat daran nur einen geringen Anteil«, unterbrach Rebecca Christiane. »Sie . . .«, Rebecca brach ab. *Sie sind diejenige, die den Tag auf seltsame Weise zu etwas Besonderen gemacht haben*, wollte sie sagen. Aber das hätte seltsam geklungen. Und es war auch völlig absurd. »Danke«, sagte Rebecca deshalb nur. Dann stieg sie mit einem unerklärlichen Gefühl der Leere aus, sah dem abfahrenden Mercedes nach. *Du hättest sie zum Essen einladen können,* ging es Rebecca durch den Kopf, während sich das Tor öffnete und wieder schloß. *Klar, super Idee, Rebecca. Und weiter? Einen gemütlichen Abend verbringen, Freundinnen werden? Was ist los mit dir?*

Sie wandte sich um, ging zur Haustür und schloß auf. Drinnen legte sie ihre Sachen ab und machte sich in der Küche schnell ein paar Brote. Mit dem Teller ging sie hoch zu Hanna.

Die ließ Rebecca keine Zeit, sich weiter über sich zu wundern. Hanna verlangte einen ausführlichen Bericht des Tages.

Während Rebecca erzählte, erlebte sie alles noch einmal. Natürlich ließ sie eine bestimmte Stelle aus. Daß Christiane sie geküßt hatte, brauchte Hanna nicht wissen. Eigentlich war es ja gar kein richtiger Kuß gewesen, nur eine flüchtige Berührung. Es hatte keinerlei Zärtlichkeit darin gelegen. Also gab es überhaupt keinen Grund, es zu erwähnen. Allerdings auch keinen, es zu verschweigen. Und erst recht keinen, immer wieder daran zu denken!

Unter dem Vorwand, müde zu sein, wünschte Rebecca Hanna eine gute Nacht. Doch statt zu schlafen, ging Rebecca in ihr Atelier. Etwas zog sie dorthin. Rebecca wollte es sich erst nicht eingestehen, aber als sie an den Schreibtisch trat und auf den aufgeschlagenen Zeichenblock sah, wußte sie, daß es dieses Gesicht war. Christianes Gesicht.

Rebeccas Finger fuhren versonnen über die Bleistiftlinien, welche die Wangenkonturen zeichneten. Als es ihr bewußt wurde, zog sie schnell die Hand zurück. Wie vorhin im Wagen plagte sie ein zwiespältiges Gefühl.

Schon als sie das Bild zeichnete, fragte Rebecca sich, warum sie es tat, und hatte es mit dem rebellischen Ausdruck in Christianes Gesicht erklärt. Der unterschied sich von all den anderen um Rebecca herum. Besonders von denen ihrer Mitarbeiter, die in der Regel sofort ängstlich zurücksteckten, wenn sie nur unzufrieden die Stirn runzelte oder mal die Stimme erhob. Christiane hatte das von Anfang an nicht beeindruckt. Das war irritierend, teilweise störend. Aber auch amüsant.

Rebecca wußte, die Erwartungen ihrer Mitarbeiter, früher auch die des Vaters, zwängten sie immer wieder aufs neue in die Rolle der perfekt funktionierenden Geschäftsfrau – eine Rolle, die ihr über die Jahre in Fleisch und Blut übergegangen war. Denn wenn sie Schwäche zeigte, verunsicherte das ihre Angestellten.

Christiane hingegen zwängte sie in nichts! Im Gegenteil. Sie befreite sie von diesen Zwängen. Für kurze Augenblicke, in denen, wie Rebecca gerade klarwurde, sie sich entspannt fühlte. Und heute sogar für einen ganzen Tag! Dieser Tag war seit Jahren der schönste, den sie erlebt hatte. So absurd es klang, aber Christiane Seidel entwickelte sich zu etwas Positivem in ihrem Leben, einen Lichtblick.

Rebecca fühlte Wärme in sich aufsteigen. Zugleich beherrschte sie Ratlosigkeit. Was sollte sie mit diesem neuen Gefühl anfangen?

Sich ihm vorsichtig nähern, wäre eine Möglichkeit.

Es in sich verschließen eine andere. Die sicherere, wie Rebeccas Erfahrung wies.

8

»Ins Büro, direkt und zügig.« Mehr sagte Rebecca nicht, als sie in den Wagen stieg.

Christiane legte den Gang ein und fuhr los.

Neue Woche, neue Laune, dachte sie sarkastisch. An der nächsten roten Ampel schaute sie in den Rückspiegel, den sie heute morgen extra so eingestellt hatte, daß sie Rebecca besser beobachten konnte. Warum sie das tat, darüber legte Christiane sich selbst keine Rechenschaft ab. Jedenfalls sah Christiane so jetzt genau, wie Rebecca sich hinter ihrer Zeitung versteckte. *Na klar, was sonst. Ein nettes Wort wäre ja auch zuviel verlangt.*

Als hätte Rebecca Christianes Gedanken gehört, ließ sie die Zeitung sinken. Ihre Blicke trafen sich im Rückspiegel.

»Was haben Sie erwartet?« fragte Rebecca leicht gereizt. »Daß ich heute, ein Liedchen auf den Lippen, fröhlich trällernd in den Wagen steige?« Sie verzog spöttisch den Mund. »Daß wir in Zukunft gemeinsam unsere Freizeit planen? Ich bin Ihnen wirklich dankbar für Freitag. Aber das war natürlich eine Ausnahme.« Rebecca zögerte. »Ich wäre Ihnen noch dankbarer, wenn Sie davon nicht allzuviel gegenüber Dritten erzählen würden.«

»Natürlich.« Christiane biß die Zähne zusammen, verkniff sich jeden Kommentar. Das wäre unklug, denn sie hatte noch ein Anliegen. Bei der Stimmung traute sie sich allerdings kaum, es vorzubringen. »Ich müßte heute etwas früher Schluß machen«, sagte sie beim Anfahren. »Wäre wichtig«, fügte sie hinzu.

»Das wird schwierig werden«, erwiderte Rebecca, nun wieder hinter ihrer Zeitung. »Wir müssen nach Hamburg. Ich habe dort einen Vertragsabschluß und zwei weitere Termine.« Letztere hatte sie extra vorverlegt, nachdem der Vertragsabschluß für Montag angesetzt war. »Da werden wir nicht vor sechs zurück sein.«

Christiane verzog das Gesicht. »Verdammt«, murmelte sie leise.

Zeitungsrascheln antwortete ihr.

»Was ist denn so wichtig?« fragte Rebecca gute zwei Minuten später.

Christiane erschrak fast, weil sie schon gar nicht mehr mit einer Erwiderung gerechnet hatte. »Das Basketballturnier am Wochenende mußte vorzeitig abgebrochen werden. Stromausfall in der Halle. Konnte nicht behoben werden. Deswegen steht das letzte Spiel noch aus. Es wurde auf heute abend achtzehn Uhr verschoben.« Christiane zweifelte, daß ihre Erklärung ernsthaft etwas an Rebeccas Tagesplan ändern konnte, aber immerhin fragte sie überhaupt.

Rebecca ließ endlich ihre Zeitung wieder sinken. »Und Sie sind die Torjägerin Ihrer Mannschaft?«

»Wenn, dann Korbjägerin.«

»Und? Sind Sie es?« fragte Rebecca neugierig.

»Wenn ich ja sage, bekomme ich dann früher frei?« erwiderte Christiane schnippisch.

Rebeccas Mundwinkel zuckte kaum merklich. »Was nützt Ihnen das, wenn wir im Stau auf der Autobahn stecken?« konterte sie gelassen.

»Und, wenn ...« Christiane zögerte. Es gab da eine Möglichkeit, falls Rebecca zustimmte. »Ich könnte mit einem der anderen Fahrer tauschen.«

»Soviel ich weiß, sind meine beiden Stellvertreter heute ebenfalls auswärts«, zerstörte Rebecca diese Hoffnung jedoch.

Christiane seufzte. »Ausgerechnet.«

»Tut mir leid.«

Zu Christianes Erstaunen klang tatsächlich Bedauern in Rebeccas Stimme. »Na ja, kann man nichts machen«, sagte sie. »Muß jemand anderes für mich spielen.«

»Sie hätten sich krank melden sollen«, meinte Rebecca leichthin. »Dann hätten Sie den ganzen Tag freigehabt und kein Problem. Es wäre doch nie rausgekommen. Ich pflege, meinen krank gemeldeten Angestellten nicht hinterherzuspionieren.«

»Ich wußte nicht, daß Sie belogen werden wollen.«

Rebecca blinzelte, offensichtlich überrascht von der Antwort. »Sie ... haben daran gedacht, wollten mich aber nicht belügen?«

»Schön blöd, was?«

»Vielleicht schaffen wir es ja bis achtzehn Uhr«, meinte Rebecca halbherzig. Und plötzlich mit entschlossener Stimme: »Fahren wir in die Firma, ich hole meine Unterlagen – und dann los. Je eher wir loskommen, desto eher sind wir zurück. Sie haben doch Ihre Sporttasche im Wagen? Packen Sie sie für alle Fälle in den Kofferraum des Mercedes.«

Aber es sollte dann wohl doch nicht sein. Sie gerieten in einen Stau auf der Autobahn kurz vor Hamburg, und schon Rebeccas erster Termin zog sich endlos in die Länge. Der dritte wäre planmäßig um vierzehn Uhr gewesen. Aber Rebecca kam erst um fünfzehn Uhr von ihrem zweiten Termin weg. Nun mußte sie noch zum Laboratorium, wo sie die Ergebnisse einer Materialprobe abholen und besprechen wollte.

Christiane schaute nervös auf die Uhr. »Das wird knapp«, murmelte sie. Zum Labor brauchten sie im beginnenden Feierabendverkehr sicher zwanzig Minuten. Und die Rückfahrt nach Bremerhaven dauerte mindestens zwei Stunden, vielleicht auch länger. Und im Labor würde Rebecca ja auch eine Weile brauchen. Christiane sah ihre Felle davonschwimmen. Doch was sollte sie machen? Sie startete seufzend den Wagen.

»Ich bin ziemlich spät dran«, sagte Rebecca.

Christiane verstand es als Aufforderung, sich möglichst schnell durch den Verkehr zu wühlen. »Ich tue mein bestes.«

»Das sollte auch kein Vorwurf sein.« Jetzt erinnerte Rebecca sich offenbar an das Gespräch von heute morgen. »Und Sie wollen ja auch so schnell wie möglich zurück. Wegen des Spiels.«

»Das wird wohl nichts mehr. Wenn Sie im Labor sind, rufe ich meinen Trainer an und gebe Bescheid, daß er einen Ersatz finden soll.«

»Hm.«

Eine Pause entstand. Christiane lenkte den Wagen durch den dichten Verkehr. Rebecca schaute aus dem Fenster.

»Fahren Sie zurück«, hörte Christiane Rebecca plötzlich sagen.

»In die Sophienstraße? Haben Sie dort etwas vergessen?«

Rebecca antwortete nicht sofort. »Nein«, erwiderte sie dann. »Zurück. Nach Hause.«

»Aber Ihr Termin«, erinnerte Christiane.

»Ich rufe im Labor an, sie sollen die Sachen schicken. Dann dauert es eben ein oder zwei Tage länger. So dringend ist die Geschichte nicht.« Rebecca nahm ihr Handy aus der Tasche.

Christiane konnte nicht glauben, daß das passierte. Unsicher schaute sie nach hinten zu Rebecca. Sagte die wirklich den Termin ab? Ihretwegen?

»Was ist?« Rebeccas Augenbrauchen schoben sich leicht zusammen.

»Ist das Ihr Ernst?«

»Sehe ich aus, wie jemand, der einen Scherz gemacht hat?«

Nein, dachte Christiane. Rebecca sah aus wie meistens. Konzentriert und distanziert. Nur daß sie gerade mit wenigen Worten ihren Tag rettete.

»Nun seien Sie doch froh und wenden endlich«, sagte Rebecca, schon beinahe unwirsch.

Christiane beeilte sich, der Aufforderung zu folgen. Erst Minuten später hatte sie ihre Verwirrung so weit unter Kontrolle, daß sie wenigstens ein »Danke« hervorbrachte.

»Schon gut«, war alles, was Rebecca darauf erwiderte.

Um halb sechs passierten sie das Bremerhavener Ortseingangsschild.

»Soll ich Sie nach Hause fahren?« fragte Christiane.

»Wo müssen *Sie* denn hin? Wäre es ein Umweg?«

»Na ja, schon.«

»Dann fahren Sie direkt zur Halle, wo das Spiel stattfindet.«

Christiane atmete erleichtert auf. »Danke.«

Als sie Rebecca vor der Halle den Wagenschlüssel gab und sich zum dritten Mal bedankte, sagte diese: »Ich komme mit rein.«

Christiane hatte ihre Verblüffung nicht im Griff. »Hä?« fragte sie und sah dabei nicht sehr intelligent aus.

»Oder sind keine Zuschauer zugelassen?«

»Doch. Aber . . . haben Sie denn Zeit dafür?«

Was Bescheuerteres fällt dir nicht ein, Christiane? Sie hat schließlich extra ihre Pläne geändert. Natürlich hat sie jetzt Zeit.

Rebecca gluckste amüsiert. »Wie es aussieht.«

Rebeccas Spontaneität war für Christiane schwer zu verdauen.

»Also, gehen wir?« fragte ihre Chefin jetzt ungeduldig.

Christiane nickte automatisch.

»Braucht man eine Eintrittskarte?« fiel Rebecca ein.

»Ich weiß nicht. Ich glaube, es gelten die Karten vom Wochenende. Heute ist gar kein Verkauf.«

»Dann müssen Sie mich wohl reinschmuggeln.«

Die erste Hälfte des Spiels verlief ausgeglichen. Keine Mannschaft konnte sich entscheidend absetzen. Erst fünf Minuten vor der Halbzeit erarbeitete sich Christianes Team eine kleine Führung, die es mit in die Pause nahm. Doch die Gegner steigerten im zweiten Teil des Spiels die Intensität der Verteidigung, erzwangen immer wieder Ballgewinne und konnten ein ums andere Mal aus der Distanz verwandeln, weil sie zu spät angegriffen wurden. Christianes Mannschaft geriet innerhalb von zehn Minuten stark ins Hintertreffen. Der Trainer änderte die Taktik, rotierte mit allen seinen Spielerinnen. Das brachte frische Kräfte, und es gelang, das Spiel des Gegners aufzubrechen. Christianes Team holte auf, glich aus. Ein gegnerisches Foul kurz vor dem Schlußpfiff entschied das Spiel. Die verwandelten

Strafwürfe brachten den Sieg.

Rebecca hatte mitgezählt. Christiane machte in diesem Spiel fünfzehn Punkte. Rebecca wartete auf sie in der Nähe des Umkleideraums, um ihr zu gratulieren. Die Halle lag mittlerweile menschenleer da, und hier im Foyer, wo Rebecca vor dem kleinen Gang zum Umkleideraum stand, war sie die einzige. Nach und nach kamen aus der Umkleide die Spielerinnen und gingen an ihr vorbei. Die eine oder andere nickte Rebecca kurz zu. Christiane ließ immer noch auf sich warten.

Rebecca sah, wie sich die Tür des Umkleideraums erneut öffnete, allerdings nur einen Spalt. Die Türklinke zeigte nach unten.

»Nun mach doch mal ein bißchen schneller«, hörte Rebecca Christiane sagen. Offenbar stand sie auf der anderen Seite, die Türklinke in der Hand, und wartete auf jemanden.

»Also eines ist doch klar«, sagte eine Rebecca unbekannte Stimme. »In den seltensten Fällen erwacht in einem Menschen von einem Moment zum anderen das Interesse für Basketball. Ergo. Sie interessiert sich für *dich*.«

»Judith, bitte. Verschon mich endlich damit.«

»Ich gehe jede Wette ein. He, das wäre doch *die* Lösung für unser Sponsorenproblem! Du flirtest ein bißchen mit ihr, und bei passender Gelegenheit fragst du sie, ob sie nicht – na, sagen wir mal fünfzigtausend - übrig hat. Dann kommt endlich wieder Geld in die Kasse. Der Verein kann es brauchen.«

»Du spinnst wohl.«

»Uwe sagte, der Elektriker hat festgestellt, daß die Leitungen komplett ausgetauscht werden müssen. Das Hallenparkett braucht eine neue Versiegelung. Um nur zwei Sachen zu nennen.«

»Ich mache mich deswegen doch nicht an meine Chefin ran! Flirte du doch mit ihr.«

»Für mich interessiert sie sich aber nicht. Sonst würde ich es versuchen. Ehrlich. Die Frau sieht klasse aus. Du willst mir doch nicht sagen, daß sei dir nicht aufgefallen!?«

»Ich bin ja nicht blind.«

»Na also!«

»Judith.« Christiane seufzte. »Halt die Klappe und komm endlich.«

Rebecca trat von dem Gang weg, blickte zum Ausgang. Sie mußte hier sofort verschwinden, wenn Christiane sie beim Verlassen der Umkleidekabine nicht sehen sollte. Doch die Neugier hielt Rebecca an ihrem Platz.

»Ja, gleich.« Diese Judith schien sich nicht aus der Ruhe bringen zu lassen, denn sie redete weiter auf Christiane ein. »Mal ernsthaft. Ist doch nichts dabei. Du hast endlich mal wieder Sex, in letzter Zeit bist du sowieso so unausgeglichen, und dann läßt du die Sache im Sand verlaufen.«

»Das wird ja immer schlimmer«, rief Christiane entsetzt. »Erst flirten, und nun soll ich auch noch mit ihr schlafen.«

»Na ja, mußt du ja nicht«, gab diese Judith großzügig nach.

Was Christiane mit einem spöttischen »Danke« quittierte.

»Wickle sie einfach ein wenig um den Finger«, lautete Judiths Rat. »Und glaube mir, Skrupel sind völlig unangebracht. War sie nicht die Frau mit dem Spruch ›Das Leben ist nicht immer fair‹, oder so ähnlich?« Ein Schnaufen. »So, jetzt bin ich so weit.«

Rebecca lief eilig die wenigen Schritte zur Eingangstür, schlüpfte nach draußen, wo sie wartend stehenblieb.

Christiane sollte auf keinen Fall merken, daß sie das Gespräch eben mit angehört hatte. Noch lieber wäre es Rebecca gewesen, Christiane am Wagen zu erwarten, aber sie konnte sich ausrechnen, daß sie das nicht mehr schaffte. Also lehnte sie sich gegen die Hallenwand, gerade so, als warte sie hier schon länger.

Christiane und ihre Freundin kamen nur eine halbe Minute später aus der Sporthalle.

»Das klappt schon«, sagte Judith.

Christiane setzte zu einer Erwiderung an. Doch dann erblickte sie Rebecca. Sie verhielt den Schritt. »Sie sind noch da?«

Rebecca bemerkte, wie Röte in Christianes Gesicht aufstieg.

»Ich wollte zum gewonnenen Spiel gratulieren. Fünfzehn Punkte. Das war gut, oder?« Rebecca gab sich unbefangen, blickte von Christiane zu Judith.

»Fünfzehn Punkte waren, zumindest heute, das beste«, meinte die grinsend und hatte es plötzlich sehr eilig. »Ich bin spät dran. Nun kann *sie* dich ja mitnehmen. Mach's gut, Chris. Bis Donnerstag.« Damit segelte Judith davon. Rebecca sah ihr nach, wie sie zu einem alten VW ging, ihn aufschloß und einstieg.

Christiane zuckte mit den Achseln. »Soll ich Sie dann jetzt nach Hause fahren?« wandte sie sich an Rebecca.

»Wie bitte?« fragte Rebecca abgelenkt. In ihr klangen noch Judiths Worte nach. *Das klappt schon.* Christiane hatte sich also überzeugen lassen? Sie ging auf Judiths Idee ein? Ausgerechnet Christiane, die ihr nur wenige Tage zuvor erklärt hatte, daß nicht jeder es auf ihr, Rebeccas, Geld absah!?

»Ich ...«, Christiane lächelte unsicher, »... bin jetzt wieder für Sie da. Danke noch mal, daß Sie sich die Umstände gemacht haben.« Christiane kämmte verlegen mit der Hand ihren Pony aus der Stirn.

Rebecca nickte lediglich.

Daß Christiane sich plötzlich zu ihr beugte und ihre Wange küßte, damit hatte Rebecca nicht gerechnet. »Sie sind ein Schatz«, sagte Christiane leise.

Rebecca biß die Zähne zusammen. Schweigend gingen sie zum Wagen, wo Rebecca Christiane wortlos den Schlüssel zurückgab.

Während der Fahrt sah Rebecca aus dem Fenster. Ihre Gedanken befanden sich in Aufruhr. Eben noch hörte sie ein Gespräch mit, in dem diese Judith Christiane vorschlug, die solle mit ihr, Rebecca, flirten, damit der Club an Geld kam – und keine Minute später küßte Christiane sie. Okay, nur auf die Wange, aber es war eindeutig ein Kuß. Das war doch wohl kein Zufall!

Rebecca fühlte, wie sich eine Hoffnung in ihr zerschlug. Eine, die sie noch nicht einmal zu benennen wußte, so vage war sie. Aber es lohnte sich nicht, weiter darüber nachzudenken. Sie seufzte. Wieder einmal bestätigte es sich. Es war einfach so. Früher oder später versuchten die Leute, über sie an Vorteile zu kommen. Verdammt! Und sie hatte schon angefangen zu glauben ... aber warum sollte Christiane anders sein? Weil sie ein paar rührselige Geschichten aus ihrem Leben erzählt hat? Das war doch nichts als Show!

Und du, Rebecca, bist darauf reingefallen. Hast dich von einem Paar verschmitzt lächelnder Augen einfangen lassen.

Aber das war jetzt vorbei!

9

Anitas anfängliche Skepsis über die zusätzliche Hilfe in ihrem Vorzimmer verwandelte sich allmählich in Freude über den praktischen Nutzen. So wie heute, wo sie mit ihrer Tochter einen Termin beim Optiker hatte.

»Ich bin dann weg.« Sie winkte Christiane im Hinausgehen kurz zu. Die Tür klappte leise ins Schloß.

Am anderen Ende des Vorzimmers öffnete sich Rebeccas Bürotür. Den Blick auf ein Papier in ihrer Hand geheftet, allem Anschein nach ein Fax, murmelte Rebecca: »Ach Anita, würden Sie so nett sein . . .«

»Anita ist gerade gegangen«, sagte Christiane.

Rebecca blickte auf. »Oh.«

»Ihre Tochter braucht eine Brille. Sie sagten, sie könne früher Schluß machen.«

»Ja, ich erinnere mich«, erwiderte Rebecca. Christiane glaubte ihr kein Wort. Rebeccas Gedanken waren ganz woanders, das zeigte ihr Gesichtsausdruck deutlich. »Dann buchen *Sie* mir doch bitte für Donnerstag früh einen Flug nach München. Ich habe um elf einen Termin, also sollte ich spätestens um zehn auf dem Flughafen ankommen.«

»In Ordnung. Werden Sie abgeholt, oder brauchen Sie ein Taxi?«

»Ein Taxi.«

»Der Rückflug?«

»Freitag mittag. Hotel wie immer.«

»Welches was ist?«

Rebecca schaute Christiane stirnrunzelnd an. »Das kann Anita morgen machen. Kümmern Sie sich nur um den Flug.« Offensichtlich hatte Rebecca keine Muße für lange Erklärungen. Sie machte kehrt, hielt jedoch noch einmal kurz inne. »Ach übrigens, heute abend holen Sie bitte wieder einen Gast für mich ab.«

»Frau Goslar?«

»Nein.« Rebecca schüttelte den Kopf. »Sie war ... nicht das, was ich mir versprochen hatte«, murmelte sie mehr zu sich.

Christiane hob die Augenbrauen, hütete sich aber zu fragen, was besagte Dame für »Mängel« hatte. Für ihren Geschmack wußte sie schon zuviel allein dadurch, daß Rebecca ihre abendlichen Besuche durch sie abholen ließ.

Rebecca verschwand wieder in ihrem Büro. Christiane suchte die Nummer der Airline heraus, rief dort an und ließ ein Ticket am Schalter hinterlegen. »Senden Sie mir die Flugdaten bitte per Mail. Reederei Reklin, Sie haben die Adresse?«

Die Buchungsbestätigung kam eine Viertelstunde später. Christiane druckte sie aus und reichte sie Rebecca rein.

»Schon erledigt?« Rebecca nahm die Mail und legte sie ungelesen auf ihrem Schreibtisch ab.

»Und alles in Ihrem Kalender eingetragen.« Christiane lächelte Rebecca an. In deren Miene regte sich nichts. Nur ein kurzes Kopfnicken antwortete Christiane.

Christiane gab es auf. Sie würde diese Frau nie verstehen. Gestern noch modelte Rebecca für sie ihre Termine um, damit sie ihr Spiel schaffte, und nun? Eiszeit. Rebecca war wieder die kühle distanzierte Chefin. Wie gehabt.

O Gott, die werden ja immer jünger!

Die Frau, die in den Mercedes stieg, war höchstens zwanzig. Rebecca bevorzugte offensichtlich die jüngeren Semester. Dagegen war ja nichts zu sagen, aber *sooo* jung?!

Christiane schüttelte den Kopf.

Was, Chris? Bist du schockiert? Dann behalte es für dich! Es geht dich nichts an, was Rebecca treibt.

»Hallo. Du bist Rebecca?« fragte das Mädchen mit deutlich südländischem Akzent.

»Nein. Ich bringe dich zu ihr.« Automatisch duzte Christiane das Mädchen zurück.

»Ich bin Rachel.«

»Hallo Rachel. Schnall dich bitte an.«

Christiane parkte aus.

Dieses Mädchen schien nett, dachte sie dabei. Was man so nach dem ersten Eindruck sagen konnte. Aber Rachel wußte nicht mal, zu wem sie eigentlich ins Auto stieg. Das war doch der pure Leichtsinn.

O Gott. Ich bin eine Zuhälterin! durchfuhr es Christiane.

Nein! Nein, nein, sagte sie sich hastig. Keine Panik! Hier wurde niemand zu irgendwas gezwungen. Alles war ein Arrangement. Die beteiligten Personen hatten einen freien Willen. Vorsichtshalber vergewisserte Christiane sich mit einem kurzen Blick über die Schulter. Ja, Rachel machte einen entspannten Eindruck.

Entspannter als du!

Christiane fragte sich, woher ihre Unruhe eigentlich kam. Machte sie sich Sorgen um das Mädchen? Nein. Das war auch völlig überflüssig. Sie würde sie bei Rebecca abliefern, und ... na ja ... die beiden waren erwachsen.

Wie lief das wohl ab, wenn sie Rachel abgesetzt hatte? Kam Rebecca ohne lange Vorreden direkt zur Sache? Oder nahm sie sich Zeit für ein auflockerndes Gespräch, einen Drink, ein paar Fragen an Rachel? Wenn Rebecca Rachel dann berührte, würde sie zärtlich sein oder eher besitzergreifend?

War Rebecca wirklich zufrieden, so wie ihr Leben war?

Christiane! Du bist weder Rebeccas Freundin noch ihre Seelenklempnerin. Du hast keine Ahnung, wie Rebecca wirklich ist. Du kennst nur ein paar wenige Seiten von ihr. Die ergeben noch lange kein Gesamtbild. Höchstens ein Wunschbild!

»Das war aber schon dunkelorange«, kommentierte Rachel von der Rückbank her.

»Was?« Christiane erschrak.

»Die Ampel. Hast du die nicht gesehen?«

Gesehen schon. Registriert nein. Christiane war so mit ihren Gedanken beschäftigt gewesen, daß sie die Ampel viel zu spät bemerkte.

»Oder hast du es eilig?« Rachel wartete Christianes Erwiderung nicht ab. »Na klar«, antwortete sie gleich selbst. »Der Feierabend ruft. Wahrscheinlich mußt du wegen mir heute länger machen. Tut mir leid.«

»Ist doch nicht deine Schuld«, erwiderte Christiane zerstreut.

Sie fuhr etwas langsamer und versuchte, sich mehr auf die Straße zu konzentrieren.

Rebecca mußte schon auf sie gewartet haben. Sie trat aus dem Haus, als Christiane den Mercedes im ersten Gang die Auffahrt hoch rollen ließ. Rachel stieg aus, wurde von Rebecca mit einer flüchtigen Umarmung begrüßt und in Richtung Haus gewiesen. Bevor Rebecca Rachel folgte, wandte sie sich an Christiane. »Morgen früh bitte eine Stunde später.«

Christiane nickte stumm und fuhr los. Rebecca rechnete also mit einer langen Nacht. Nun ja, dagegen war nichts einzuwenden. Oder? Christiane fuhr sich mit der Hand durchs Haar. Nein. Das war es nicht. Aber warum stieg dann plötzlich ein Kloß in ihrem Hals hoch?

Die Nacht schlief Christiane unruhig. Sie träumte, daß ihr Wagen von einer Polizeistreife angehalten wurde. »Wer ist die Frau?« wollte der Polizist wissen und wies hinter Christiane. Die drehte sich um. Dort saß sie selbst, gerade achtzehn geworden und sehr leicht bekleidet neben Rebecca, die ihr aber keinerlei Beachtung schenkte. Sie las in irgendeiner Unterlagenmappe. Der Polizist war mit einem Mal verschwunden, und Christiane folgte gebannt der Szenerie, die sich auf der Rückbank abspielte. Ihre achtzehnjährige Ausgabe nahm Rebecca die Papiere aus der Hand, schmiegte sich aufreizend an sie. Rebecca schaute Christiane, die ältere, an und sagte: »Christiane, bitte erinnern Sie mich daran, daß ich später noch Besuch erwarte.« Die letzten Worte waren nur noch ein Hauchen. Dann küßte

Rebecca leidenschaftlich Christianes wesentlich jüngere Ausgabe. Christiane rief laut: »Halt. Das geht doch nicht.«

Mitten hinein in diese Szene tönte von irgendwoher ein immer lauter werdendes, eindringliches Fiepen.

Christiane schreckte hoch, starrte auf den Wecker, der in schrillen, abgerissenen Tönen vor sich hin klagte, bis sie endlich den Knopf zum Abbruch des Signals fand. Erschöpft sank sie zurück ins Bett, zog das Kissen unter ihrem Kopf hervor, preßte es auf ihr Gesicht.

Sie hielt nicht viel von Traumdeutungen. Aber in diesem Fall gab es wohl kaum Zweifel an der Auslegung der Dinge.

Vielleicht beschäftigen sich meine Gedanken einfach nur deshalb so viel mit Rebecca, weil wir uns täglich sehen und sie ja quasi der Mensch ist, mit dem ich die meiste Zeit verbringe. Es ist doch ganz normal, wenn man sich Gedanken um die Dinge macht, die einen umgeben.

Es war ein Versuch der Selbsttäuschung. Christiane war sich dessen bewußt, dennoch klammerte sie sich an diese Erklärung.

Sie ging ins Bad, duschte ausführlich, putzte die Zähne, zog sich an, trank Kaffee. Um so länger sie diese alltägliche Routine verrichtete, desto mehr Selbstsicherheit gewann sie zurück.

»Alles ganz normal. Kein Grund, beunruhigt zu sein«, murmelte sie dabei in regelmäßigen Abständen vor sich hin. Auch auf der Fahrt in die Firma, beim Wechseln des Wagens sowie auf dem Weg zu Rebecca wiederholte sie diese Sätze wie ein Gebet. Selbst als sie den Wagen vor Rebeccas Haus parkte, ausstieg und die wenigen Stufen der Treppe hinaufging.

Normalerweise öffnete innerhalb einer Minute Hanna oder Rebecca die Tür, wenn Christiane klingelte. Heute blieb es erst einmal still.

Christiane klingelte erneut.

Jetzt glaubte sie, Stimmen zu vernehmen, kurz darauf diverse Geräusche, Schritte, schließlich ein Hantieren an der Tür. Rachel stand vor Christiane. Perplex schaute sie das Mädchen an.

»Guten Morgen«, grüßte Rachel.

»Guten Morgen«, grüßte Christiane automatisch zurück.

Hinter Rachel kam jetzt Rebecca die Treppe hinunter, in einen Bademantel gehüllt. »Was machen Sie denn schon hier?«

Jetzt fiel es Christiane ein. Sie sollte heute ja eine Stunde später kommen. Schöner Mist. Sie hatte die beiden in ihrer morgendlichen Zweisamkeit gestört. Wenn man mal davon absah, daß Hanna noch oben war, aber das schien ja weder Hanna noch Rebecca was auszumachen.

»Na, wenn Sie schon mal da sind, können Sie Rachel nach Hause fahren. Ich wollte gerade ein Taxi rufen.«

Christiane machte auf dem Absatz kehrt und wartete im Wagen auf ihren Fahrgast. Rachel kam fünf Minuten später.

»Rebecca sagte, du kannst mich dann gleich noch zur Uni fahren. Ich hole nur schnell meine Seminarunterlagen aus der Wohnung.«

Christiane nahm die Anweisung kommentarlos hin.

Die beiden anderen Frauen waren am nächsten Morgen nicht mehr dagewesen. Zumindest hatte Christiane sie nicht gesehen, als sie Rebecca abholte. Vielleicht schliefen sie aber auch nur länger und riefen sich später ein Taxi. Rachel dagegen schien *diese Sache* nur nebenbei zu machen. Finanzierte sie ihr Studium damit?

Den ganzen Tag schwirrten Christiane unnütze Gedanken durch den Kopf. Immer wieder mußte sie sich sagen, daß es sie null anging, wie Rebecca ihre Abende verbrachte. Und trotzdem konnte sie an nichts anderes denken.

»Und vergessen Sie bitte nicht, morgen früh fliege ich nach München. Sie müssen mich eine Stunde *früher* abholen, damit ich den Flug schaffe«, schärfte Rebecca Christiane beim Abschied ein.

Die Pizzeria war heute ungewöhnlich gut besucht. Christiane und Judith bekamen gerade noch einen freien Tisch.

Christiane studierte aufmerksam die Speisekarte, was Judith skeptisch beobachtete. »Haben sie die Karte geändert? Oder was ist da so spannend?«

»Ich dachte, ich nehme heute mal was ganz anderes.«

»Dann hätten wir aber woanders hingehen sollen. Hier wirst du nur Pizza oder Pasta bekommen.«

»Hm«, machte Christiane. Im Prinzip war ihr das Essen egal, sie brauchte nur etwas Zeit, um sich zu entscheiden, ob sie Judith von Rebeccas letzter nächtlichen Besucherin erzählen sollte. Eigentlich tendierte Christiane dazu, es zu lassen. Allein wegen der Bemerkungen, die Judith daraufhin ablassen würde. Aber dann mußte sie auch die immer stärker werdende Unruhe weiter mit sich herumtragen, ohne mal Dampf ablassen zu können. Christiane legte die Speisekarte beiseite und seufzte. »Ich komme damit nicht klar.«

Judiths Gesichtsausdruck zeigte deutliches Nichtverstehen. »Du ißt dieses Zeug doch schon ewig. Dieses Mal geht es sicher noch.«

»Nicht das.« Stockend erzählte Christiane von ihrem Erlebnis heute morgen. Rachel, die ihr die Tür öffnete, im Hintergrund Rebecca, im Bademantel.

Judiths Augen glühten vor Aufregung. »Du bist verknallt?«

Christiane schwieg. »Nein!« sagte sie dann reichlich verspätet und fand selbst, daß sie nicht sehr überzeugend klang.

»Nein?« zweifelte Judith denn auch.

Christiane machte eine hilflose Handbewegung. »Ich weiß nicht. Möglicherweise.«

»Gedenkst du, was zu unternehmen, es ihr zu sagen?«

»Bist du verrückt!?«

»Wieso?«

»Sie würde mich garantiert sofort entlassen. Selbst wenn nicht. Es wäre ihr extrem unangenehm, um nicht zu sagen lästig, wenn sie wüßte, daß ich solche Gefühle mit mir herumtrage. Das wäre mir wiederum mehr als unangenehm.«

»Verstehe. Und die Möglichkeit, daß sie deine Gefühle erwidert, besteht nicht? Nicht die geringste Chance?«

»Absolut ausgeschlossen.«

»Tja dann … solltest *du* vielleicht kündigen.«

Christiane nickte. Ja, das sollte sie erwägen. Aber vielleicht erwies sich das Ganze in ein paar Tagen oder Wochen auch als Strohfeuer. Dann hätte sie völlig umsonst ihren Job aufgegeben. Und das wäre dann richtig ärgerlich! Einen solchen Job bekam man nicht alle Tage.

Während des Essens setzte Christiane Judith dieses Problem auseinander, worauf Judith schließlich feststellte: »Schätzchen, wer eine Ausrede sucht, wird auch immer eine finden. Ich sage dir, es wäre das Vernünftigste zu kündigen. Nur leider ist der Mensch nicht so gestrickt, immer vernünftig zu entscheiden. Schon gar nicht, wenn er dabei ist, sich zu verlieben.«

Christiane sah ihre Freundin unglücklich an. »Mist.«

10

Christiane wartete am Flughafen auf Rebecca. Die Ankunft des Fluges war für vierzehn Uhr vorgesehen, also vor fünfzehn Minuten. Rebecca mußte jeden Moment aus der Halle des Flughafengebäudes kommen.

Es war das erste Mal, daß Christiane Rebecca vom Flughafen abholte, und sie hatte sich von Anita sagen lassen, daß Rebecca es nicht mochte, wenn sie schon in der Empfangshalle erwartet wurde.

»Ist ihr wahrscheinlich zu persönlich«, hatte Anita halb grinsend, halb ehrfurchtsvoll geflüstert.

Deswegen stand Christiane hier, vor dem Gebäude. Sie hatte die trockene Kälte dieses ersten Novembertages unterschätzt und trampelte nun ungeduldig von einem Fuß auf den anderen. Der Wind stieß sie immer wieder in kleinen Böen an, so daß Christiane sich schließlich dazu entschloß, doch ins Gebäude zu gehen.

Drinnen fragte sie sich, warum sie nicht schon viel früher auf diese Idee gekommen war, denn hier wartete es sich doch viel angenehmer. Außerdem konnte sie mal einen Blick auf die Ankunftstafel riskieren. Genau in dem Moment, da Christiane sich dazu entschloß, klackerten die Anzeigen, und der Flug aus München verschwand von der Tafel. Christianes Blick schweifte durch die Halle. Wo blieb Rebecca nur?

Nach einer weiteren Viertelstunde rief Christiane bei Anita an. »Warum sagt mir niemand, daß der Flug umgebucht wurde? Ich stehe hier wie bestellt und nicht abgeholt«, beschwerte sie sich.

»Umgebucht?« Anitas Stimme klang verwundert. »Davon ist mir nichts bekannt.«

»Warum ist sie dann nicht angekommen?« fragte Christiane.

»Woher soll ich das wissen?« fragte Anita zurück. »Ich versuche mal, sie auf dem Handy zu erreichen. Ich ruf dich zurück.«

Also hieß es wieder warten.

Zehn Minuten später meldete Christianes Handy endlich Anitas Anruf. »Ich kann sie nicht erreichen«, hörte sie die Sekretärin ratlos sagen.

»Hm. Und was mach ich jetzt?«

»Frag doch mal am Schalter der Fluggesellschaft, ob Frau Reklin in München eingecheckt hat. Vielleicht hat sie ja den Flug verpaßt und kann aus irgendeinem Grund nicht anrufen.«

Am Schalter erfuhr Christiane, daß Rebecca in München gar nicht an Bord gegangen war. Es lag auch keine Umbuchung vor.

Christiane fuhr zurück in die Firma. Auf dem Weg dorthin fiel ihr ein, daß Rebecca Hanna heute nach Berlin zu ihrer Schwester fahren wollte. Christiane hatte Hanna morgens nach Hause gefahren. Dort half sie ihr beim Kofferpacken für die Reise, mußte dann aber überstürzt aufbrechen, weil Marius Schwandte sie anforderte. Wenn Rebecca also was dazwischengekommen war, würde sie hundertprozentig Hanna Bescheid geben.

Christiane rief Hanna an.

»Wie, nicht angekommen?" fragte Hanna.

»Sie hat dich nicht angerufen?« vergewisserte Christiane sich.

»Nein. Aber das hätte sie, wenn sie aufgehalten wurde und später kommen würde. Und natürlich hätte sie im Büro angerufen. Da muß was passiert sein!« In Hannas Stimme schwang deutliche Unruhe.

»Ach was, sicher gibt es eine ganz einfache Erklärung«, versuchte Christiane sich nicht von Hanna anstecken zu lassen. »Mach mal die Pferde nicht scheu. Ich fahre in die Firma und sage dir Bescheid, sobald wir was von Rebecca hören. Und du meldest dich, sollte sie dich anrufen. Okay?«

Hanna versprach es.

»Ich habe den Geschäftspartner angerufen, bei dem sie zu tun hatte«, empfing Anita Christiane. »An der Konferenz gestern nahm die Chefin teil, aber den Termin heute morgen hat sie versäumt.«

»Also hat sie nicht nur den Flug verpaßt, sondern auch eine Besprechung?! Das klingt aber gar nicht nach ihr. Frag mal im Hotel, ob sie dort gesehen wurde, und wenn ja, wann.«

Anita wählte die Nummer des Hotels. »Reederei Reklin. Ich brauche eine Auskunft. Frau Reklin hatte bei Ihnen von gestern auf heute ein Zimmer gebucht. Hat sie es in Anspruch genommen?«

Offenbar wollte das Hotel keine Auskunft geben, denn Anita verwickelte sich in ein längeres Gespräch, an dessen Ende sie den Hörer wütend auflegte. »Die wollen mir nichts sagen, ist denn das zu fassen?«

»Wieso?«

»Diskretion gehöre zu den Prinzipien des Hauses, blablabla.«

»Aber du hast doch gesagt, daß Rebecca ... na ja, praktisch vermißt wird.«

»Sollen wir die Polizei benachrichtigen?« fragte Anita.

Christiane schüttelte den Kopf. »Das bringt nichts. Was haben wir denn anzugeben? Eine einstündige Verspätung einer Geschäftsfrau. Die lachen sich tot.«

»Aber sie ist doch offensichtlich schon gestern abend oder heute nacht verschwunden.« Anitas Stimme zitterte leicht. Ihr ängstlicher Gesichtsausdruck ließ keinen Zweifel, auch sie machte sich Sorgen.

»Das wissen wir nicht.«

Christiane biß sich nachdenklich auf die Unterlippe. Es gab da ja noch eine andere Möglichkeit. Aber sollte sie Anita danach fragen?

Christiane räusperte sich. »Wie oft fliegt sie eigentlich nach München?« forschte sie vorsichtig.

»Etwa einmal im Monat. Wir haben dort mehrere Geschäftspartner in der Region, vorrangig Stahl- und Automobilbranche.«

»Hat Rebecca irgendwelche Freunde in München? Eine bestimmte Freundin vielleicht ... wo sie mal ... die Zeit vergißt?«

Anita sah Christiane zunächst verständnislos an. Dann begriff sie, was gemeint war. »Nein.« Anita schüttelte den Kopf. »Ist mir jedenfalls nicht bekannt. Sie hat immer im Hotel übernachtet. Die Rechnungen wiesen weder extra Champagner noch ein zusätzliches Frühstück aus. Falls du das meinst.«

Toll. Jetzt weißt du wenigstens, daß Rebecca ihre Arrangements lieber bei sich zu Hause abhält, schoß es Christiane durch den Kopf. Gleichzeitig ermahnte sie sich, daß das jetzt wirklich keine Rolle spielte.

»Tja.« Christiane schaute Anita ernst an. »Was soll's. Ich fahre nach München in das Hotel und mache dort ein Faß auf. Die werden mir schon sagen, ob Rebecca da war. Sollte sie sich in der Zwischenzeit bei dir melden, rufst du mich sofort an.«

»In Ordnung.« Anita nickte. »Aber was, wenn sie plötzlich durch die Tür geschneit kommt und sagt, sie habe mal eben einen Flug später genommen, weil sie das Essen einer anderen Airline probieren wollte?« Ängstliches Zögern. »Und einen Tobsuchtsanfall bekommt, weil du einfach losgefahren bist?«

»Dann sagst du, daß du mir Bescheid gibst und sie sich darauf vorbereiten soll, daß ich ihr den Hals umdrehe, wenn ich wieder da bin.«

Anita lächelte schief.

»Hanna? Hat sie sich gemeldet?« Christiane startete einen letzten Versuch. Sie lauschte in ihr Handy.

»Nein. Und ich sitze hier auf gepackten Koffern. Sie würde mich nie so hängenlassen, wenn da nicht was passiert wäre.«

»Bist du noch bei dir zu Hause?«

»Ja.«

»Warte dort, ich komme hin.«

»Na klar warte ich.«

Wenig später klingelte Christiane an der Haustür zu Hannas

Aufgang. Die Tür wurde per Summer geöffnet. Christiane betrat das Treppenhaus.

»Zweiter Stock«, rief Hanna ihr von oben zu.

Christiane ging die Treppen hinauf, schob die angelehnte Wohnungstür auf und trat ein. Hanna saß tatsächlich auf ihrem Koffern, die Krücken neben sich. Ratlos sah sie Christiane an. »Was machen wir denn jetzt?«

»Ich fahre dich zu deiner Schwester.«

Hanna schüttelte den Kopf. Plötzlich kam Leben in sie. Sie griff nach den Gehhilfen, stand auf. »Nein«, sagte sie rigoros. »Wir fahren nach München.«

Christiane lächelte angesichts der Gleichheit ihrer Ideen. Dennoch schüttelte sie den Kopf.

»Nein«, sagte sie ruhig. »*Ich* fahre nach München, *du* zu deiner Schwester, wie geplant.«

»Aber ...«

»Kein Aber.« Christiane nahm den Koffer. »Komm. Ich fahre dich nach Berlin und dann direkt weiter nach München. Was bringt es denn, wenn wir zu zweit nach München fahren? Nichts. Ich verspreche dir, ich rufe dich an, sobald ich was weiß!«

Hanna stand unschlüssig da. »Aber ich habe doch keine ruhige Minute unter diesen Umständen.«

Christiane probierte es mit einer anderen Argumentation. »Am Ende erweist sich die ganze Aufregung als umsonst, und du verpaßt die Silberhochzeit deiner Schwester. Das wäre doch schade.«

»Ja, schon.«

»Und außerdem, mit deinem Fuß behinderst du die Suchaktion eher. Tut mir leid, das zu sagen, aber ohne dich bin ich flexibler.«

Hanna machte ein beleidigtes Gesicht. Christiane schämte sich ein wenig ob ihrer harten Worte, aber es war im Grunde so. Sie wußte nicht, was sie erwartete, und mit Hanna im Schlepptau würde alles nur langsamer gehen.

Wahrscheinlich waren Hannas Überlegungen in eine ähnliche Richtung gegangen, denn sie lenkte ein. »Also gut. Fahr mich zu meiner Schwester. Vielleicht ruft Rebecca ja auch in der Zwischenzeit schon an, und alles klärt sich auf.«

Das hoffte auch Christiane. Dennoch fuhr sie noch schnell bei sich vorbei, packte ein paar Sachen in eine Tasche, bevor es weiter in Richtung Berlin ging. Aber auch als sie den Berliner Ring erreichten, fehlte jede Nachricht von Anita oder Rebecca.

Christiane setzte Hanna bei ihrer Schwester ab. Sie half ihr noch beim Tragen der Koffer, doch die Einladung der Schwester auf eine Erfrischung lehnte sie ab. Es war jetzt sieben Uhr abends. Christiane konnte sich ausrechnen, daß sie auch ohne weiteren Aufenthalt erst mitten in der Nacht in München ankommen würde. Und wahrscheinlich brauchte sie auch eine ganze Weile, bis sie das Hotel fand, dessen Adresse Anita ihr aufgeschrieben hatte. Es würde eine lange Nacht werden. Aber das war Christiane egal, wenn sie nur Rebecca fand.

Um halb vier morgens betrat Christiane die menschenleere Hotelhalle. Sie schaute sich kurz um und ging dann zielstrebig zum Empfang.

»Ich hatte angerufen, wegen eines Zimmers. Mein Name ist Seidel.«

Der Mann an der Rezeption schaute in seinen Computer. »Ja, ich habe eine Reservierung für Sie. Ein Einzelzimmer.«

»Richtig.« Christiane lächelte ihr charmantestes Lächeln. »Ich suche übrigens eine Bekannte von mir. Wir wollten uns hier treffen. Könnten Sie mal nachsehen, ob sie eingetroffen ist und auf welchem Zimmer sie wohnt?«

»Tut mir leid, wir dürfen keine Auskünfte über unsere Gäste erteilen«, lautete die freundliche, aber abweisende Antwort.

Christiane schaute sich in der menschenleeren Halle um, wandte sich dann wieder dem Rezeptzionisten zu, lächelte verschwörerisch. »Aber es erfährt ja niemand. Bitte. Ich möchte meine Freundin überraschen. Seien Sie kein Spielverderber.«

Der Mann ließ sich nicht erweichen. »Tut mir leid, ich habe meine Vorschriften.« Er schob Christiane einen Bogen Papier hin. »Wenn Sie bitte die Anmeldung ausfüllen wollen.«

Sie füllte den Bogen aus und schob das Formular zurück. »Ach, wahrscheinlich beherrschen Sie nur die Bedienung des Computers nicht. Sonst würden Sie mir meine kleine Bitte nicht abschlagen«, versuchte sie es noch einmal.

Der Mann lächelte nachsichtig. »Durchschaubarer Trick.«

Christiane sah ein, daß sie so nicht weiterkam.

»Also gut, hören Sie. Ich habe etwas geflunkert. Die Frau ist nicht meine Freundin. Sie ist meine Chefin. Eine sehr schwierige Chefin! Und ich habe vergessen, ihr wichtige Unterlagen mitzugeben. Bisher scheint sie es noch nicht bemerkt zu haben, aber sobald das passiert, ist die Hölle los. Wahrscheinlich arbeitet Frau Reklin noch auf ihrem Zimmer, sie schläft nämlich nie, wissen Sie. Also wird sie jede Sekunde meinen Fehler entdekken. Aus diesem Grund muß sie diese Unterlagen so schnell wie möglich bekommen, sonst macht sie mich einen Kopf kürzer . . . und Sie wahrscheinlich auch, wenn sie erfährt, daß Sie mich nicht zu ihr gelassen haben.« Christiane schaute verzweifelt. »Ich verliere womöglich meinen Job!«

Der Mann sah Christiane skeptisch an. Es war deutlich, daß er dieser neuen Geschichte ebensowenig Glauben schenkte wie der ersten. Aber es schien ihn zu beunruhigen, daß hier, falls doch etwas an der Geschichte war, möglicherweise ein Job auf dem Spiel stand. Mit eindringlichem Blick auf Christiane zog er die Tastatur des Computers zu sich und tippte ein paar Tasten. »Eine Frau Reklin *hat* ihr gewohnt, sie ist . . .« Er stockte.

»Was?«

»Sie hat ausgecheckt. Heute morgen.«

»Aber sie war nicht bei ihrem Geschäftstermin. Niemand hat sie heute gesehen. Deshalb sind ein paar Leute sehr beunruhigt.«

»Die Unterlagengeschichte ist also auch erfunden«, stellte der Hotelangestellte trocken fest.

»Ja«, räumte Christiane ein. Es war ja eh nicht mehr zu leugnen. Sie hatte sich verplappert. »Aber nicht, daß Frau Reklin verschwunden ist. Sie haben nicht zufällig irgendwas gehört? Vielleicht von einem Kollegen?«

»Sind sie nun ihre Freundin oder ihre Angestellte?«

»Ihre Angestellte.«

»Und Sie sagen, sie sei eine schwierige Chefin?«

Christiane seufzte. »Ziemlich schwierig.«

»Warum suchen Sie sie dann?« Der Mann hinter der Rezeption schaute Christiane mit verwundert hochgezogenen Augenbrauen an. Christiane zuckte hilflos mit den Schultern. »Irgend etwas stimmt nicht. Ich mache mir Sorgen.«

»Dann fürchte ich, daß ich eine schlechte Nachricht für Sie habe. Erschrecken Sie nicht.« Der Rezeptzionist lehnte sich etwas vor über den Tresen. »Aber ein Kollege hat mir erzählt, daß eines der Zimmermädchen heute früh eine bewußtlose Frau gefunden hat«, sagte er leise, gerade so, als hätten die Wände Ohren und könnten seine Indiskretion verraten. »Und im ganzen Zimmer verstreut lagen Tabletten. Die Frau hat wohl versucht, sich umzubringen. Es war der Gast von 393.«

Christiane wurde blaß. »War das ... *ihr* Zimmer?«

»Ja.« Der Mann schaute ernst. »Hätte ich besser nicht erzählen sollen, was?«

»Was ist mit Frau Reklin? Ist sie ...«

»Sie wurde ins Krankenhaus eingeliefert.«

»Welches?«

»Das weiß ich nicht. Aber wahrscheinlich ins städtische Krankenhaus.«

Christiane schluckte. »Haben Sie ein Telefonbuch für mich?«

»Schon. Aber um die Zeit werden Sie dort niemanden erreichen, der Ihnen eine Auskunft geben kann. Vielleicht schlafen Sie erst mal eine Runde.«

Christiane seufzte. Der Mann hatte recht. »Ich nehme dann das Zimmer. Und bitte, ich möchte um sieben geweckt werden.«

»Geht klar. Sie können die Treppe dort rechts nehmen, das Zimmer ist gleich im ersten Stock.«

»Danke.« Christiane nahm die Schlüsselkarte in Empfang. Trotz der schlechten Nachricht fühlte sie sich wesentlich erleichtert. Immerhin war jetzt klar, warum Rebecca ohne jegliche Nachricht verschwunden war. Wahrscheinlich hatte sie sich überanstrengt, dazu noch irgendwelche Aufputschpillen genommen, und der Kreislauf versagte. Das Zimmermädchen sah die Packung mit den Tabletten, und daraus wurde dann die Horrorstory von einem Selbstmordversuch! Hier lag ein typischer Fall von Nachrichtenverfälschung vor, wie er bei stiller Post, sprich Getratsche, oft vorkam. Nicht nur Hörensagen, sondern Hören-Hören-Hörensagen. Warum sollte Rebecca versucht haben, sich umzubringen? Das war absoluter Blödsinn. Nein, was das anging, schenkte Christiane der Erzählung des Rezeptzionisten keinen Glauben.

Dennoch war die Geschichte schlimm genug. Daß Rebecca zu den Frauen gehörte, die viel arbeiteten, war nicht neu für Christiane. Aber daß sie es bis an den Rand ihrer Belastungsgrenze trieb, und nun sogar darüber hinaus, beunruhigte sie und beeinträchtigte ihre Erleichterung erheblich. Hoffentlich würde dieser Zusammenbruch Rebecca eine Warnung sein.

11

Kurz nach acht betrat Christiane das Krankenhaus.

»Zu Doktor Hafner«, keuchte sie dem Pförtner atemlos zu. Sie war die letzten hundert Meter immer schneller gelaufen.

»Vierter Stock. Fahrstuhl geradeaus«, lautete die gelangweilte Antwort.

Christiane fuhr mit dem Fahrstuhl in die vierte Etage. Auf dem Gang war viel Betrieb. Sie fand Doktor Hafners Zimmer, nachdem sie eine der Schwestern gefragt hatte. Ein gedämpftes »Ja« antwortete auf ihr Klopfen.

»Frau Seidel?« Ein hochgewachsener Mann mit graumeliertem Haar erhob sich von seinem Platz am Schreibtisch, kam auf Christiane zu. Ein Ärzteroman-Arzt, schoß es Christiane durch den Kopf. Gutaussehend, charmantes Lächeln, Vertrauen einflößende Stimme.

»Ja.«

»Ich bin froh, daß Sie sich bei uns melden. Bitte, setzen wir uns.« Christiane nahm den ihr angebotenen Stuhl, Hafner setzte sich wieder in seinen Schreibtischsessel. »Wir haben hier wirklich ein Problem.«

»Problem?« echote Christiane. Sicher war so ein Kreislaufkollaps bedenklich, aber doch nichts wirklich Bedrohliches! Nicht, wenn Rebecca ein bißchen kürzertrat. Und das war ihr sicher beizubringen.

»Als Frau Reklins Lebensgefährtin sind Sie doch vertraut mit ihrer Gefühlslage. Haben Sie keine Anzeichen bemerkt? So eine Sache passiert normalerweise nicht von heute auf morgen.«

Christiane räusperte sich verlegen. Sie hatte sich am Telefon als Rebeccas Lebensgefährtin ausgegeben. Auskünfte über Patienten bekamen nun mal nur Angehörige und »Eheleute«. Das war allgemein bekannt. Und sie war nicht hunderte von Kilometern gefahren, um dann ein lapidares »Tut uns leid, so sind die Vorschriften« zu hören. Denn daß sie ein zweites Mal so viel Glück hatte wie mit dem Hotelrezeptzionisten, war unwahrscheinlich.

»Nun ja, Rebecca arbeitet sehr viel, das ist richtig. Manchmal zu viel, sicher. Aber ...«

»Ich rede nicht von Streß, Frau Seidel. Ich rede von Depressionen. Lethargie und Euphorie in häufigem Wechsel. Solche Anzeichen.«

Christiane blinzelte irritiert. »Ich verstehe nicht.«

Jetzt war es an dem Arzt, verwundert zu sein. »Sie haben doch vom Hotel aus angerufen. Ich ging davon aus, Sie hätten die Geschichte gehört. Frau Reklin wurde in ihrem Hotelzimmer vom Zimmermädchen bewußtlos auf dem Bett gefunden. Die Sanitäter fanden im ganzen Zimmer verteilt Tabletten. Paracetamol, Schlafmittel und diverse andere Pillen. Sie muß einen wilden Cocktail geschluckt haben.«

»Wollen Sie damit sagen ...«

Doktor Hafner nickte. »Das war ein klassischer Selbstmordversuch«, sagte er behutsam.

Christiane blickte den Arzt fassungslos an. Sie hörte, was Hafner sagte, aber es war so unvorstellbar, so außerhalb des Faßbaren für Christiane, daß sie nicht in der Lage war, etwas zu erwidern.

Doktor Hafner stand auf, rollte seinen Stuhl zu ihrem, setzte sich wieder. »Frau Reklin hat Glück gehabt«, sagte er jetzt mit anteilnehmender Stimme. »Das Zimmermädchen fand sie rechtzeitig. Es wurden auch keine bleibenden Organschäden festgestellt. So gesehen ist, abgesehen von der Kopfverletzung, alles in Ordnung.«

»Kopfverletzung?«

»Frau Reklin muß, bevor sie die Tabletten genommen hat, gestürzt sein. Oder etwas in der Art. Sie hat ein ziemlich starkes

Schädeltrauma, wie unsere Röntgenuntersuchung ergab. Wir wissen nicht, ob die Vergiftung oder die Kopfwunde die Ursache dafür ist, daß Frau Reklin sich an ihren Selbstmordversuch nicht erinnern kann. Es ist sehr typisch für Vergiftungen, daß es zu einem Blackout kommt. Jeder hat davon im Zusammenhang mit Alkohol schon gehört. Aber, so merkwürdig es klingt, das Trauma ist nicht unsere größte Sorge. Wir müssen herausfinden ob der Selbstmordversuch eine Kurzschlußhandlung war, was eine Wiederholungstat nahezu ausschließt, oder ob eben eine tiefere Depression vorliegt, die eine Wiederholung befürchten läßt. Dazu müßte Frau Reklin in therapeutische Behandlung. Allerdings können wir sie nicht zwingen. Sie muß das freiwillig machen, die Einsicht für ihre Situation haben. Das Problem, von dem ich sprach, ist folgendes: Da Frau Reklin sich nicht an den Selbstmord erinnern kann, bestreitet sie diesen und lehnt deswegen jede psychiatrische Behandlung strikt ab. Wir haben also nicht den kleinsten Ansatz für eine Therapie. Im Moment müßte die Patientin ständig beobachtet werden, aber dazu fehlt uns die Kapazität. Deshalb geben wir ihr Beruhigungsmittel.«

»Das kann aber keine Lösung auf Dauer sein!«

»Sie sagen es. Es wäre das beste, wenn Sie Frau Reklin dazu brächten, einer Verlegung in die Psychiatrie zuzustimmen.«

Christiane schüttelte den Kopf. »Ich kann das alles gar nicht glauben. Selbstmord?! Das ist so abwegig. Rebecca ist eine selbstbewußte Frau. Sie führt ihre Firma mit eiserner Disziplin. Gut, sie als lebensfroh zu beschreiben, wäre wohl übertrieben, aber depressiv?! Nein.«

Christiane schwirrten die Gedanken wirr durch den Kopf. Da war die Geschichte mit dieser Liane. Hanna hatte erzählt, Rebecca sei damals am Boden zerstört gewesen! *Ja, aber wer wäre das in so einem Fall nicht?* Und Rebeccas fatale Einstellung zu anderen Menschen? *Zynisch, ja. Aber nicht depressiv!* Oder doch?

»Es könnte so eine Art Burnout-Syndrom sein«, meinte Doktor Hafner jetzt. »Das kommt oft vor bei Leuten in hohen Verantwortungen. Jahrelanger Erfolgszwang, enormer Streß, von allen Seiten werden Erwartungen an einen gestellt. Das brennt das Innere aus. Manche der Leute werden zu Aussteigern, andere bekommen Depressionen. Wenn es dann zum Äußersten kommt, wie in diesem Fall, ist das auch für die Nahestehenden immer ein Schock. Ich verstehe, daß Sie sich schwertun, daran zu glauben.«

Christiane wünschte sich, sie hätte Hanna doch mitgenommen. Die kannte Rebecca wesentlich besser und wüßte, ob der Arzt mit seiner Einschätzung recht haben könnte.

Zumindest eines war Fakt: Rebecca hatte Unmengen Tabletten geschluckt. Einen solche Menge und Mischung nahm man nicht aus Versehen. Daran gab es nichts zu deuteln!

»Wollen wir jetzt zu ihr?« fragte Doktor Hafner.

Christiane nickte stumm, stand auf und folgte ihm über den Gang. Ihr Herz klopfte laut in ihrer Brust, als sie hinter Doktor Hafner Rebeccas Krankenzimmer betrat. Der Arzt ging zum Bett der Patientin, Christiane hielt sich hinter ihm.

»Frau Reklin«, sagte Hafner mit gedämpfter Stimme. »Hier ist jemand für Sie.« Er trat zur Seite.

Christiane tat einen Schritt nach vorn. »Hallo«, grüßte sie Rebecca zurückhaltend, was der Arzt für Sorge und Scheu in Anbetracht der heiklen Situation halten mußte. Er konnte nicht wissen, daß Christiane sich gerade die bange Frage stellte: Wie lange würde es jetzt noch dauern, bis ihre Lebensgefährtinnenlüge aufflog? Dann hatte sie nämlich gleich zwei Probleme: Rebecca und den Arzt.

»Erkennen Sie Ihre Freundin?« fragte der Arzt Rebecca.

Rebecca schaute Christiane schweigend an. Ein langsames Kopfschütteln folgte. »Nein.«

Der Arzt musterte Rebecca eindringlich. »Sie erkennen Ihre Lebensgefährtin nicht?«

Die schüttelte erneut den Kopf.

Doktor Hafner runzelte die Stirn.

Christiane schaute den Arzt fragend an. Rebeccas Erinnerungslücke mußte viel größer sein, als er angenommen hatte.

Jedenfalls länger als nur ein, zwei Tage. Wußte sie überhaupt, wer sie selbst war? Hafner schaute immer noch zwischen ihnen beiden hin und her.

»Keine Sorge«, sagte er jetzt zu Christiane. »Es gibt viele Patienten, die solche Erinnerungslücken kurz nach dem Vorgefallenen haben. In Ihrem Fall, Frau Reklin, haben wir sogar zwei der typischen Ursachen für eine, wie wir Ärzte es nennen, partielle retrograde Amnesie: die Tablettenvergiftung und ein schweres Schädeltrauma. In der Regel kommen die ersten Erinnerungen nach etwa vierundzwanzig Stunden zurück. Manchmal dauert es aber auch länger, bis zu ein paar Wochen. Und dann ist auch nicht schlagartig alles wieder da.«

Ihre Zweifel standen Christiane ins Gesicht geschrieben. »Was das Ereignis selbst betrifft – Filmriß –, das verstehe ich«, meinte sie. »Aber warum erkennt sie mich nicht?« Daß ihr dies im Moment Probleme ersparte, dessen war sich Christiane nur zweitrangig bewußt. Ihre Sorge um Rebecca nahm fast alle ihre Gedanken ein.

»Die Ursache liegt sehr wahrscheinlich in der Kopfverletzung, die eine starke Erschütterung des Gehirns zur Folge hatte. Sie müssen sich das so vorstellen: Das Gehirn liegt locker im Schädel. Bei einem Aufprall knallt es quasi gegen die Schädeldecke. Dadurch sterben Zellen ab, in denen Erinnerungen gespeichert waren. Welche Erinnerungen das sind, ist reiner Zufall. Da das Gehirn Informationen mehrfach abspeichert, gehen diese aber nicht verloren. Es dauert nur ein wenig, bis die Informationen an die neu gebildeten Zellen im Kopf weitergegeben werden. Jede Information ist im Langzeitgedächtnis, im Kurzzeitgedächtnis und im Emotionalteil abgespeichert. Wenn durch die Verletzung alle drei Teile betroffen sind, dann ist die Information erst mal weg. Dennoch, bei Personen wie Vater, Mutter und Lebenspartnerin zum Beispiel, ist die Information meistens auch noch irgendwo anders abgespeichert, da man die lange kennt. Anders ist das bei Leuten, die man seltener sieht. Diese Information ist nicht so häufig vorhanden und kann in einigen Fällen auch verlorengehen.« Der Arzt lächelte aufmunternd. »Es ist also nur eine Frage der Zeit, bis Frau Reklin sich wieder an Sie erinnert.«

Christiane lächelte gequält. *Das glaubst du.* Zwei Wochen kannte sie Rebecca gerade mal. Damit gehörte sie wohl eher zu den von Hafner beschriebenen letzteren Fällen.

»Also gut. Ich lasse sie beide jetzt allein. Vielleicht, wenn sie ein wenig miteinander reden, kommt ja die Erinnerung.«

»Danke«, sagte Christiane.

Hafner ging.

Christiane nahm sich einen Stuhl, stellte ihn neben Rebeccas Bett und setzte sich. Sie schwieg. Was sollte sie auch sagen?

»Endlich mal jemand, der mich nicht mit Fragen und guten Ratschlägen bombardiert«, sagte Rebecca irgendwann leise. Christiane beugte sich vor, um sie besser zu verstehen. »Tut mir leid«, fuhr Rebecca fort. »Dein Name. Ich erinnere mich nicht.«

»Christiane«, half diese.

»Christiane«, wiederholte Rebecca. Zwei bange Sekunden wartete Christiane, ob Rebecca bei dem Namen Anzeichen des Widererkennens zeigte. Aber nichts dergleichen geschah.

»Stimmt das? Wir beide . . . ?« Rebecca lächelte zaghaft.

Christiane zögerte nur kurz. »Ja«, sagte sie dann. Gegen die Stimme des Protests in ihr wehrte sie sich mit der Frage: *Was?! Sollte ich nein sagen?! Rebecca braucht jetzt jemanden, an den sie sich halten kann. Und ich bin im Moment nun mal die einzige Person, die dafür in Frage kommt.*

Ein tiefer werdendes Lächeln auf Rebeccas Gesicht belohnte Christiane für ihre Entscheidung.

»Ich habe einen guten Geschmack«, meinte Rebecca mit einem leichten Anflug von Humor in der Stimme. Doch sie wurde sofort wieder ernst. »Glaubst du, daß ich das getan habe?«

Christiane schloß für einen Moment die Augen. Dann sah sie Rebecca offen an. »Ich habe es nicht geglaubt, als ich die Geschichte gestern von einem Hotelangestellten gehört habe.

Aber heute, von Doktor Hafner ... sie haben dir den Magen ausgepumpt. Das Zeug war schließlich in dir.«

»Aber bin ich der Typ für so was?« fragte Rebecca weiter.

»Ich habe dich nicht dafür gehalten«, sagte Christiane ehrlich. »Doch angesichts der Tatsachen ...« Sie brach ab.

Rebecca richtete sich etwas auf, bedeutete Christiane, sich neben sie aufs Bett zu setzen. Christiane tat es.

»Die Ärzte sagen, ich wollte mich umbringen. Ich ... kann mir das nicht vorstellen. Mir fehlen zwar hier und da ein paar Erinnerungen, aber ich weiß nichts, was mich dazu bewegen sollte, einen solch dramatischen Schritt zu tun. Ich verstehe das nicht!« Rebecca schaute Christiane eindringlich an. »Kannst du mir helfen, meine Erinnerungslücken aufzufüllen.«

Rebeccas Augen durchdrangen Christiane förmlich. Diese fühlte sich zunehmend unwohl in ihrer Haut. Sie hatte Rebecca Halt geben wollen. Das schien auch ganz gut zu funktionieren, aber dabei geriet sie selbst mehr und mehr in die Zwickmühle. Sie konnte Rebecca nicht helfen! Sie standen sich nicht nah genug!

»Nehme ich vielleicht Drogen, die mich dazu getrieben haben könnten?« fragte Rebecca.

»Nein!« entfuhr es Christiane entsetzt. »Jedenfalls nicht, soviel ich weiß.«

Es klopfte an der Tür, und Doktor Hafner erschien noch einmal. »Entschuldigung. Ich störe nicht lange. Ich wollte Ihnen nur vorschlagen, daß wir für Frau Seidel eine Liege ins Zimmer stellen lassen.« Er schaute Christiane an und lächelte. »Sie wollen doch heute nacht sicher in der Nähe Ihrer Freundin bleiben? Und warum machen Sie nicht einen Spaziergang in unserem Park?« schlug Hafner vor. »Die frische Luft wird Frau Reklin guttun.«

»Das ist mal ein Rat, den ich gern befolge«, meinte Rebecca lakonisch. »Wann werden Sie mich entlassen?« fragte sie den Arzt.

Das Lächeln verschwand aus seinem Gesicht, er blickte ernst

drein. »Rein physisch können Sie morgen sicher das Krankenhaus verlassen. Aber Sie wissen, daß ich Bedenken habe, solange Sie nicht mit einem Psychologen gesprochen haben.«

»Ja, ich weiß. Aber ich fühle mich, abgesehen von den gräßlichen Kopfschmerzen, gut. Das sagte ich Ihnen doch schon.«

»Und ich glaube, das ist eine Schönfärberei Ihres Zustandes, nur um hier rauszukommen. Ich kann Sie natürlich nicht zwingen, hierzubleiben, das wissen wir beide.«

»Eben.«

»Lassen Sie mich Ihnen wenigstens einen Kollegen in Ihrer Stadt empfehlen.« Hafner ließ nicht locker.

Rebecca stand mit vorsichtigen Bewegungen auf. »Ich habe einen Hausarzt, der meine Kopfverletzung behandeln wird. Ihren Psychologen brauche ich nicht«, lautete ihre ablehnende Antwort. Sie ging zum Schrank, nahm ihre Hose vom Bügel. Offensichtlich machte sie sich tatsächlich für einen Spaziergang fertig.

Der Arzt schüttelte resigniert den Kopf. »Vielleicht bringen Sie sie zur Vernunft.« Mit einem beschwörenden Blick auf Christiane verließ er das Zimmer.

»Das brauchst du gar nicht erst versuchen«, sagte Rebecca zu Christiane, während sie das Krankenhaushemd in ihre Armani-Hose stopfte.

»Ich weiß«, erwiderte Christiane trocken. »Dich von etwas zu überzeugen, was du nicht willst, ist ein hoffnungsloses Unterfangen.«

Rebecca schaute an sich herab. »Ich sehe bescheuert aus.«

Christiane reichte ihr den Mantel. »Egal. Sieht keiner.«

Im Park hakte Rebecca sich bei Christiane ein und atmete tief durch.

»Wie lange sind wir schon zusammen?« wollte sie wissen.

Christiane zögerte. »Wir ... erst sehr kurz ... zwei Wochen.« Das stimmte zumindest insofern, als daß sie jetzt zwei Wochen bei Rebecca angestellt war.

»Oh. So kurz? Und wie lange kennen wir uns schon? Wie haben wir uns überhaupt kennengelernt?«

Christiane kam langsam ins Schwitzen. »Ich ... arbeite seit ein paar Wochen in deiner Firma. Um die Ecke liegt ein Bistro. Da sind wir uns in der Mittagspause zufällig über den Weg gelaufen. Beziehungsweise wir stießen zusammen. Ich habe dir meine Frühlingssuppe übers Kostüm geschüttet.«

Rebecca schmunzelte. »Absichtlich?«

»Nein!«

»Erzähl weiter.«

»Ich war so aufgeregt und damit beschäftigt, mich fortwährend bei dir zu entschuldigen, daß ich erst mitbekam, wer du warst, als wir in deinem Büro standen. Während du aus deinem Schrank seelenruhig ein anderes Kostüm auswähltest, wurde mir so schlecht, daß ich mich hinsetzen mußte.«

»Wieso wurde dir schlecht?«

»Weil ich erwartete, daß du mich jeden Moment feuerst.«

»Und?«

»Nichts. Du verschwandst einfach hinter einer Tür, und ich saß immer noch völlig gelähmt da. Als du zurückkamst, warst du umgezogen und fragtest mich, ob wir nun endlich essen gehen wollten.«

»Ich habe dich eingeladen?«

»Ja«, beendete Christiane ihre Geschichte.

»Und wie ging es weiter?«

So gut Christiane Rebeccas Neugier verstand, brachte sie diese doch immer mehr in die Bredouille. Erstens war es gar nicht so einfach, sich aus dem Stegreif etwas auszudenken, und zweitens verstrickte sie sich auf diese Weise mehr und mehr in eine Lüge. Warum sagte sie Rebecca nicht einfach die Wahrheit? Daß sie beide ein Paar waren, sollte doch nur der Arzt glauben, nicht jedoch Rebecca!

Christianes Schweigen interpretierte Rebecca auf ihre Weise. »Ist es so, daß du eher die Schüchterne von uns beiden bist?« fragte sie lächelnd.

»Ich, äh ...« Christiane wurde verlegen.

Rebecca blieb stehen. »Sind wir nun frisch verliebt, oder sind wir es nicht?«

Christiane merkte, wie sie errötete. Und ehe sie sich's versah, umarmte Rebecca sie. Ihre Lippen legten sich weich auf Christianes. Christiane hielt still, während Rebeccas forschender Kuß ihr den Mund verschloß. Nach einer Weile hielt Rebecca inne. »Ich glaube, es klappt«, sagte sie lächelnd.

»Was?« fragte Christiane verdattert.

Rebecca schmunzelte. »Meine Erinnerung aufzufrischen. Ich probiere es gleich noch mal.«

Christiane trat hastig einen Schritt zurück.

Nein, das geht zu weit! Ich muß ihr die Wahrheit sagen, bevor sie sich richtig darauf einläßt. Und ich mich!

»Was ist?« wunderte Rebecca sich.

»Das kann nicht ...« Christiane zögerte. Doch dann gab sie sich einen Ruck. »Das kann gar nicht klappen, weil es da nichts aufzufrischen gibt.« So. Endlich war es raus.

Rebecca schaute verständnislos.

Christiane suchte nach den richtigen Worten, die Situation für beide Seiten schonend zu erklären. Aber sie fand keine andere Möglichkeit als den direkten Weg, der Rebecca sicher einen Schock versetzen und kurze Zeit später sie selbst aufs Arbeitsamt bringen würde.

Na, was soll's. Veränderungen sind der Lauf der Welt.

»Wir beide sind nicht ... es gibt kein *wir beide*. Ich bin deine Angestellte, deine Fahrerin, nichts weiter. Aber man hätte mich nicht zu dir gelassen, wenn ich das gesagt hätte. Und wir mußten doch wissen, wie es dir geht. Hanna und ich. Erinnerst du dich an Hanna?«

Rebecca blinzelte verwirrt. »Ja«, sagte sie zögernd. »Ich erinnere mich an Hanna. Wo ist sie?«

»Bei ihrer Schwester in Berlin, zur Silberhochzeit. Ich habe sie dort abgesetzt und bin nach München gefahren, wo sich sozusagen deine Spur verlor. Du bist vorgestern zu einem Geschäftstermin nach München geflogen und solltest gestern in Bremerhaven zurück sein. Aber als ich dich vom Flughafen abholen sollte, kamst du nicht. Ich habe bei der Fluggesellschaft nachgefragt, die mir sagte, du seiest gar nicht von München abgeflogen. Dein Hotel gab am Telefon keine Auskunft, also bin ich hergefahren. Die halbe Nacht. Der Mann vom Hotelempfang sagte mir nach einigem Hin und Her, daß man dich ins Krankenhaus eingeliefert habe. Ich wußte, ich würde von den Ärzten keine Auskunft bekommen, weil ich mich nicht als Verwandte ausweisen kann, also habe ich mich als deine Partnerin ausgegeben. Ich hielt das für das Einfachste!«

Rebecca schaute Christiane stumm an.

Christiane redete weiter. »Und ich habe noch nicht mal Hanna angerufen, um ihr zu sagen, daß mit dir alles in Ordnung ist.« Sie hob verzweifelt die Hände. »Wenn man das ganze Chaos als *in Ordnung* bezeichnen will!«

Rebecca sagte immer noch nichts. In ihrem Gesicht arbeitete es. Sie mußte das eben Gehörte wohl erst verdauen.

Christiane räusperte sich. »Ich nehme an, Sie suchen sich jetzt einen neuen Fahrer.« Sie fand es angebracht, wieder zum Sie überzugehen. »Denn das hier war von allen Katastrophen, die ich mir geleistet habe, die größte.« Lakonisch fügte sie hinzu: »Auch wenn Sie sich an die anderen im Moment nicht erinnern. Glauben Sie mir. Ich kann das einschätzen.«

Rebecca kniff die Augen leicht zusammen. »Das klingt, als wären wir nicht gerade ein sehr harmonisches Team.«

Christiane winkte ab. »Nein, das sind wir wirklich nicht.«

»Warum?« wollte Rebecca wissen.

»Keine Ahnung«, seufzte Christiane. »Wir haben wohl zu unterschiedliche Charaktere.«

»Streiten wir uns?«

»Eigentlich nicht.«

»Worin äußert sich dann diese angebliche Disharmonie?«

Christiane hob ratlos die Hände. »Sagen wir mal so, wir können uns einfach nicht aufeinander einstellen.«

»Wollen wir es denn?«

Ein tiefer Atemzug, gefolgt von einem Schulterzucken Christianes antwortete Rebecca. Die verstand. »Das bedeutet, du glaubst, *ich* wolle es nicht. Richtig?«

»Na ja«, gab Christiane zu. »Sie sind nicht der Typ, der sich auf andere einstellt.«

Rebecca schien nachzudenken. »Wenn ich so schrecklich bin, warum hast du ... haben Sie das dann alles gemacht?« Es leuchtete ihr nicht ein. »Sie fahren mir hinterher, statt sich zu sagen: Ist mir doch egal, wo die Schreckschraube bleibt, die wird sich schon melden. Aber gut. Sie sind eben ein Mensch mit Verantwortung, suchen mich. Und sie finden mich auch. Nun könnten Sie sagen: Alles klar. Die Frau lebt, die Ärzte kümmern sich, und sie ist ansonsten in der Lage, sich selbst zu helfen. Ich gebe in der Firma Bescheid und habe getan, was zu tun war. Aber nein, Sie erfinden eine Beziehung mit mir, um zu erfahren, wie es mir geht.« Rebecca suchte Christianes Blick. »Das klingt irgendwie ... als hätten Sie sich Sorgen gemacht.« Ihre Stimme klang sanft.

Christiane senkte verlegen den Blick. »Wir haben uns *alle* Sorgen gemacht. Hanna, Anita und ich.«

»Na schön«, erwiderte Rebecca. »Aber ich kann Sie doch nicht entlassen, weil Sie sich Sorgen gemacht haben. Das wäre unfair.«

»Das Leben ist nur selten fair, so lautet einer Ihrer Lieblingssprüche.«

Rebecca lachte. »Ja, das stimmt. Was ist los mit Ihnen? Sie betteln ja förmlich um Ihre Entlassung! Haben Sie ein besseres Angebot, wollen aber auf die Abfindung nicht verzichten?«

Darüber mußte jetzt auch Christiane lachen.

Rebecca zuckte mit den Schultern. »Tja, sieht so aus, als müßten Sie mich noch eine Weile ertragen. Ich habe gerade keine Lust, Sie zu feuern.« Sie hakte sich wieder bei Christiane ein. »Sie hätten ruhig noch eine Weile warten können, mir das alles zu erzählen. Wenigsten bis nach dem zweiten Kuß. Es fing gerade an, mir Spaß zu machen«, schmollte sie, während sie weitergingen.

»Sehr witzig«, erwiderte Christiane nur. Rebeccas verstohlenen nachdenklichen Seitenblick bemerkte sie nicht.

»Was machen Ihre Kopfschmerzen?« fragte Christiane, um das Thema auf etwas Unverfänglicheres zu bringen.

»Die quälen mich weniger als die Frage, was mit mir passiert ist. Diese Beule an meinem Kopf ist ein weiteres Mysterium. Ich habe keine Ahnung, wie ich mir die zugezogen habe. Um der Theorie des Selbstmordes zu folgen, müßte ich versucht haben, mich selbst zu erschlagen, bevor ich zu den Tabletten griff. Oder anschließend, mit letzter Kraft, um auf Nummer sicher zu gehen. Halten Sie das für wahrscheinlich?«

»Sie sind vielleicht hingefallen.«

»Und warum fand man mich auf dem Bett liegend? Nach der Beule zu urteilen, wäre ich nach so einem Sturz bewußtlos liegengeblieben.«

»Vielleicht war es so, und dann sind Sie wieder aufgewacht und haben sich zum Bett geschleppt.«

»Okay. Nehmen wir an, ich bin gestürzt, ohnmächtig, wache auf, lege mich ins Bett, habe einen riesigen Brummschädel. Und dann habe ich die Muße, mich umzubringen? Mit Tabletten, die ganz sicher nicht in meinem Reisegepäck waren? Denn da finden sich nur Aspirin-Brausetabletten. Da können Sie nachsehen! Wo hatte ich die ganzen Tabletten überhaupt her?«

»Es gibt Apotheken.«

»Ich plante also bis zu meinem Abflug noch keinen Selbstmordversuch!?«

Christiane stutzte zum ersten Mal wirklich. Sie sah Rebecca unsicher an. »Scheinbar nicht.«

»Aha. Es muß also in der Zeit von meinem Abflug bis zu dem Zeitpunkt, wo man mich fand, etwas kolossal Niederschmetterndes passiert sein. Ich spekuliere nicht an der Börse, aber vielleicht sind die Aktien meiner Firma in den Keller gestürzt? Bin ich pleite?«

»Äh, ich weiß nicht.«

»Ist auch egal, denn das wäre zwar sehr niederschmetternd, aber hätte mich eine solche Nachricht erreicht, wäre ich postwendend zurückgeflogen, um zu retten, was zu retten ist. Ich würde mich nicht umbringen!«

»Was wollen Sie damit sagen?«

»Die Lage ist doch die: Man fand mich bewußtlos. Aufgrund herumliegender Tabletten pumpte man mir den Magen aus, um mir anschließend Beruhigungsmittel zu verabreichen. Und jetzt will man mich am liebsten in die Klapse überweisen.« Rebecca machte eine Pause, bevor sie auf den Punkt kam. »Ich würde sagen, da versucht jemand, mich abzuservieren!«

Christiane hörte mit zunehmender Skepsis, was Rebecca da sagte. Litt die jetzt unter Verfolgungswahn?

»Christiane! Ich bin nicht verrückt! Und ich bin auch nicht selbstmordgefährdet. Das ist ganz simpel eine Verschwörung«, erklärte Rebecca.

»Aber ...« Christiane versuchte, ruhig zu bleiben. »Es macht keinen Sinn, jemand einen Selbstmordversuch anzuhängen.« Das mußte Rebecca doch einsehen.

»Das macht durchaus Sinn. In *meinem* Fall. Aber das können Sie nicht wissen.«

Christiane blieb stehen. »Erklären Sie es mir?« fragte sie und setzte sich auf die Parkbank, an der sie gerade angekommen waren.

Rebecca setzte sich neben sie, zögerte. »Es ist ... ziemlich privat. Eine Familienangelegenheit. Keine sehr schöne Geschichte. Ich habe noch nie darüber gesprochen, nicht einmal mit Hanna.«

»Verstehe.«

»Aber bisher war das auch nicht nötig, und ... Sie hatten eine Menge Aufregung wegen mir und vermutlich dieser Geschichte. Also sollten Sie wohl wissen, wobei es darum geht.«

Rebecca drehte den Kopf kurz zu Christiane, schaute sie an und schließlich wieder geradeaus. »Meine Mutter lernte meinen Vater im Urlaub in Italien kennen, da war sie zwanzig, er war siebenundzwanzig. Wie sie mir einmal erzählte, war es Liebe auf den ersten Blick. Sie heirateten bereits nach zwei Monaten. Leider erkannte meine Mutter zu spät, daß es seitens meines Vaters eine sehr egoistische Liebe war. Der Ernst in seinen Worten, der sie anfangs faszinierte, weil sich mein Vater darin von den jungen Männern unterschied, die ihr sonst den Hof machten, ängstigte meine Mutter sehr bald. Und sie kam nicht mit der Rolle klar, in die mein Vater sie mehr und mehr hinein- und von sich wegschob. Organisatorin von Anlässen und perfekte Gastgeberin. Präsentable Ehefrau, die zu Hause auf ihn wartete. Und schließlich auch abgelegte Geliebte, denn während er vorgab, in der Firma zu arbeiten, pflegte mein Vater häufig seine Affären. Woran meine Mutter seiner Erklärung nach selbst schuld war, denn nach der Geburt ihrer Tochter, leider nur Tochter!, konnte sie keine Kinder, keinen Sohn, mehr bekommen.«

Rebecca unterbrach sich. Der erste Teil der Geschichte war schwer genug zu erzählen, für den zweiten Teil brauchte sie eine kleine Pause. Sie seufzte. Leise fuhr sie fort:

»Es wundert mich im nachhinein, daß keine der zahlreichen Geliebten meines Vaters ihm den gewünschten Nachfolger schenkte. Er brachte die Frauen sogar bald mit ins Haus. Es sei ja groß genug, meinte er. Meine Mutter ertrug den immer beißender werdenden Ton und die Drohungen meines Vaters, die er abgab, wenn sie versuchte sich zu wehren oder mit Scheidung drohte, bis ich einundzwanzig war. Mein Vater sah den Freitod meiner Mutter als Anklage gegen sich an, der er sich widersetzte. Er tat so, als sei sie schon immer labil und depressiv gewesen. Eine Art genetischer Fehler. Als mein Vater vor einem halben Jahr an Herzversagen starb, hinterließ er mir außer der Firma eine testamentarische Verfügung, in der folgendes festgelegt ist: Sollte ich, seine Tochter, in vergleichbare Verhaltensmuster fallen wie meine Mutter, sprich Depressionen bekommen, so solle mir die Leitung der Firma, die er mir trotz unseres nicht gerade innigen Verhältnisses übertragen hat, entzogen und an den Sohn seines langjährigen Geschäftsfreundes und Partners übertragen werden. Ich habe diesen Passus im Testament nicht ernst genommen ... scheinbar war das ein Fehler.«

Rebecca schwieg jetzt. Erneut schaute sie Christiane an.

»Daß man diese Familiengeschichte nicht auf Partys erzählt, können Sie sicher verstehen.«

Christiane nickte. »Absolut«, sagte sie. Schade nur, dachte sie dabei, daß Rebecca nach ihrem Vater kam, zumindest was die Affären anging.

»Und?« fragte Rebecca.

»Hm. Die Theorie der Verschwörung macht damit Sinn«, gab Christiane zu.

»Nicht wahr? Ich wurde niedergeschlagen, war ohnmächtig. Der Rest wurde arrangiert!«

»Aber man hat Ihnen den Magen ausgepumpt!«

»Den Inhalt jedoch nicht getestet, sondern abgesaugt und entsorgt. Fertig. Das Szenario im Hotelzimmer war eindeutig. Die Kopfwunde wurde erst später entdeckt. Da hatte sich die Selbstmordtheorie bereits in den Köpfen der Ärzte festgesetzt.«

Christiane mußte zugeben, daß diese Version der Dinge nicht von der Hand zu weisen war. »Wer ist denn dieser ominöse Sohn?« fragte sie.

Rebecca schaute schweigend geradeaus. Christiane glaubte schon, sie hätte die Frage nicht verstanden und setzte gerade zur Wiederholung an.

»Marius Schwandte«, sagte Rebecca da. »Und er hat gute Chancen, bald neuer Inhaber der Reederei zu sein«, fügte sie nach kurzer Pause hinzu. »Denn er hat sicher nicht versäumt, dafür zu sorgen, daß meine Geschichte heute in allen Münchener Zeitungen steht. Ich gehe jede Wette ein, daß Marius mir am Montag mit einem Exemplar vor der Nase herumwedelt. Was er natürlich rein zufällig von jemandem bekommen hat, der in München zu tun hatte,« endete Rebecca verdrießlich.

Sie saßen schweigend nebeneinander.

»Nun werden Sie sich wohl doch bald einen neuen Job suchen müssen«, meinte Rebecca nach einer Weile. »Marius wird mich zwar nicht rausschmeißen können, nicht sofort jedenfalls, das wäre zu offensichtlich, aber in einer Position mit eigener Fahrerin werde ich mich nicht mehr lange befinden. Er wird mir einen Posten geben, wo ich mich *schonen* kann.«

Christiane hörte betroffen, was Rebecca da sagte. »Heißt das, Sie geben einfach so auf?«

Rebecca zuckte mit den Schultern. »Ich sehe keine Möglichkeit, dagegen anzugehen. Das Testament meines Vaters ist eindeutig. Und mein Selbstmordversuch steht in den Krankenhausakten.«

»Aber wenn es doch eine Fehldiagnose ist!« begehrte Christiane auf.

Rebecca lächelte schwach. »Sie glauben mir?«

Christiane sprang auf. »Natürlich tue ich das. Ich kenne Sie. Aber nicht als verzagtes, in sich zusammengesunkenes Elend, sondern als Kämpferin! Fechten Sie die Diagnose an, verdammt! Verklagen Sie das Krankenhaus auf den Ihnen entstehenden wirtschaftlichen Schaden! Und die Zeitungen gleich mit! Dann werden wir ja sehen, was passiert.«

Rebecca blinzelte Christiane überrascht von unten her an. »Christiane! Sind Sie immer so? Ich bin baff.«

»Ja, prima. Und was kommt, wenn Sie mit dem Staunen fertig sind?!«

Rebecca stand auf. Ihr Blick heftete sich auf Christiane – ein Blick, bei dem Christiane sich plötzlich ganz schwummrig im Bauch fühlte. Jetzt hob Rebecca ihre Hand, strich damit durch Christianes Haar. »Dann bestehe ich auf den zweiten Kuß«, flüsterte sie.

Christiane spürte Rebeccas Hand in ihrem Nacken ankommen. Behutsam zog Rebecca sie zu sich heran. Ihre Lippen trafen sich. Christiane verharrte still, als Rebeccas Mund sanft ihren berührte, darüber hinwegstrich. Sie glaubte schon, das sei es gewesen. Aber Rebeccas Mund kam zurück. Und diesmal war die Berührung nicht mehr flüchtig, sondern anhaltend. Ein Schauer durchfuhr Christiane. Das war Rebeccas Zungenspitze, die an ihren Lippen kitzelte! Sie zärtlich umspielte. Rebeccas Hand glitt von Christianes Nacken hinab deren Rücken entlang zur Taille. Ihre andere Hand legte sich in Christianes Rücken. Die Umarmung wurde fester, der Kuß intensiver. »Rebecca«, keuchte Christiane.

Rebecca hielt sofort inne. »Entschuldigung«, murmelte sie. »Das ... das sollte nur ein Danke sein. Ich war wohl etwas zu impulsiv.«

Das war nicht zu übersehen, aber wieso das? fragte Christiane sich verwirrt. Sie hatte Rebecca doch nur ein bißchen Mut zugesprochen. »Macht ja nichts«, erwiderte sie mit leicht zitternder Stimme. »Gehen wir zurück?«

»Ich möchte gern einen Moment allein sein«, sagte Rebecca. Sie schien abwesend. »Ich muß nachdenken.«

»Ja sicher. Ich gehe ein paar Zeitungen kaufen.« Auch Christiane war es recht, einen Moment für sich zu sein. Außerdem mußte sie endlich Hanna anrufen, um Entwarnung zu geben. Na ja, Entwarnung war wohl nicht ganz das richtige Wort. Der heutige Morgen barg so viele Aufregungen in sich, jede einzelne von ihnen reichte aus, Christianes Herz schneller schlagen zu lassen. Jede einzelne und besonders die letzte. Was war da eben in Rebecca gefahren? Christiane zitterten immer noch die Knie.

Sie saßen beide im Schneidersitz, Rebecca auf ihrem Bett, Christiane auf der Liege, und durchkämmten den Blätterwald nach Artikeln über Rebeccas Geschichte.

»Die Fotos zeigen nur den Krankenwagen. Die Berichte nennen keinen vollen Namen. Damit kann Schwandte nichts anfangen. Der Schluß auf Sie wäre rein spekulativ«, meinte Christiane hoffnungsvoll.

»Rebecca R., Reedereiinhaberin und eine der vermögendsten Frauen Bremerhavens ...«, las Rebecca laut vor. »Ich finde, da ist nicht sehr viel Raum für Spekulation.«

»Mag sein. Aber auf einen Zeitungsbericht hin kann Schwandte seinen Anspruch nicht aufbauen. Jeder kann heutzutage einen Bericht in der Zeitung lancieren«, warf Christiane ein.

»Das stimmt. Aber Marius benutzt die Presse nur als Aufhänger. Damit sein Anwalt den Anspruch anmeldet. Dann wird der Krankenhausbericht eingesehen.«

»Geht das so einfach? Bräuchte er dafür nicht einen richterlichen Beschluß oder so was? Nur weil er Anwalt ist, kann er doch nicht Ihre Daten einsehen.« Christiane nahm sich die nächste Zeitung vor. »Da gibt es doch so was wie Persönlichkeitsrecht und Datenschutz. Je mehr ich darüber nachdenke, desto weniger glaube ich, daß Schwandte Erfolg mit seinem Unterfangen haben wird.«

»Ach, Christiane. Da sind das Zimmermädchen, die Sanitäter, die Ärzte. Alle werden das gleiche sagen. Und Sie wissen, was das sein wird«, dämpfte Rebecca deren Optimismus.

»Dann müssen wir eben Leute finden, die Ihre Version der Geschichte glaubhaft machen. Und - vielleicht sollten Sie sich doch mit einem Psychologen unterhalten.«

»Was?« Rebeccas Kopf hob sich abrupt. »Fallen Sie mir jetzt doch in den Rücken?«

»Für ein Gutachten, das Ihnen bestätigt, daß Sie keine Selbstmordabsichten haben und nie gehabt haben!«

Rebecca entknotete ihre Beine, lehnte sich bequem zurück. »Sagen Sie mal, Christiane, wie kommen Sie auf all das?«

Christiane blickte auf, griente. »Ich schaue fast jede Anwaltsserie im Fernsehen. Sollte Sie auch mal versuchen. Statt immer nur Börsenberichte auf n-tv.«

Rebecca griff in ihren Rücken, zog das Kissen hervor und warf es nach Christiane. Sie traf sie genau am Kopf.

»He!« beschwerte die sich, griff nach dem Wurfgeschoß und expedierte es treffsicher zurück.

Rebecca warf erneut. Diesmal traf sie allerdings nicht, erntete nur einen erneuten Treffer und ein freches Zungerausstrekken seitens Christiane. »Sie legen sich mit jemandem an, der mindestens zweimal pro Woche Zielwürfe übt. Das ist nicht sehr klug.«

»Und Sie sollten nicht so frech zu mir sein.« Rebecca nahm das Kissen, ging zur Liege, auf der Christiane saß, beugte sich vor und schubste Christiane, das Kissen als Schild benutzend, aus ihrer Sitzposition um. Als sie einfach auf dem Absatz kehrtmachen wollte, wurde sie jedoch von Christiane erneut mit dem Kissen attackiert. Diesmal traf es sie im Rücken.

Rebecca blieb stehen, drehte sich um, nahm das Kissen auf, ging zu Christiane, die gerade wieder ihre Sitzposition einnahm, und hockte sich vor sie. »Auch wenn mir ein paar Erinnerungen fehlen, bin ich mir sicher: Sie sind die aufmüpfigste Angestellte, die ich je hatte«, sagte sie kopfschüttelnd.

»Es scheint Ihnen aber zu gefallen«, erwiderte Christiane frech.

Stille.

Rebeccas Blick unergründlich.

Christianes Herz schnell schlagend. Genauso hatte Rebecca sie vorhin im Park angesehen, bevor sie sich küßten.

Spannung knisterte im Raum.

Dann stand Rebecca abrupt auf.

»Wir könnten doch eigentlich meinen Koffer heute noch aus dem Hotel holen, dann sparen wir morgen früh etwas Zeit«, sagte sie in viel zu beiläufigem Tonfall.

»Ja, sicher«, erwiderte Christiane, ihre Verwirrung niederkämpfend. Rebecca wollte also wirklich morgen schon wieder nach Hause. Entgegen der ärztlichen Empfehlung Doktor Hafners.

»Was halten Sie davon, wenn wir bei der Gelegenheit im Hotel zu Abend essen?« meinte Rebecca.

»Was?« fragte Christiane perplex. Es mußte an der Ausnahmesituation liegen. Denn Rebecca lud sie doch nie zu irgend etwas ein. Vielmehr achtete sie darauf, die Distanz zu wahren. »Äh, ich meine ... was wird Doktor Hafner dazu sagen?« versuchte Christiane ihre Überraschung zu verbergen.

»Das ist mir im Prinzip egal. Ich nehme aber an, er freut sich, daß ich dem Leben wieder angenehme Seiten abgewinne. Sollte er zumindest.«

Rebecca spürte den neugierigen Blick der Kellnerin, die die Karte brachte. Es entging ihr auch nicht, daß kurz nach ihrem Eintreffen im Restaurant eine ungewöhnliche Betriebsamkeit des Küchenpersonals im Büfettbereich begann. Während sie einen Wein auswählte, registrierte sie aus den Augenwinkeln, wie der Kellner zwei Tische weiter sich »unauffällig« zu ihr umdrehte. »Vielleicht hätte ich erst im Anschluß ans Essen an die Rezeption gehen und nach meinem Koffer fragen sollen«, meinte Rebecca lakonisch.

»Ich glaube, das ist nicht der Grund.« Auch Christiane waren die neugierigen Blicke des Personals nicht entgangen.

»Sondern?«

»Ihr zerknautschtes Armanikostüm und meine, wenn auch adrette, so doch sehr aus der Mode gekommene Uniform.« Warum habe ich mich eigentlich nicht vorher umgezogen? fragte Christiane sich in diesem Moment. Und wußte sofort die Antwort: Weil es dann ein privates Essen geworden wäre. So war es ein dienstliches. Das war irgendwie ... nicht so beunruhigend. »Wir beide sehen aus, wie der Altkleidersammlung entstiegen. Ich fürchte, Sie haben mehr Erinnerungslücken als bisher bemerkt. Sie sind sonst immer so repräsentabel, darauf bedacht, einen guten Eindruck zu hinterlassen. Kein Gedanke daran, sich zerknittert oder in unpassender Begleitung, schon gar nicht beides, in der Öffentlichkeit zu zeigen.«

Rebecca stutzte. Dann lachte sie schallend. »Bin ich Ihnen etwa peinlich?«

»Nein, aber daß es nicht umgekehrt der Fall ist, macht mir Sorgen.«

Rebecca schmunzelte. »Schon wieder besorgt um mich?«

Christiane errötete.

Die Kellnerin kam und enthob sie einer Antwort.

Sie bestellten das Essen.

»Erzählen Sie mir von unserer ersten Begegnung, der *echten*«, bat Rebecca, als die Kellnerin gegangen war. »Und von den angeblichen Katastrophen, die Sie sich geleistet haben.«

»Das ist keine gute Idee«, wehrte Christiane ab.

»Nun zieren Sie sich nicht. Ich erinnere mich früher oder später sowieso daran. Sie haben doch gehört, was Hafner gesagt hat.«

»Ja, er sagte aber auch, daß Sie Personen, die Sie noch nicht sehr lange kennen, möglicherweise ganz vergessen haben, was alle damit verbundenen Erlebnisse mit diesen Personen ja wohl einschließt. Wir kennen uns erst seit zwei Wochen. Dementsprechend ist die Chance, daß alle meine peinlichen Auftritte bei Ihnen in das schwarze Loch des Vergessens versunken sind, sehr groß. Es ist zwar egoistisch, das zu sagen, doch mir wäre es ganz recht, wenn es so bliebe.«

»Aber mir nicht.« Rebecca schaute Christiane jetzt ernst an. »Ich habe das Gefühl, daß mir dadurch wertvolle Erinnerungen fehlen. Auch wenn Sie sagen, wir seien in der Vergangenheit nicht besonders gut miteinander ausgekommen.« Rebecca stützte ihre Ellenbogen auf den Tisch, faltete ihre Hände zusammen, wobei sie die Finger ineinander verschlang, und stützte ihren Kopf auf die beiden Daumen. Nachdenklich schaute sie Christiane an. »Wenn es so war, daß wir nicht miteinander auskamen, möchte ich, daß sich das in Zukunft ändert. Beginnen wir mit etwas Einfachem. Sagen wir doch wieder du zueinander. Das schafft eine bessere Atmosphäre. Findest du nicht?«

Christiane schwieg angesichts dieses Angebots verwirrt. Daß Rebecca sich, seit sie diese hier im Krankenhaus besucht hatte, weitaus zugänglicher zeigte, war ihr natürlich aufgefallen. Einige dieser, teilweise sehr intimen, Momente hatte sie, Christiane, selbst durch ihre kleine Lüge verschuldet. Doch das hier ganz sicher nicht!

Konnte der Schlag auf dem Kopf bei Rebecca auch Einfluß auf

ihr Wesen haben? Vielleicht waren weitere Erinnerungslücken daran schuld, daß sie so ungewöhnlich sanft war. Dann wäre es unfair, um nicht zu sagen unklug, darauf einzugehen. Denn sobald die Lücken sich schlossen, würde Rebecca wieder ganz die alte sein. Verschlossen und skeptisch. Und ganz sicher nicht im geringsten an einem lockeren Verhältnis zu ihrer Fahrerin interessiert. Wenn sie das Rebecca jetzt aber so sagte, was passierte dann? Rebecca würde enttäuscht sein. Das wäre nicht einmal das schlimmste. Sie würde immer wieder damit anfangen, dessen war sich Christiane sicher.

Sollte sie also Rebeccas Angebot annehmen? Um dann, wenn sie beide gerade dabei waren, sich näherzukommen – wie nah das wäre, darüber wagte Christiane nicht weiter zu spekulieren –, zu erleben, daß Rebeccas Rückverwandlung einsetzte und die sie wieder von sich wies?

Oder sollte sie Rebeccas Angebot ablehnen und sich jede Chance auf Annäherung von vornherein auf immer und ewig verbauen? Eventuell entwickelte Rebecca ja eine echte Zuneigung zu ihr, die sie dann nicht mehr aufgeben wollte!?

»Deinem Zögern entnehme ich, daß unsere Beziehung doch komplexer war, als ich annahm.« Rebecca verzog leicht die Mundwinkel. »Komplex ... oder kompliziert.«

»Weder noch«, versicherte Christiane. »Sie war lediglich distanziert.«

»Also, ich will hier jetzt nicht betteln«, sagte Rebecca. »Ich ... Wenn du sagst, wir sollten lieber beim Sie bleiben, dann ... reden wir nicht weiter darüber.« Sie lehnte sich in ihrem Stuhl zurück. Rebeccas Lächeln fiel unglücklich aus.

Schweigen entstand.

»Es ist ... ziemlich ungewohnt«, sagte Christiane nach einer halben Minute des Nachdenkens.

Rebecca blickte sie an. »Ungewohnt oder unbehaglich?«

»Ungewohnt«, erwiderte Christiane fest.

»Also?« Rebecca schaute fragend. »Einigen wir uns auf das Du?«

Christiane überwand ihre Befangenheit. »Warum nicht.«

»Schön.« Rebecca strahlte. »Und nun zu unserem Kennenlernen. Wie war das?«

Wenigstens ist sie noch genauso hartnäckig wie vor dem Gedächtnisverlust, seufzte Christiane stumm in sich hinein. Und ergab sich Rebeccas Drängen auch in dieser Sache.

»Es war Montag. Ich hatte schon längst Feierabend. Du warst meine letzte Lieferung. Natürlich nicht du, sondern das hier«, korrigierte Christiane sich und zeigte auf ihre Uniform. »Beziehungsweise die entsprechende Ausgabe für deinen neuen Fahrer, der aber nicht erschienen war. Und genau das war dein Problem.«

Christiane erzählte von ihrem ersten Zusammentreffen. An der Stelle, wo sie in der Limousine eingeschlafen war, brachte die Bedienung das Essen. Christiane hielt inne, betrachtete den Teller. »Sieht lecker aus«, meinte sie.

Rebecca beachtete den Teller kaum. »Weiter«, forderte sie ungeduldig.

Christiane fuhr fort zu erzählen. Rebecca hörte aufmerksam zu, lächelte hin und wieder. Oder legte die Stirn in Falten. Ob über sich selbst oder über Christiane, darüber konnte Christiane nur spekulieren. Am Ende der Geschichte schaute sie Rebecca fragend an.

Die zuckte vage mit den Schultern. »Na ja, ich bin manchmal etwas barsch. Ich weiß.«

Sollte das so etwas wie eine Entschuldigung sein? Christiane ging davon aus. »Manchmal?« meinte sie, nun schon etwas mutiger geworden. »Anita zufolge, und auch meiner Erfahrung nach, ist das keine Ausnahme. Das hier«, Christiane machte eine zwischen ihnen beiden hin- und herwechselnde Handbewegung, »ist die Ausnahme. Ich warte ehrlich gesagt darauf, daß Sie . . . daß du plötzlich mit dem Kopf zuckst, mich anschaust, als hätte es die letzten zwei Tage nicht gegeben, und mich fragst, seit wann wir vom selben Pappteller essen, daß ich dich duze.«

Rebecca gluckste. »So schlimm?«

Christiane winkte ab. »Man gewöhnt sich dran. Außerdem hast du hier und da auch einen netten Moment.«

»Ja?«

»Einmal sogar einen ganzen Tag lang. An deinem Geburtstag.« Christiane erzählte Rebecca von der Ballonfahrt und dem anschließenden Golfspiel. »Leider war am nächsten Tag nichts mehr von dieser Rebecca übrig«, endete sie.

»Tut mir leid«, murmelte Rebecca.

»Du erinnerst dich?« fragte Christiane halb hoffend, halb bangend. Die »neue« Rebecca war ihr irgendwie immer noch nicht recht geheuer. Aber sie war ihr in jedem Fall angenehmer als die alte.

»Nein.« Rebecca schüttelte bedauernd mit dem Kopf. »Leider.«

In der Küche gab es plötzlich einen furchtbaren Lärm. Irgendein Unglücksrabe mußte einen Stapel Teller oder ein Tablett mit Gläsern übersehen haben, etwas Zerbrechliches jedenfalls, denn das Zubruchgehen verursachte ein sagenhaftes Klirren. Man hörte, wie alles in tausend Scherben zersprang.

Alle Gäste drehten den Kopf in Richtung Küche. Außer Rebecca. Der Lärm schien sie an einen anderen Ort versetzt zu haben, in eine andere Zeit, in der sie sich immer noch befand, als Christiane den Kopf wieder zum Tisch und sich zu Rebecca wandte.

Christiane bemerkte Rebeccas abwesenden Gesichtsausdruck und wartete einen Moment, bevor sie fragte: »Rebecca? Stimmt was nicht?«

Rebeccas Blick kam langsam zurück in die Gegenwart. »Ich möchte gern nach dem Essen noch in die Hotelbar gehen. Würdest du mitkommen?« fragte sie.

Christiane machte ein bedenkliches Gesicht. »Ich halte das für keine gute Idee. Ein Glas Wein zum Essen ist okay. Aber glaubst du, du bist schon wieder so fit, daß du in eine Bar gehen solltest?«

Rebecca schien gar nicht zu hören, was Christiane eben gesagt hatte. Sie winkte die Kellnerin heran. »Zahlen bitte«, sagte sie. Plötzlich schien Rebecca es eilig zu haben.

»Was ist denn los?« wunderte Christiane sich.

»Dieser Lärm eben, er hat mich an was erinnert«, erklärte Rebecca. »Ich war am Donnerstag abend noch in der Hotelbar. Da gab es ein ähnliches Malheur mit ein paar Gläsern. Vielleicht erinnere ich mich ja an mehr, wenn ich dort bin.«

Nun verstand Christiane Rebeccas Reaktion. Deren Nervosität ging sogar ein wenig auf sie über. Ungeduldig warteten sie, daß die Kellnerin die Rechnung brachte.

Die Hotelbar war zu diesem Zeitpunkt nur spärlich besucht. Der Barkeeper polierte gelangweilt die Gläser und schaute nur kurz auf, als sie die Bar betraten. Rebeccas Blick tastete sich Stück für Stück durch den Raum. Ja, hier war sie schon einmal gewesen. Sie erinnerte sich an das riesige dreigeteilte Bild an der Wand. Die Diskrepanz der abstrakten Kunst zum Ambiente des Raumes. Für so etwas hatte sie ein Gedächtnis!

Rebecca drehte sich zu Christiane um, die hinter ihr geblieben war, nickte ihr zu und steuerte auf die Bar zu. Sie nahmen auf den Barhockern Platz. Der Keeper kam zu ihnen, fragte nach ihren Wünschen.

»Zwei Irish Coffee, bitte«, bestellte Rebecca.

Der Mann nickte und zog sich etwas zurück.

»Ich weiß, daß ich hier war«, sagte Rebecca mit gedämpfter Stimme zu Christiane. »Und ... ich erinnere mich, daß ich mich mit jemandem unterhalten habe. Aber wer das war ...« Grübelnd starrte sie vor sich hin.

Christiane wartete.

»Vielleicht einer deiner Geschäftspartner?« konnte sie sich schließlich nicht mehr zurückhalten.

Rebecca seufzte und hob hilflos die Hände. »Ich kann mich nicht erinnern.«

»Entschuldigen Sie, wenn ich mich einmische.« Der Barkeeper stellte die bestellten Irish Coffee vor ihnen auf den Tresen.

»Sie saßen hier mit einem jungen Mann, etwa dreißig. Sie unterhielten sich sehr angeregt miteinander.«

Rebecca schaute den Barkeeper überrascht an. »Sie erinnern sich an mich?«

»Aber ja. Sie sind öfter Gast unseres Hotels. Da merkt man sich das Gesicht. Am Donnerstag waren Sie hier. So gegen zehn, halb elf abends. Sie bestellten, wie eben auch, Irish Coffee. Der junge Mann, er war bereits vor Ihnen in der Bar gewesen, setzte sich kurz darauf zu Ihnen. Ich glaube, anfänglich war es Ihnen nicht recht, daß er Sie ansprach, aber dann unterhielten sie sich beide blendend. Mindestens eine Stunde.«

»Worüber haben wir gesprochen?«

Der Barkeeper zuckte mit den Schultern. »Um die Uhrzeit war hier mehr los als jetzt. Ich hatte viel zu tun.« Mit einem unsicheren Blick zu Christiane wischte er sich umständlich und auffallend lange die Hände an einem Handtuch ab. »Aber . . .«, druckste er herum.

»Da ist noch was, was Sie sagen wollen? Raus damit!«

»Na ja«, begann der Barkeeper zögerlich. Doch da Rebecca ihn dazu aufgefordert hatte, erzählte er schließlich. »Sie gingen zwar allein aus der Bar, aber der Mann folgte Ihnen auffällig unauffällig nach sehr kurzer Zeit.«

Rebecca schaute den Keeper verwirrt an. »Wollen Sie damit sagen, es hätte so ausgesehen, als seien ich und dieser junge Mann auf meinem Zimmer verabredet gewesen?« Daß das nicht gut möglich war, wußte Rebecca trotz allem mit Sicherheit.

Der Mann nickte. »Als ich beim Antritt meiner nächsten Schicht von der ganzen Sache erfuhr, habe ich nicht glauben wollen, daß Sie sich . . . also nie im Leben wäre ich darauf gekommen, daß Sie solche Absichten hatten.« Er schüttelte vehement den Kopf. »Ich will mich nicht als Psychologe aufspielen und sagen, ich kenne den klassischen Kandidaten, der so was macht. Es gibt ja auch immer Ausnahmen von der Regel. Aber Sie gehören weder zu der einen noch zu der anderen Sorte. Da hätte ich Stein und Bein drauf geschworen.«

»Wieso?« fragte Rebecca. »Sie kennen mich doch gar nicht.«

»Ich sehe in die Gesichter der Menschen, in ihre Augen. Und da kann ich erkennen, wie es in ihnen aussieht. Glauben Sie mir – oder auch nicht. Ich stehe seit fünfzehn Jahren hinter den verschiedensten Tresen, ich erkenne einen Selbstmordkandidaten, wenn ich einen sehe.«

Rebecca schaute Christiane vielsagend an. Die schien allerdings skeptisch. Na ja, verständlich. Wer konnte schon mit Sicherheit sagen, ob dem Keeper wirklich eine derartige Menschenkenntnis im Blut lag oder ob es sich lediglich um Barkeeperpsychologie handelte? Rebecca bedankte sich jedenfalls bei dem Mann.

Sie fuhren mit dem Taxi zurück ins Krankenhaus. Sobald sie in den Polstern des Wagens saßen, fiel alle Energie von Rebecca ab. »Ich fühle mich total erschossen. Hundemüde«, murmelte sie und schloß die Augen.

»Es sind nur zehn Minuten zum Krankenhaus«, sagte Christiane. »Schlaf jetzt nicht ein.«

Doch das hörte Rebecca nur noch von weitem.

Entsprechend benommen war sie, als das Taxi vor dem Krankenhaus hielt und Christiane sie vorsichtig weckte. Während Rebecca zu tun hatte, wieder zu sich zu kommen, bezahlte Christiane das Taxi und nahm dem Fahrer Rebeccas Koffer ab.

Der Fahrstuhl brachte sie nach oben.

Im Zimmer angekommen, zog Rebecca sich, einer Schlafwandlerin gleich, aus und legte sich ins Bett. Christiane hob die auf dem Boden liegenden Sachen auf, legte sie zusammen und auf einen Stuhl.

Anschließend öffnete sie Rebeccas Koffer, um ihr für den nächsten Tag neue Sachen zurechtzulegen. *Das kann sie doch selbst*, sagte sie sich, als sie den Reißverschluß aufzog. Dennoch wollte sie sich diese kleine Geste der Vertrautheit nicht nehmen lassen. Beim Aussuchen der Bluse wurde ihr Blick durch irgend etwas auf eine der Netztaschen des Kofferdeckels gezogen. Was war das? Christiane sah genauer hin und traute ihren Augen nicht. Das Polaroid! Es zeigte sie und Rebecca, hoch in der Luft. *Das* hatte Rebecca eingepackt?

»Christiane?« rief Rebeccas Stimme müde vom Bett her.

Christiane, die angenommen hatte, Rebecca sei sofort wieder eingeschlafen, schreckte auf und ging zu ihr. »Ja?«

»Wenn das alles nicht geschehen wäre, diese Sache im Hotel, was auch immer da passiert ist, wenn ich nicht mit einer Amnesie in diesem Krankenhaus gelandet wäre, dann wäre ich aus München zurückgekommen, und wir beide hätten so weitergemacht wie gehabt. Distanziert, einander mißverstehend. Nicht wahr?«

Christiane nickte. »Das nehme ich an.«

Rebecca lächelte müde. »Dann bin ich froh, daß es so ist, wie es ist.« Sie schloß die Augen.

Christiane schaute auf Rebecca, zum Koffer, wieder zurück.

Rebecca hatte ein Foto von ihnen beiden mit auf die Reise genommen? Wohlgemerkt, die kühle, abweisende Rebecca! Denn beim Antritt der Reise war sie das ja noch gewesen. Christiane fühlte, wie ihr Herz schneller schlug. Mit allem hätte sie gerechnet, doch niemals damit.

12

Christiane hievte Rebeccas Koffer in den Kofferraum des Mercedes.

Rebecca trat jetzt aus dem Haupteingang des Krankenhauses. Heute trug sie nur eine Jeanshose, dazu eine legere Bluse und ihre Jacke darüber.

Christiane öffnete Rebecca die hintere Tür des Wagens. Rebecca blieb neben Christiane stehen, drückte wortlos die Tür zu. Dann ging sie um den Wagen, öffnete die Beifahrertür und setzte sich auf den Platz neben Christiane, die, immer noch mit dem Ausdruck der Verblüffung im Gesicht, nun ebenfalls einstieg.

»Das ist eine Privatfahrt, und ich möchte mich auch gern privat fühlen. Deshalb sitze ich lieber hier vorn«, erklärte Rebecca schlicht.

Christiane fuhr los.

»Ich überlege die ganze Zeit, wie ich die Sache angehen soll«, meinte Rebecca, als sie die Autobahn erreichten. »Direkte Konfrontation mit Marius? Oder so tun, als sei nichts passiert und seinen nächsten Zug abwarten?«

Christiane schwieg. Da war sie überfragt.

»Und dann ist da noch was«, fuhr Rebecca fort. »Was, wenn ich weitere Erinnerungslücken habe, von denen ich noch gar nichts weiß? Vielleicht bin ich im Moment wirklich nicht in der Lage, die Firma zu leiten? Dann bin ich auf Marius auch noch angewiesen.«

»Warum nimmst du nicht einfach zwei Wochen Urlaub und ziehst dich zurück, bis die Erinnerungen wieder da sind?«

»Damit leiste ich Marius' Angriff nur Vorschub, gebe ihm die Chance, Gerüchte zu streuen und für später das Argument in die Hand, daß ich mich von meinem Absturz erholen mußte.«

»Hm«, machte Christiane. Da war was dran. »Dieser Typ aus der Bar, der dir folgte«, überlegte sie weiter. »Glaubst du, Schwandte hat ihn angeheuert?«

»Sehr wahrscheinlich.«

»Dann müssen wir versuchen, ihn zu finden. Er ist die Schlüsselfigur in dieser Sache. Der einzige Zeuge.«

Rebecca seufzte. »Die berühmte Suche nach der Nadel im Heuhaufen. Wo soll man da anfangen? In München? In Bremerhaven? Der Mann kann sonstwo stecken. Wir wissen nichts über ihn.«

»Wir wissen, daß er Kontakt zu Schwandte haben muß.«

Rebecca schaute Christiane an. »Du siehst wohl auch alle Krimiserien im Fernsehen?«

»Du mußt sofort eine Ermittlungsfirma beauftragen. Und ich meine *sofort*!« Christiane ließ sich nicht beirren. »Wo ist dein Laptop? Im Koffer? Du hast doch mobiles Internet? Such eine Firma, die dir ihre Leute heute noch schicken kann. Wir sind spätestens um zwanzig Uhr zu Hause.«

»Wozu die Eile?«

»Mit großer Wahrscheinlichkeit hat deine ominöse Barbekanntschaft Schwandte schon von seinem Erfolg unterrichtet«, erwiderte Christiane. »Sie werden sich bestimmt treffen. Vielleicht schon morgen. Du mußt Marius Schwandte beobachten lassen.«

»Was, wenn sie sich bereits getroffen haben? Was, wenn es einen Mittelsmann gibt?«

»Laß uns hoffen, daß ersteres nicht der Fall ist. Was den Mittelsmann betrifft – Mittelsmänner sind auch Mitwisser. Ich glaube nicht, daß es einen gibt. Außerdem, irgend etwas mußt du doch machen! Schwandte beobachten zu lassen, ist am sinnvollsten! Oder?«

»Wohl wahr«, gab Rebecca Christiane recht. Also fuhr diese am nächsten Rastplatz raus, damit Rebecca das Laptop aus dem Koffer holen konnte.

In den folgenden zwei Stunden recherchierte Rebecca im Internet die verschiedensten Firmen. Ihre Anrufe bei den zwei Favoriten liefen jedoch leider auf Anrufbeantworter auf. Rebecca schaute resigniert von ihrem Handy zu Christiane. »Wenn Nummer drei auch im Wochenende ist, müssen wir bis morgen früh warten.« Doch Nummer drei erwies sich als echter Rund-um-die-Uhr-Service. Rebecca vereinbarte einen Termin für halb neun bei sich zu Hause. Danach atmete sie tief durch. »Das wäre geschafft. Hoffentlich bringt es was.«

Sie beschäftigte sich weiter mit ihrem Laptop. »Der Termin am Donnerstag scheint ganz gut gelaufen zu sein, nach dem zu urteilen, was meine Notizen zeigen«, murmelte sie vor sich hin. »Ich glaube auch, ich erinnere mich langsam wieder. Anfangs gab es ein paar Widerstände. Das Konkurrenzangebot der Italiener machte einige der Herren im Vorstand wankelmütig. Ich mußte meinen letzten Trumpf ausspielen.«

»Was war das?«

»Die jahrelange Zusammenarbeit, Zuverlässigkeit und vor allem – meine eigene Vorstandsstimme. Gut, daß ich das Aktienpaket nicht abgegeben habe, wie mein Vater es ursprünglich vorhatte.«

Christiane warf einen kurzen Seitenblick auf Rebecca. »Erinnerst du dich auch wieder an den Abend?«

Rebecca dachte angestrengt nach. »Nein«, sagte sie schließlich mit enttäuschter Stimme.

Um halb acht fuhr Christiane die Auffahrt zu Rebeccas Haus hoch.

»Da sind wir.« Sie schaltete den Motor ab und stieg aus.

Während Rebecca die Treppe zum Haus hochging und die Tür aufschloß, holte Christiane Rebeccas Koffer. Im Flur stellte sie ihn an der Treppe ab.

Rebecca stand unentschlossen da.

Christiane wartete. »Morgen früh, halb acht, wie gewohnt?« fragte sie schließlich.

»Du ... willst gehen?« Rebecca blinzelte unsicher. »Ich dachte ... kannst du nicht noch bleiben und dem Gespräch mit den Ermittlern beiwohnen?« Ihr eindringlicher Blick traf Christiane. »Bitte!«

Christiane konnte sich diesem Blick nicht entziehen. »Okay.« Sie nickte. Rebeccas dankbares Lächeln erwiderte sie verlegen.

»Kaffee?« fragte Rebecca.

»Gern.«

Sie gingen in die Küche. Rebecca bediente die Kaffeemaschine. Christiane stand am Tisch und sah ihr zu.

»Willst du da stehenbleiben? Setz dich doch«, forderte Rebecca sie auf.

Christiane tat es.

»Zucker? Milch?« erkundigte sich Rebecca.

»Weder noch.«

Rebecca setzte sich zu Christiane an den Tisch, während das Wasser durch die Maschine lief. »Ich stehe ziemlich tief in deiner Schuld«, sagte sie. »Ich möchte mich gern revanchieren. Sag mir, wie ich das tun kann.«

»Ich habe doch kaum was getan«, wehrte Christiane ab.

»Nur keine falsche Bescheidenheit«, widersprach Rebecca. »Daß ich dich in den letzten zwei Tagen an meiner Seite hatte, war mir eine große Hilfe.«

»Ja, aber ich habe dir nicht geholfen, weil ich eine Gegenleistung erwartet habe.«

Rebecca hob zu einer Erwiderung an, doch Christiane war schneller. »Ich weiß, daß du der Meinung bist, die Dinge funktionieren so«, griff sie Rebecca vor. »Doch ich habe dir schon einmal gesagt, daß du dich irrst.«

»Aber ich *möchte* mich revanchieren.«

»Weil du glaubst, mir was schuldig zu sein.«

»Nein, es ist einfach nur ... ich möchte dir auch was Gutes tun. Als Dank. Warum sträubst du dich so dagegen?«

Christiane neigte leicht den Kopf, schaute Rebecca prüfend an. »Du verstehst mich nicht, stimmt's?«

Rebecca zuckte mit den Schultern. »Nein«, gab sie zu.

Christiane seufzte. »Wie willst du dich für die Sorgen, die ich mir gemacht habe, revanchieren? Mit einer Prämie? Mit einer Woche Extraurlaub? Hast du an so was gedacht?«

Rebecca schwieg irritiert.

»Tja«, meinte Christiane. »Eben. Stell dir vor, es ist mir genug zu wissen, daß alles so weit in Ordnung ist. Und ich gehe sofort, wenn wir dieses Wünsch-dir-was-Thema nicht beenden.«

»Schon gut!« Rebecca hob die Hände, stand auf und ging zur Kaffeemaschine. Sie stand jetzt mit dem Rücken zu Christiane, stützte die Hände auf den Küchentisch. »Ich habe verstanden. Es ... ist eben nur ungewohnt für mich ... so etwas wie eine Freundin zu haben.« Rebecca öffnete einen Schrank, nahm zwei Tassen heraus, drehte sich um. Sie blickte Christiane an, stellte die Tassen auf den Tisch. »Gib mir etwas Zeit, mich daran zu gewöhnen.«

Diesmal war es Christiane, die Schwierigkeiten mit dem Gehörten hatte. Freundin?! Hatte sie das richtig verstanden? Rebecca hatte *Freundin* gesagt? Na gut, sie hatte »so etwas wie« gesagt und es damit relativiert – aber trotzdem.

Christiane brauchte zwei, drei Sekunden, um sich zu fangen. »Ja ... si... sicher«, stotterte sie. »Ich werde auch etwas Zeit brauchen.«

»Warum *du* auch?« Rebecca setzte sich wieder. »Immer noch skeptisch?«

»Kannst du mir das verdenken?«

Rebecca lächelte. »Nein. Ich weiß, ich kann ein ziemlicher Besen sein. Und diese Eigenheit werde ich wohl auch nicht ablegen.«

»Das wäre auch nicht gut, denn sie macht einen wesentlichen Teil von dir aus. Und ich ...« Christiane brach ab. *Ich mag gerade diesen Teil, den forschen, manchmal recht störrischen, aber immer ehrlichen Teil.*

»Ja?«

»Ich weiß mich zu wehren.«

Rebecca hob scherzhaft warnend den Finger. »Du hattest von Anfang an nicht den nötigen Respekt. Das ...«

»Du erinnerst dich?« unterbrach Christian Rebecca. Sie hielt gespannt den Atem an.

Rebecca zögerte. »Ich glaube. Bruchstücke jedenfalls. Oder es liegt daran, daß du mir davon erzählt hast. Ich weiß nicht recht.« Sie runzelte die Stirn, stand auf, holte den mittlerweile fertigen Kaffee und goß ein. Die Kanne setzte sie zurück auf die Heizplatte.

»Erinnerst du dich an etwas, was ich nicht erzählt habe?« forschte Christiane weiter.

Rebecca kam zurück zum Tisch und sank wieder auf den Stuhl. Sie fuhr sich durchs Haar. »Nein«, sagte sie schließlich enttäuscht. »Wahrscheinlich reime ich mir also diese Bruchstücke auch nur zusammen.«

»Mach dir keinen Streß. Hafner sagte, es könne einige Tage dauern.«

»Ja.« Rebecca starrte in ihre Kaffeetasse. »Aber es ist ziemlich störend. Um nicht zu sagen höchst irritierend.«

Christiane schwieg bedrückt.

»Kommst du mit ins Wohnzimmer?« Rebecca nahm ihre Tasse. »Dort wartet es sich bequemer.«

Im Wohnzimmer setzte sich Rebecca auf eines der Sofas. Christiane nahm Rebecca gegenüber auf dem anderen Platz. Ihre Tassen stellten sie auf den Tisch zwischen sich. Nach kurzem Schweigen begann Rebecca laut zu denken. »Da fragt man sich doch: Hat man alles richtig gemacht? War es das wert?«

Christiane blinzelte fragend. »Was war was wert?«

»Den ganzen Aufwand. Die Arbeit, den Streß ... das Betrogenwerden und Auf-der-Hut-Sein. Vielleicht sollte man sich lieber mit einem Tisch, einem Stuhl und einem Bett zufriedengeben, nichts, was Neid bei anderen erweckt. Dann passiert einem so was nicht. Daß man dich in die Klapse stecken will, um dir deine Firma abzunehmen.«

Christiane dachte einen Augenblick nach und schüttelte

schließlich mit dem Kopf. »Wenn alle nur Tisch, Bett und Stuhl besäßen, ginge der Wettstreit darum, wer die schönsten und komfortabelsten davon hat. Neid rottest du nie aus. Der ist im Menschen zu fest verankert.«

»Nanu!« staunte Rebecca. »Und das aus deinem Mund. Du fechtest doch so gern für das Gute im Menschen.«

»Stimmt.« Christiane legte die Stirn in Falten. »Was ist los mit mir? Kann Pessimismus anstecken? Ich sollte wohl nicht so lange in deiner Nähe sein.«

Rebecca sah Christiane eindringlich an. »Ich hoffe, das meinst du nicht ernst. Das würde mich sehr enttäuschen. Ich fühle mich nämlich ziemlich wohl in deiner Nähe.«

Christiane schwieg, unsicher, was sie erwidern sollte.

»Und ich frage mich«, fuhr Rebecca nachdenklich fort, »was hat mich vor meinem - nennen wir es Unfall - davon abgehalten?«

Auch dazu wußte Christiane nichts zu sagen. Aber Rebecca erwartete auch keine Antwort von ihr. Sie schüttelte leicht den Kopf. »In meinem Leben gerät gerade so einiges durcheinander. Seltsamerweise fühle ich mich kaum beunruhigt. Mal abgesehen davon, daß ich mir natürlich Sorgen mache, ob Marius' Plan Erfolg haben wird, bin ich ... froh über die Umstände. Ich glaube fast, es schadet mir weniger, als ich immer annahm ... die Dinge nicht so verkrampft zu sehen. Was meinst du?«

Christiane fühlte Rebeccas forschenden Blick auf sich. Fragte sie das ernsthaft? Natürlich schadete es ihr nicht. Ganz und gar nicht. Allerdings waren bestimmte Teile dieser geringeren Verkrampftheit, was sie, Christiane, anging, in höchstem Maße verwirrend. Allein dieser Blick gerade. Darin lag eindeutig mehr als nur die Suche nach Bestätigung. Da schimmerte etwas in Rebeccas Augen ...

Aber wie wirklich konnte das sein?

»Ich weiß nicht.«

»Wie, du weißt nicht?!«

»Wird das anhalten, wenn die Unruhe vorbei und die alte

Ordnung wieder hergestellt ist?« Christiane suchte nach Worten, um ihre Zweifel zu artikulieren. »Rebecca, dein neues Ich dauert gerade mal zwei Tage. Es ist quasi ein Urlaub von deinem bisherigen Leben. Welches viel zu diszipliniert war. Klar fühlst du dich im Moment lebendiger. Selbst dieser Berg von Problemen, wegen dem wir hier sitzen, schlägt aus der Art der Probleme, die du sonst hast. Aber wenn das alles vorbei ist, willst du dann wirklich so weitermachen? So Rebecca-atypisch?«

Rebecca blickte nachdenklich drein. »Ja, das habe ich vor«, sagte sie langsam. »Glaube ich zumindest.«

Schweigen.

Plötzlich stand Rebecca auf. »Noch einen Kaffee?«

Christiane schaute auf ihre Tasse. »Ist noch halbvoll.«

»Aber bestimmt ist der Kaffee schon kalt, ich hole dir einen neuen.«

Rebecca griff nach den beiden Tassen auf dem Tisch und verschwand in Richtung Küche.

Dort angekommen, fragte sie sich: *Was ist denn mit mir los?* Sie trommelte nervös mit den Fingern auf die Arbeitsplatte. Christiane hatte vollkommen recht. Sie befand sich in einer Phase, in der ihr Leben Kopf stand. Da sollte man nicht damit beginnen, den verbleibenden Rest, der einen bisher immer in Sicherheit wog, auch noch einzureißen.

Aber tat sie das, nur weil sie sich plötzlich in Christianes Nähe so wohl fühlte und dies auch zeigen wollte. Immerhin, auch damit hatte Christiane recht, gerade mal zwei Tage dauerte dieses neue Gefühl an. Diese angenehme Aufregung, Leichtigkeit und Nervosität zugleich. Immer, wenn sie in Christianes Augen schaute. So etwas war ihr das letzte Mal passiert, als ... sie sich in Liane verliebt hatte.

Bin ich dabei, mich in Christiane zu verlieben?

Ging das? Konnte so etwas in zwei Tagen passieren? Oder war da vorher schon was gewesen? Vielleicht war diese ganze Geschichte in München ja auch ein Wink des Schicksals. Der

Stein des Anstoßes, etwas in ihrem Leben zu ändern. Christianes Verhalten in den letzten beiden Tagen ließ keinen anderen Schluß zu, als daß ihre Gefühle ähnlich waren. Wäre es nicht dumm, wenn sie beide davor die Augen verschlossen?

Rebecca goß Kaffee in die Tassen nach und ging zurück ins Wohnzimmer. Christiane stand mittlerweile vor dem Fenster, schaute in die Dunkelheit. Rebecca stellte die Tassen ab, ging zu ihr und legte behutsam eine Hand auf Christianes Schulter.

Christiane schrak leicht zusammen, drehte sich um. Als sie den Ausdruck in Rebeccas Augen sah, senkte sie den Blick. Rebecca legte ihre Hand unter Christianes Kinn, hob es hoch, so daß die ihrem Blick nicht mehr ausweichen konnte. »Fühlst du dasselbe wie ich?«

Christiane schluckte. »Ich . . .« Sie brach ab. Doch ihr Gesicht sprach Bände.

Mit einem kleinen Schritt verkürzte Rebecca den Abstand zwischen ihnen auf wenige Zentimeter. »Tust du?« fragte sie erneut.

»Ja«, flüsterte Christiane kaum hörbar.

Rebecca lächelte. »Dann bist du jetzt wahrscheinlich genauso nervös wie ich«, sagte sie leise.

Christiane nickte langsam.

»Willst du wissen, warum ich nervös bin?« fragte Rebecca und strich sanft Christianes Wange.

Im Moment wollte Christiane eigentlich nur diese innere Anspannung loswerden. Sie wollte, daß Rebecca sie küßte, unterhalten konnten sie sich später. Aber Rebecca schien, ganz entgegen ihrer früheren Art, geradezu redselig.

»Zunächst einmal bin ich nicht besonders geübt in diesen Gefühlsdingen«, gestand Rebecca. »Hinzu kommt«, sie zögerte, »als ich das letzte Mal in einer ähnlichen Situation war, wurde ich ziemlich gemein bloßgestellt.« Rebecca seufzte kurz. »Du hast hoffentlich nichts ähnliches vor?« Ihr Lächeln mißglückte etwas.

Christiane schloß kurz die Augen und schüttelte den Kopf.

»Zum zweiten«, fuhr Rebecca fort, »bist du dir vielleicht, trotz der unleugbar vorhandenen Anziehung zwischen uns, unsicher, ob es so eine gute Idee ist, mit deiner Chefin etwas anzufangen. Für den Fall, wenn es dir dann besser ginge – ich könnte dich feuern.« Rebecca legte ihre Lippen sanft auf Christianes, entfernte sich aber wieder. Sie schmunzelte. »Von meiner Seite ist dieser drastische Schritt jedoch nicht notwendig.«

Christiane schloß erneut die Augen. Ihr Kopfschütteln wurde diesmal von einem Lächeln begleitet. Und nun war sie es, die ihre Lippen auf Rebeccas legte. »Sei endlich still«, murmelte sie dabei, zog Rebecca an sich, küßte sie. Zu ihrer Erleichterung verebbte Rebeccas Redelust schlagartig. Ihr Mund fand auf angenehme Weise heraus, was er sonst noch so tun konnte. Und diesmal überließ Christiane sich ihm. Keine Bedenken, kein Zurückhalten mehr.

Das Klingeln am Tor drang nur langsam in ihrer beider Bewußtsein.

»Das sind die Ermittler«, murmelte Rebecca mit Bedauern in der Stimme. Sanft löste sie sich von Christiane, ging zur Gegensprechanlage und öffnete per Knopfdruck das Tor. Noch einmal ging sie zu Christiane, küßte sie kurz und warf ihr einen sehnsüchtigen Blick zu. »Aber ich hoffe, wir machen später da weiter, wo wir jetzt aufhören müssen.«

Rebecca ging in den Flur, um den Ankommenden zu öffnen. Mit zwei Herren im Schlepptau kam sie zurück ins Wohnzimmer. »Herr Link, Herr Trautmann«, stellte Rebecca die Besucher vor, deren Namen sie selbst erst kurz zuvor erfahren hatte. »Frau Seidel«, machte sie dann in umgekehrter Richtung bekannt. »Frau Seidel ist eine Freundin. Ich vertraue ihr in allen Dingen unbesehen. Sie dürfen das also auch.«

Link und Trautmann nickten. Rebecca deutete ihnen, sich zu setzen. Christiane und sie nahmen den Männern gegenüber Platz.

»Dann erzählen Sie mal«, forderte Trautmann Rebecca auf.

Und Rebecca erzählte. Wenige Minuten später endete sie.

»Ziemlich haarsträubende Geschichte. Oder?«

Trautmann und Link sahen sich an. »Wir haben schon ganz anderes gehört«, sagte Trautmann gelassen. Er wandte sich an Christiane. »Haben Sie noch weitere Informationen?«

»Nein. Ich kann nur bestätigen, daß Frau Reklin ganz bestimmt nicht an Depressionen leidet. Ein Selbstmordversuch ist das letzte, was ich mir bei ihr vorstellen kann.«

Trautmann sah wieder zu Rebecca. »Und Sie wollen jetzt, daß wir Marius Schwandte observieren?«

Rebecca gab die Frage mit einem Blick an Christiane weiter. Schließlich war sie die Urheberin der Idee.

»Wir denken, er wird mit seinem Helfer in Kontakt treten«, erklärte Christiane. »Diesem Mann aus der Bar.«

»Sie vermuten, daß er Ihnen folgte und Sie niederschlug. Aber erinnern können Sie sich nicht?« ließ Link sich noch mal von Rebecca bestätigen.

»Noch nicht.«

»Sie können den Mann also gar nicht identifizieren?« stellte Trautmann fest. Er kratzte sich mit sorgenvollem Gesicht an der Stirn.

Rebecca breitete bedauernd die Hände aus. »Nein.«

»Aber der Barkeeper könnte«, warf Christiane ein.

»Richtig«, erinnerte sich auch Link. »Haben Sie den Namen von dem Mann? Dann könnten wir vielleicht schon mal eine Beschreibung von dem Gesuchten bekommen.«

»Keinen Namen. Aber so viele Barkeeper wird das Hotel wohl nicht haben. Und wir wissen, daß der Mann Donnerstag- und gestern abend Dienst hatte.«

»Dann finden wir ihn auch problemlos«, sagte Trautmann. »Was die Observierung betrifft, wäre es ideal, wenn wir in Herrn Schwandtes Büro eine Abhöreinrichtung und eine Kamera installieren könnten. Am besten noch heute nacht. Haben Sie einen Schlüssel zu seinem Büro?« fragte er Rebecca.

»Ich habe einen Generalschlüssel in meinem Safe.«

»Perfekt. Darüber hinaus stellen wir ein Team zusammen,

welches Schwandte mit dem Auto folgt, wenn er die Firma verläßt.«

»Sehr gut«, sagte Rebecca. »Was ist mit seinem Haus?«

»Wir sehen, wer es betritt und verläßt, machen Fotos von den Leuten und legen Sie Ihnen vor beziehungsweise vergleichen sie mit der Beschreibung, die uns der Barkeeper geben wird. Der Mann wird doch mit uns zusammenarbeiten?«

»Ich denke schon«, sagte Rebecca. »Er war uns gegenüber sehr hilfsbereit.«

»Gut. Sollte bei unseren Fotos eines dabei sein, das dem Gesuchten nahe kommt, senden wir es einfach per Mail an den Barkeeper. Dann kann er uns sagen, ob wir den richtigen Mann gefunden haben.«

»Das klingt alles so einfach.« Rebecca schaute Trautmann und Link skeptisch an.

»Wir haben reichlich Routine in diesen Dingen. Sie können uns vertrauen«, erwiderte Trautmann. »Es kann natürlich immer Unvorhergesehenes passieren – oder auch einfach gar nichts. Eine Garantie können wir Ihnen nicht geben.«

»Verstehe.« Trotz dieser Relativierung setzte Rebecca auf die Ermittler. Sie machten einen professionellen Eindruck.

Trautmann und Link erhoben sich. »Wollen wir dann losfahren? Wir haben die notwendige Technik im Auto. Das ist unser Standardzubehör.«

»Ich habe ein gutes Gefühl«, sagte Rebecca zu Christiane, als sie eine Stunde später wieder den Weg zum Haus hinauffuhren.

»Ich auch. Die beiden scheinen ihr Fach zu verstehen«, gab Christiane ihren Eindruck wieder. Sie hielt den Wagen an und schaltete den Motor ab.

Rebecca stieg aus, ging um den Wagen und wartete auf Christiane. Diese machte keinerlei Anstalten auszusteigen. Rebecca öffnete verwundert die Fahrertür. »Kommst du nicht mit rein?«

Christiane nagte an ihrer Unterlippe. »Nein. Ich ... besser nicht.«

»Was ist denn?« wunderte Rebecca sich.

»Ich bin müde. Ich möchte lieber nach Hause.«

»Aber ... ich dachte, wir ...« Christianes plötzliche Zurückhaltung verwirrte Rebecca. »Habe ich etwas Falsches gesagt oder getan?«

»Nein.« Christiane lächelte schwach. »Ich bin einfach nur müde.«

»Na gut, dann ...« Rebecca zögerte. Was war plötzlich mit Christiane los? »Du kannst doch hier schlafen. Platz ist genug.« Rebecca stützte sich mit der rechten Hand am Dach des Autos ab und beugte sich zu Christiane hinunter. »Ich verspreche dir, ich werde dich zu nichts drängen. Okay?«

Christiane schaute in Rebeccas bittende Augen. »Ich muß noch die Uniform für morgen bügeln«, sagte sie leise. »Sie ist in der Tasche sicher ganz zerknautscht worden.«

Die erneute Absage, noch dazu unter Vorgabe eines so albernen Grundes, irritierte Rebecca. Sie zögerte. »Ich möchte, daß du bei mir bleibst«, sagte sie schließlich. »Bitte!« fügte sie eindringlich hinzu und reichte Christiane ihre linke Hand.

Christiane nahm nach einigem Zögern seufzend die Hand, stieg aus. Rebecca zog Christiane in ihre Arme. Dann gingen sie ins Haus.

»Noch einen Drink vor dem Schlafen?« fragte Rebecca.

»Eigentlich nicht«, lehnte Christiane ab, folgte Rebecca aber dennoch ins Wohnzimmer, wo sie zum Barschrank ging. »Was möchtest du? Cognac, Scotch, Bourbon?"

»O-Saft."

Rebecca holte aus der Küche ein Glas Saft. »Sagst du mir jetzt, was los ist?« bat sie und reichte Christiane das Glas. »Die Müdigkeit war doch nur ein Vorwand. Hab ich recht?«

Christiane nippte an ihrem Glas und schwieg.

Rebecca ging zurück zum Barschrank, goß sich selbst einen Scotch ein, drehte sich wieder zu Christiane. »Hab ich recht?« wiederholte sie.

»Ja«, gestand Christiane.

Rebeccas Gesicht bekam einen angespannten Ausdruck. »Bereust du schon, was vorhin passiert ist?«

Christiane schwieg erneut.

»Geht es dir zu schnell?« forschte Rebecca weiter.

Christiane seufzte. Als sie Rebecca vor gut einer Stunde küßte, hatte sie eine Sache verdrängt. Nämlich, daß da Rachel und all die anderen Frauen waren! Christiane wollte nicht einfach nur ein weiteres Abenteuer für Rebecca sein. Maximal drei Sitzungen, wie Barbara es so schön formulierte.

»Aber du wolltest es doch auch. Ich habe es gespürt. Was spielt dann das Tempo für eine Rolle?« drängte Rebecca, während sie in Christianes Gesicht nach einer Antwort suchte.

Christiane haderte mit sich. Sie wußte nicht, wie sie Rebecca erklären sollte, was das Problem war, denn wahrscheinlich konnte die sich ja gar nicht an die Frauen erinnern, die nur einen kurzen Auftritt in ihrem Leben hatten.

»Das Tempo ist nicht der wirkliche Grund«, stellte Rebecca jetzt ganz richtig fest. »Was ist es?«

Christiane rang sich endlich zur Wahrheit durch. »Also gut. Es ist wegen Rachel.«

»Rachel? Die kleine Spanierin?«

Rebecca erinnerte sich also!?

»Und Karin Goslar und Barbara ... all diese Frauen eben«, ergänzte Christiane. »Und das sind nur die, die ich kennengelernt habe. Ich nehme an, vor ihnen gab es eine Reihe andere.«

»Ja. Und? Was ist mit ihnen?«

Christiane verdrehte die Augen. »Na was wohl. Sie kommen abends und sind morgens wieder verschwunden. Na ja, Rachel nicht. Die war morgens noch da ... während du im Bademantel herumspaziertest.«

Rebecca schaute Christiane offen an. »Ja, das stimmt.«

»Rebecca! Du bist keine sehr monogam veranlagte Frau. Jedenfalls nicht in letzter Zeit. Das geht mich nichts an, es ist deine Sache. Nur ... mein Ding ist das nicht.«

Zu Christianes Erstaunen grinste Rebecca amüsiert. »Komm

mit«, sagte sie und nahm Christiane an die Hand.

»Wohin?«

Rebecca zeigte mit dem Kopf zur Treppe. »Nach oben.«

»Nein. Ich sage doch ...«

Rebecca schmunzelte. »Nicht in mein Schlafzimmer, versprochen. Bitte, ich möchte dir etwas zeigen.«

»Was denn?«

»Komm mit«, wiederholte Rebecca. Sie ging die Treppe hinauf. Mit zwiespältigen Gefühlen folgte Christiane ihr. Oben angekommen, ging Rebecca den Flur entlang bis fast zum Ende. Hier blieb sie an einer Tür stehen. »Mach auf«, forderte sie Christiane auf.

»Was ist in dem Zimmer?« Christiane legte die Hand auf die Türklinke.

»Das Liebesnest«, erwiderte Rebecca trocken.

Christiane zog die Hand von der Klinke. »Nein, danke«, sagte sie ablehnend. Sie wollte an Rebecca vorbei, zurück zur Treppe. Rebecca hielt sie am Arm fest, öffnete statt ihrer die Tür.

»Schau hinein«, forderte sie Christiane auf.

»Was soll das Ganze?« fragte Christiane ärgerlich und schüttelte Rebeccas Hand ab.

»Schau hin!«

Widerwillig drehte Christiane sich um – und blinzelte verwirrt. Ihr Blick ging zurück zu Rebecca. Die schmunzelte, ging an Christiane vorbei in ihr Atelier. Christiane stand immer noch wie gebannt an der Türschwelle.

»Willst du da stehenbleiben?« rief Rebecca ihr zu.

Immer noch sprachlos, betrat sie den Raum.

Ein Atelier! Rebecca zeichnet!

An den Wänden hingen überall Zeichnungen. Kohle, Bleistift und Farbe. Auf dem Boden standen Dutzende bemalte Leinwände, manche waren achtlos an die Wände oder an die Möbel gelehnt. Auf einem der Bilder erkannte Christiane Rachel. Christiane ging darauf zu.

»Rachel ist ein Juwel«, sagte Rebecca hinter ihr. »Wir haben die Zeit vergessen, und irgendwann schlief sie mir im Sitzen ein. Wie du sehen kannst.«

Tatsächlich zeigte das Bild die schlafende Rachel.

»Ich wollte sie nicht mitten in der Nacht und übermüdet nach Hause schicken. Also schlief sie hier, in einem der Gästezimmer.«

Christiane starrte immer noch auf das Bild. Dann hob sie die Hände, bedeckte ihr Gesicht. »O Gott«, kam es gedämpft. Sie ließ die Hände wieder sinken. »Ich dachte tatsächlich die ganze Zeit, das wären ...«

Rebecca legte von hinten ihre Arme um Christiane. »Du hast wirklich eine rege Phantasie«, flüsterte sie Christiane ins Ohr.

Jetzt fiel Christianes Blick auf eine Zeichnung auf dem Schreibtisch. Das war *ihr* Gesicht auf der Bleistiftskizze! Christiane nahm die Zeichnung.

»Du hast *mich* gemalt?«

In Rebeccas Kopf formte sich ein Bild. Sie saß im Lehnstuhl, zeichnete Linien auf ein Papier. Linien, die zu einem Gesicht wurden. Christianes Gesicht. »Ja. Du hast ein markantes Gesicht«, sagte sie. »Und ... du hattest mich beeindruckt. Da war so was Rebellisches an dir«, erinnerte sie sich jetzt schemenhaft.

»Rebellisch?« Christiane mußte lächeln.

»Ja«, erwiderte Rebecca. »Aber im Moment interessiert mich mehr die Sache mit deiner regen Phantasie.« Sie drehte Christiane zu sich um. »Was fällt dir beim Anblick der Frau ein, die gerade vor dir steht?«

»Daß ich mich vor ihr zum Trottel gemacht habe?«

»Geschenkt. Was noch?« Rebecca zwinkerte Christiane zu. »Kleiner Tip.« Sie küßte ausführlich Christianes Halsbeuge. »Tip verstanden?« raunte sie.

Christiane fühlte ihre Knie weich werden. »Mißverstehen fällt da schwer«, gestand sie. Ihre Stimme klang nicht besonders fest.

Rebecca küßte erneut Christianes Hals, arbeite sich langsam hoch zu deren Ohr. Christiane fühlte einen wohligen Schauer über ihren Rücken laufen. Ihre Knie wurden immer weicher.

Rebeccas Lippen wanderten weiter. »Warst du eifersüchtig?« flüsterte sie dicht an Christianes Mund.

»Nein«, sagte Christiane atemlos.

Rebecca berührte sanft Christianes Lippen. »Du kannst es ruhig zugeben. Ich finde das nämlich ziemlich schmeichelhaft.«

»Ich war nicht eifersüchtig«, erwiderte Christiane unter Rebeccas zärtlichen Küssen. »Ich war ... besorgt. All die jungen Dinger ... so was geht doch ... an die Kräfte.« Christianes Augen blitzen jetzt schalkhaft. »Ich dachte: Wie schafft sie das bloß?«

Rebecca hielt entrüstet inne. »Wie bitte?« Sie kniff die Augen zusammen. »Zweifelst du an meiner Kondition?« fragte sie provozierend langsam. »Dann werde ich dir mal zeigen, wie gut die ist.«

Rebeccas Lippen verschlossen Christianes Mund, gaben ihn nicht mehr frei. Wogegen Christiane absolut nichts einzuwenden hatte. Sie überließ sich Rebeccas Liebkosungen.

»Jetzt bereue ich mein Versprechen«, murmelte Rebecca nach einer Weile.

»Welches Versprechen?« Christiane lehnte sich in Rebeccas Armen zurück.

Rebecca Augen wurden eine Spur dunkler. »Ich will jetzt *unbedingt* in mein Schlafzimmer. *Mit dir.«*

»Ach ...« Christiane sah Rebecca verlegen an. »... das Versprechen.«

»Ja, das. Hattest du es vergessen?«

»Ja.«

»Ich Idiotin«, schalt Rebecca sich. Sie küßte Christiane ein weiteres Mal. »Wenn du es sowieso vergessen hattest, muß ich mich doch eigentlich auch nicht daran halten«, meinte sie dann spitzbübisch.

Christiane tat entrüstet. »Aber ein Versprechen ist ein Versprechen!«

Rebecca seufzte gespielt verzweifelt. »Aber du könntest sagen, es sei in Ordnung, wenn ich mich nicht dran halte.«

Christiane gab sich den Anschein, als überlege sie. »Könnte ich, ja.«

»Christiane!« flehte Rebecca.

»Hm?« meinte diese.

»In meinem Schlafzimmer hängen übrigens auch einige interessante Bilder.«

Nicht gerade eine besonders verschlagene Taktik, wie Christiane fand. »Och. Hier gibt es eigentlich genug zu sehen.« Sie löste sich von Rebecca und schaute sich übertrieben fasziniert um.

Rebecca kicherte, zog Christiane in ihre Arme zurück. »Okay. Ich geb's auf.« Sie küßte Christiane mit bewußt leidvoller Miene. »Da dein Interesse nun mal ausschließlich den Bildern gilt und nicht der Malerin . . .«

Christiane lachte verhalten. »Das habe ich nicht gesagt.«

Rebecca hob die Augenbrauen.

»Genaugenommen interessiere ich mich *sehr* für die Malerin.« Christiane strich sanft über Rebeccas Wange. »Ich . . . bin nur nicht sicher . . . vielleicht sollten wir warten, bis du dich wieder an alles erinnerst. Du bist . . . nicht du selbst.«

»Nein?« Rebecca schmunzelte. »Nun, dann gefällt es mir, nicht ich selbst zu sein.« Sie begann an Christianes Hemd zu nesteln, zog es aus deren Hosenbund. Ihre Hände fuhren unter den Stoff, berührten Christianes warme Haut, strichen sanft deren Rücken hinauf. Die Enge unter dem Hemd wurde Rebecca schnell zum Hindernis für ihre Liebkosungen. Also zog sie eine Hand wieder hervor und knöpfte das Hemd auf.

Christiane spürte, wie sie eine Gänsehaut bekam. Sie schluckte.

Rebecca blickte Christiane unverwandt an, arbeitete sich weiter die Knopfleiste entlang. Nach dem letzten Knopf hob Rebecca die Hand und legte ihren Zeigefinger auf die Mitte von Christianes Brustkorb, direkt unter deren BH. Langsam strich Rebecca mit dem Finger hinunter.

Dann ging alles sehr schnell. Rebecca umarmte Christiane ungestüm, küßte sie und dirigierte sie dabei in Richtung Ateliertür. Gleichzeitig streifte sie Christiane das Hemd ab. Unbeachtet fiel es auf der Türschwelle zu Boden. Christiane stolperte rückwärts in den Flur, Rebecca fing sie auf, schob sie weiter. Eine Tür sprang auf. Dunkelheit legte sich um sie. Das Licht vom Flur machte die Umrisse im Raum nur schemenhaft sichtbar. Sie fielen beide aufs Bett. Ein unterdrücktes Stöhnen entrang sich Christianes Mund.

»Entschuldige«, raunte Rebecca und strich Christiane den zerzausten Pony aus dem Gesicht. »Hast du dir weh getan?«

»Ein wenig.« Christiane umarmte Rebecca, die halb auf ihr lag. »Aber das ist mir gerade egal.« Christiane bedeckte Rebeccas Gesicht mit zärtlichen Küssen. »Außerdem«, sagte sie zwischen diesen verschmitzt, »kann ich mich ja morgen krank melden. Meine Chefin wird sicher Verständnis dafür haben.«

»Ach, glaubst du?« Rebecca richtete sich etwas auf. »Wie kommst du darauf?«

Christiane benutzte die Gelegenheit, Rebeccas Bluse aufzuknöpfen. »Ich habe da einfach so eine Ahnung.«

»Ach ja?« Rebecca wartete nicht, bis Christiane fertig war. Sie setzte sich auf, zog die halboffene Bluse über den Kopf und entledigte sich in gleichem Zug ihres BHs. »Und was sagt dir deine Ahnung sonst noch so?«

»Sie sagt ...«

Weiter kam Christiane nicht. Rebecca legte ihren Zeigefinger auf Christianes Mund und lächelte. »Am besten, sie schweigt.«

Rebecca zog Christiane zu sich hoch, öffnete nun auch deren BH, streifte ihn ab. Sie sanken gemeinsam zurück. Haut an Haut. Jede Berührung die Suche nach der Wärme der anderen. Neugieriges Forschen ging allmählich über in stürmische Liebkosungen.

Rebeccas Leidenschaft überraschte Christiane. Ihre eigene Leidenschaft überraschte sie! Begrub sie. Oder war es Rebecca, die das tat?

Ja, es war Rebecca, die ihre Schultern küßte, ihren Hals, ihre Brüste, den Bauch. Keine Stelle an Christianes Körper, die Rebecca nicht einnahm. Keine Stelle, bei der Christiane nicht aufseufzte.

13

Im ersten Moment nach dem Aufwachen fühlte Christiane sich etwas desorientiert. Das lag an dem unbekannten Raum, an den sie sich erst gewöhnen mußte. Gestern abend hatte sie nur Schemen erkennen können. Ganz abgesehen davon fesselten andere Dinge ihre Aufmerksamkeit.

Christiane fühlte immer noch Rebeccas Liebkosungen auf ihrer Haut, das Streicheln ihrer Hände. Christiane schloß die Augen und atmete tief durch. Alles ging so schnell. Wo kam das her? Dieses plötzliche Verlangen? War das alles überhaupt real?

Jedenfalls so real, daß sie in Rebeccas schlafendes Gesicht sehen konnte, wenn sie sich jetzt auf die Seite legte. Christiane schaute still auf Rebecca. Was fühlte diese eigentlich? Genaugenommen kannte Rebecca sie gerade mal zwei Tage! Welche Gefühle konnten sich da entwickeln?

Aber war es eine Frage der Zeit? Sie selbst kannte Rebecca auch nur zwei Wochen! So groß war der Unterschied nicht.

Christiane erinnerte sich an ihre erste Begegnung mit Rebecca. Praktisch hatte sie sich schon damals in sie verliebt! Ging es Rebecca genauso? Nur eben im zweite Anlauf? Vielleicht wußte Rebecca aber auch gar nicht, was sie, außer innerer Aufruhr, fühlte. Christiane seufzte.

Wir sind so grundverschieden!

Rebeccas Augenlider begannen zu blinzeln. Dann öffnete sie die Augen. »Guten Morgen«, flüsterte sie.

Christiane lächelte. »Morgen.«

Rebecca legte ihren Arm um Christiane, blickte sie an, sagte aber nichts. Christiane rückte näher an Rebecca. »Wenn wir nicht aufstehen, kommen wir zu spät zur Arbeit«, murmelte sie.

Rebecca spannte ihre Muskeln an, entspannte sie wieder, stöhnte wohlig. »Na und wenn schon.«

Christiane schmunzelte. »Hm. Klingt nach flexibler Arbeitszeit. Es hat eindeutig seine Vorteile, mit der Chefin was anzufangen.«

»Oh«, meinte Rebecca augenzwinkernd. »Ich finde, wir haben es auch ziemlich gut zu Ende gebracht. Oder ... was meinst du?«

»Du bist ja so was von ...« Christiane suchte nach der richtigen Fortsetzung.

»Ja?«

»... von dir eingenommen. Was erwartest du jetzt? Eine Lobrede?«

»Warum nicht?«

»Vergiß es.« Christiane gab Rebecca einen Schubs, drehte sich um und stand auf. Zu spät fiel ihr auf, daß sie hier nicht zu Hause war und sich nicht auskannte. »Wo ... wo ist das Bad?« fragte sie verlegen.

Rebecca kicherte und deutete geradeaus. »Genau gegenüber.«

Christiane entdeckte ihre Sachen, hob sie auf und bedeckte notdürftig ihre Blöße. »Na dann ... verschwinde ich mal.« Sie trippelte davon.

Rebecca sah ihr lächelnd nach. Sie schlug die Bettdecke zurück, stand auf, griff sich ihren Morgenmantel und ging hinunter in die Küche. Vorher klopfte sie noch an die Badtür und rief: »In zehn Minuten ist der Kaffee fertig. Möchtest du einen Toast?«

»Ja, danke«, rief Christiane von drinnen. Gleich darauf hörte Rebecca das Geräusch der Dusche. Ihr »Marmelade oder Käse?« hörte Christiane daher nicht mehr.

Zehn Minuten später trat Christiane in die Küche. »Soll ich das Frühstück bewachen, während du duschst?« fragte sie.

Rebecca drehte sich zu ihr um. Ein Ausdruck der Enttäuschung lag in ihrem Gesicht. »Ich hatte gehofft, du würdest dein

Hemd nicht finden.«

Christiane schmunzelte. »Vergebens gehofft«, erwiderte sie schnippisch.

Rebecca kam zu ihr, legte ihre Hände um Christianes Hüften, zog sie an sich und küßte sie. Dann ging sie nach oben.

Auch Rebecca brauchte nicht länger als zehn Minuten.

»Wo hat Hanna die Bügelstation versteckt?« fragte Christiane, als Rebecca zurück in die Küche kam.

»Bitte?« Rebecca setzte sich zu Christiane an den Frühstückstisch.

»Die Uniform«, erinnerte Christiane. »Sie braucht eine Auffrischung.«

»Ich dachte, das sei eine Ausrede.« Rebecca schlürfte an ihrem Kaffee.

»Ja, schon. Aber eine mit Wahrheitsgehalt.« Christiane blinzelte Rebecca zu. »Meine Chefin ist äußerst penibel, was das äußere Erscheinungsbild betrifft.«

»Eine Zicke, deine Chefin, was?« Rebecca grinste.

»Manchmal.«

»Schwierig?«

Christiane seufzte demonstrativ. »Kann man so sagen.«

»Warum machst du das Theater mit?« Rebecca hob die Hände. »Du könntest kündigen.«

»Sie bezahlt zu gut.« Christiane gluckste.

Rebecca griente. Dann veränderte sich ihr Gesichtsausdruck, wurde ernst. »Nur deswegen?«

Christiane schaute Rebecca offen an. »Hauptsächlich deswegen. Jedenfalls bis vor diesem Wochenende.«

Rebecca griff nach Christianes Hand. »Was hat sich geändert?«

Christiane zögerte. »Sag du es mir.«

Sie sahen einander abwartend an. Rebecca spürte, daß Christiane die Bitte absolut ernst meinte. Sie war unsicher, was die vergangene Nacht für sie, Rebecca, bedeutete.

»Ich weiß nicht, was vor diesem Wochenende war.« Rebecca

strich sanft über Christianes Hand. »Doch was immer war, ich muß ziemlich dumm gewesen sein, daß ich dir das Gefühl gegeben habe ... ich würde dich nicht sehen. So blind kann man gar nicht sein! Wahrscheinlich habe ich dich sehr wohl gesehen. Nur nicht den Mut gehabt, es dir zu zeigen.« Rebecca machte eine Pause. »So dumm bin ich jetzt nicht mehr«, fügte sie fest hinzu. »Ist es das, was du hören wolltest?«

Christiane lächelte. »Ja.«

»Und was ist mit dir?«

»Wie, mit mir?«

»Was hat sich nun bei dir geändert?«

»Nichts.«

Rebecca hob fragend die Augenbrauen. »Nichts?«

Christiane zog vorsichtig ihre Hand zurück und schaute plötzlich auffällig konzentriert auf ihren Teller, wo ihr Toast lag. Sie bestrich ihn mit Butter und legte eine Scheibe Käse darauf.

»Wieso nichts?« wiederholte Rebecca ihre Frage.

Christiane hob den Kopf. »Na ja, was soll's.« Sie holte entschlossen Luft. »Ich fand dich vom ersten Moment an ziemlich attraktiv. Das war wohl auch ein Grund, warum ich geblieben bin.«

»Wirklich?«

»Ja. Aber mehr noch fand ich dich arrogant!«

»Ups.«

»Allerdings, na ja, auf eine faszinierende Art.« Christiane hielt inne. Sollte sie den Rest auch verraten? Oder würde sie Rebecca erschrecken, wenn sie ihr von ihren Gefühlen erzählte? Das war Rebecca sicher zu viel. In so kurzer Zeit. Nein. Ein solches Geständnis ließ sie besser!

Christiane biß in ihren Toast. »Zufrieden?«

»Hm.« Rebecca überlegte. »War das nun ein Kompliment oder keines? Ich bin mir nicht sicher.«

»Ach, du wolltest ein Kompliment?« Christiane griente. »Das hättest du doch sagen müssen.«

»Ich dachte, das sei klar.«

»Also gut«, gluckste Christiane, »dein spröder Charme hat mich vom ersten Augenblick an für dich eingenommen. Niemand hat einen so hinreißenden Befehlston an sich wie du. Ich schmolz jedesmal dahin.«

Rebecca lachte schallend. »Das ist das originellste Kompliment, das ich jemals bekommen habe.« Sie stand auf, beugte sich hinüber zu Christiane und küßte sie. »Du bist ganz schön frech. Aber das wußte ich spätestens am dritten Tag. Keiner meiner Fahrer hat es bisher geschafft, eine Polizeiwache von innen zu sehen. Du brauchtest gerade mal achtundvierzig Stunden dazu.«

Christiane lachte nun ebenfalls, hielt aber plötzlich inne. »Das . . . habe ich dir doch gar nicht erzählt.«

Rebecca stutzte. »Nein?«

Christiane schüttelte den Kopf.

Rebecca setzte sich. »Dann . . . kommt die Erinnerung wohl langsam zurück.« Erleichterung zeichnete sich auf ihrem Gesicht ab. »Wird auch Zeit«, murmelte sie.

Christiane wartete, während Rebecca in sich hineinhorchte. »Aber ich kann mich immer noch nicht erinnern, was Donnerstag abend im Hotel passiert ist. Verdammt«, fluchte sie leise. »Na ja. Kann man nichts machen.« Es war das erste Mal, daß sie an diesem Morgen die unerfreulichen Ereignisse der letzten Tage ansprach. Sofort machte sich Anspannung bei ihr bemerkbar. »Na komm, laß uns in die Firma fahren.«

»Meine Uniform ist noch . . .«

»Du brauchst mich nur absetzen, dann kannst du erst mal nach Hause fahren. Ich lasse Anita meine Termine heute absagen. Bis mein Kopf wieder alles beisammen hat, scheint mir das ratsam. Hol mich einfach zum Feierabend wieder ab.«

»Kann ich nichts für dich tun?«

Rebecca lächelte. »Du kannst mir beim Abendessen Gesellschaft leisten.«

»Ich habe Training«, sagte Christiane bedauernd.

»Training?«

»Basketball.«

»Ach ja.« Rebecca nickte langsam. »Kannst du das nicht ausfallen lassen?«

»Ist schlecht. Wir haben doch am Wochenende Pokalkampf. Und uns fehlt immer noch ein neuer Sponsor.«

Rebecca blinzelte. »Müßte ich das wissen?«

»Ich habe es dir erzählt, aber eher nebenbei. Wahrscheinlich würdest du dich auch nicht daran erinnern, wenn du den Schlag auf den Kopf nicht bekommen hättest. So wichtig ist das ja auch nicht.«

»Doch. Jetzt muß ich allein essen.« Rebeccas Verdrossenheit stand ihr deutlich ins Gesicht geschrieben.

»Ich kann ja morgen bleiben«, bot Christiane an.

»Morgen? Ja, sicher. Schön.« Rebecca wirkte verunsichert. Sie räumte ihr Geschirr zusammen, ging zur Geschirrspülmaschine und stellte es hinein.

Christiane nahm den letzten Schluck Kaffee und tat es ihr gleich. Als sie sich wieder aufrichtete, sah sie sich Rebecca direkt gegenüber.

»Was machst du eigentlich nach dem Training?« fragte diese betont lässig. Zu lässig, als daß Christiane den Hintergrund der Frage nicht ahnte. Sie zuckte mit den Schultern. »Nach Hause fahren, schlafen gehen«, lautete die saloppe Auskunft.

»Hm«, machte Rebecca nur. »Und ... wenn du hierher fährst ... und schlafen gehst?«

»Werde ich denn dann schlafen?« fragte Christiane schnippisch.

Rebecca, derart durchschaut, blickte zerknirscht drein. »Aber natürlich!« behauptete sie dennoch. Ein Schmunzeln folgte. »Nur etwas später.«

Christiane feixte. »Fällt es dir immer so schwer, eine Bitte zu formulieren?«

Rebecca runzelte die Augenbrauen. »Es ist ... ungewohnt. Besonders, weil ...« Sie hielt inne.

Christiane wartete. »Weil?« wiederholte sie schließlich, da

Rebecca den Satz nicht beendete.

»Weil ich nicht weiß, wie ich mit einer eventuellen Absage umgehen soll. Es ist mir ja klar, daß du nicht von einem Augenblick zum anderen nur noch für mich da sein wirst. Umgedreht kann ich das ja auch nicht. Es wäre nur schön, wenn ...« Rebecca schüttelte den Kopf über sich selbst. »Alles totaler Unsinn«, murmelte sie. Dann sagte sie mit rigoroser Stimme: »Komm, laß uns endlich losfahren.«

Rebecca schwieg während der Fahrt. Nachdenklich blickte sie vor sich hin, uneins mit sich selbst. Warum fühlte sie sich so unsicher? Saß die Angst über einen erneuten Verrat, ein Spiel, wie Liane es mit ihr getrieben hatte, zu tief in ihr? Zu dumm, daß diese Erinnerung nicht zu den vergessenen gehörte. Dann wäre sie frei von einer großen Last. Eingedenk dieser scheute sie sich nämlich, Christiane offen zu sagen, wie sehr sie sich nach mehr von ihr sehnte. Statt dessen ging sie auf Christianes lockeren Ton ein, den Christiane wahrscheinlich auch nur vorschob, weil sie genauso unsicher war. Eine Nacht war schließlich kein Versprechen! Das galt für beide Seiten. Und: Auch wenn sie darüber Witze machten – sie, Rebecca, war nun einmal Christianes Boss. Das machte die Sache nicht einfacher.

War das Ganze vielleicht doch ein riesengroßer Fehler gewesen? Ganz bestimmt nicht, wenn Rebecca an letzte Nacht dachte. Was sie da gefühlt hatte, und mit welcher Intensität, das war stark genug, sie aus ihrem altem Lebensrhythmus zu reißen. Andererseits war sie keine zwanzig mehr, wo man sich einfach auf neues einließ.

Ich muß darüber nachdenken. Ich kann mich nicht sofort entscheiden. Und das muß ich ja auch nicht. Nicht mal Christiane erwartet das.

Diese stoppte jetzt den Wagen vor dem Gebäude der Reederei und schaltete den Motor ab.

Christiane hatte Rebecca die Fahrt über nicht in ihren Gedanken gestört. Nicht zuletzt, weil sie sich mit ihren eigenen im Disput befand. Aber auch, weil Rebeccas Gesichtsausdruck im Rückspiegel darauf schließen ließ, daß es in ihr ziemlich auf und ab ging. Allerdings konnte Christiane sich jetzt nicht zurückhalten. Sie drehte sich um. »War das nun eine Einladung für heute abend oder war es keine?« wollte sie wissen.

Rebeccas Hand lag schon auf dem Türgriff. »Es war eine«, sagte sie nach kurzem Zögern.

»Gut.« Christiane lächelte. »Dann nehme ich sie auch an.«

Rebecca schlug die Wagentür hinter sich zu und schaute zur Uhr. Nun war sie doch fast eine Stunde zu spät im Büro. Dennoch lächelte sie. Daß Christiane nach dem Training heute abend zu ihr kommen würde, hob ihre Laune beträchtlich.

Anitas große Augen und deren Verwirrung, als Rebecca das Büro betrat, belustigten sie deshalb nur, während sie so etwas sonst eigentlich immer nervte.

»Was ist los, Anita? Sie sehen mich an wie einen Geist.«

»Ja, nein ... ich meine ... Herr Schwandte sagte mir, Sie hätten einen Nervenzusammenbruch, ich solle Ihre Termine absagen und ihm die Unterlagen zum Münchner Projekt bringen.«

»Nun, wie Sie sehen, bin ich hier, und mir geht es gut«, sagte Rebecca strahlend. Daß Marius nicht mit ihr rechnete, war eine gute Nachricht. Ihre unerwartete Rückkehr würde ihn hoffentlich zu einem Fehler verleiten. Vielleicht kontaktierte er seinen Helfer. »Aber es ist in Ordnung, wenn sie meine Termine abgesagt haben, darum hätte ich Sie sowieso gebeten.«

Anitas Verwirrung wuchs bei dem, was Rebecca sagte, nur noch, besonders angesichts deren guter Laune.

»Wissen Sie, wo Christiane ist?« traute Anita sich bei so viel guter Stimmung sogar zu fragen. »Als Sie Freitag nicht am Flughafen waren, ist sie nach München gefahren.«

»Ich weiß. Aus diesem Grund habe ich Christiane heute freigegeben. Wir kamen gestern erst zurück.«

Was in München passiert war, danach erkundigte sich Anita dann lieber doch nicht. Sie wollte ihr Glück nicht überstrapazieren. Man wußte nie, wie schnell Rebeccas Stimmung umschlug. Sie konnte ja später Christiane fragen. Soweit schien ja alles wieder in Ordnung zu sein. Nur daß dennoch alle Termine ausfallen sollten, ergab irgendwie keinen Sinn. Aber Anita hütete sich, Rebeccas Entscheidung diesbezüglich zu hinterfragen.

»Haben Sie Herrn Schwandte die Unterlagen schon gebracht?«

»Nein, sie liegen noch hier.« Anita deutete auf ihren Schreibtisch.

Rebecca griff nach dem Ordner. »Ich mache das schon.«

Mit dem Ordner unterm Arm ging sie zu Marius. »Ist er im Büro?« fragte sie im Vorbeigehen seine Sekretärin.

»Ja, aber er will nicht gestört werden.«

Rebecca lächelte nur. »Das gilt doch sicher nicht für mich.« Schon lag ihre Hand auf der Türklinke, drückte sie hinunter.

Marius Schwandte schaute verärgert auf. »Ich führe ein wichtiges Telefonat!« rief er. Dann erkannte er Rebecca. Seine Hand samt Hörer sank nach unten.

Kurz hob er sie noch mal hoch. »Ich rufe später zurück.« Dann legte er den Hörer auf. »Rebecca!« rief er.

»In voller Größe.«

»Du, ich . . .«, stotterte Marius.

»Wie ich von meiner Sekretärin höre, dachtest du, ich sei krank. Komisch. Wie kommst du nur darauf?«

»Ich erhielt einen Anruf aus München. Du warst Freitag nicht beim Abschluß der Gespräche. Was sollte ich sonst glauben?« Marius fand langsam die Fassung wieder. »Ich wollte mir einen Überblick über die München-Sache verschaffen, damit ich die Gespräche zu Ende bringen kann«, fügte er, nun schon wieder selbstsicher, hinzu.

»Warum hast du nicht versucht, mich über Handy zu erreichen?«

»Ich . . .«

»Ach richtig, du dachtest ja, ich hätte einen Nervenzusammenbruch. Woher hattest du denn diese Information?« Rebecca sah Marius durchdringend an.

»Das war reiner Zufall. Meine Frau war das Wochenende

auch in München, um eine Freundin zu besuchen. Sie hat in der Samstagsausgabe einen Artikel gelesen, und ihr war sofort klar, von wem da die Rede war.«

Rebecca glaubte Schwandte kein Wort. Allerdings hatte er schnell geschaltet, das mußte sie ihm zugestehen.

»Na, da war es ja sehr rücksichtsvoll von dir, mich nicht im Krankenhaus zu behelligen und sofort für mich einzuspringen. Ein Mann der Tat, wie er im Buche steht.« Rebecca konnte sich den Anflug von Spott nicht verkneifen. »Aber ich werde die Verhandlungen in München selbst abschließen. Wir sind Donnerstag sehr weit gekommen. Es fehlt praktisch nur noch der Vertragsentwurf. Ich fliege an einem der nächsten Tage noch mal runter. Ich rufe gleich dort an.«

»Okay«, erwiderte Schwandte.

»Dann nehme ich den hier mal wieder mit.« Rebecca klopfte auf den Ordner unter ihrem Arm und ließ Marius Schwandte allein. Der brauchte sicher ein paar Minuten, um seinen Schock zu überwinden. Rebecca lächelte triumphierend. Das dumme Gesicht ihres Geschäftspartners entschädigte sie für einigen erlittenen Ärger. Und immerhin kam bei dieser Geschichte auch etwas Positives heraus. Sie wußte jetzt mit Bestimmtheit, daß Marius weniger ihr Geschäftspartner als ihr Widersacher war. Freunde waren sie ja noch nie gewesen, aber Rebecca hatte bis vor diesem Wochenende nicht geahnt, daß Marius die Firma an sich reißen wollte. Die gelegentlichen Spannungen zwischen ihnen hielt sie für ganz normale Streitereien unter Geschäftspartnern. Nie hätte sie einen Gedanken an solch einen Hintergrund verschwendet! Marius' Angriff war wirklich geschickt inszeniert. Und die Gefahr lange noch nicht vorbei. Doch bald würden die Fronten geklärt sein.

Und ich werde nicht diejenige sein, die unterliegt. Ich denke gar nicht daran!

In dem Moment, da Rebecca die Wagentür hinter sich zuwarf, überfielen Christiane nagende Zweifel. Alles ging viel zu schnell. »Verdammt!« murmelte sie.

Vor diesem Zwischenfall im Hotel – da war Christiane sich sicher – wäre Rebecca nie auf die Idee gekommen, diese letzte Nacht zuzulassen. Ja gut, da war das Polaroid in ihrem Koffer. Trotzdem. Nie und nimmer hätte Rebecca irgendwelchen Gefühlen für ihre Fahrerin nachgegeben. Das stand fest! Sofern überhaupt derartige Gefühle vorhanden waren. Das Polaroid in Rebeccas Koffer hatte überhaupt nichts zu sagen. Vielleicht hatte Hanna es zu Hause aus dem Papierkorb gefischt und es Rebecca wieder untergejubelt. Ja, das war viel wahrscheinlicher.

Das alles gestern war nur geschehen, weil Rebecca unter dem Eindruck der Erlebnisse eines furchtbar verkorksten Wochenendes stand. Sie befand sich in einer Lage, in der sie Halt suchte und krampfhaft bemüht war, wieder Boden unter die Füße zu bekommen. In einer solchen Situation mißinterpretierte der Mensch die Dinge oft. Das war auch Rebecca passiert. Es konnte nicht anders sein. Rebecca war sich dessen ganz bestimmt nicht bewußt. Noch nicht! Aber es konnte nicht ausbleiben, daß sie irgendwann wieder klar sah. Würde Rebecca ihr dann vorwerfen, die Situation ausgenutzt zu haben? Ganz sicher würde sie bereuen, was geschehen war. Auch wenn Rebecca im Moment glaubte, ihre früheres Ich durch ein neues ersetzen zu wollen. Später, wieder mit der vollen Erinnerung und ganz sie selbst, sah Rebecca das sicher anders.

Ich mache mir doch nur was vor, wenn ich glaube, Rebecca habe sich verändert. Ich wünsche mir, es wäre so. Weil ich egoistisch bin, und zu schwach, der Versuchung zu widerstehen. Shit!

Christiane seufzte. Und nun? Sie hatte Rebecca versprochen, heute abend zu ihr zu kommen. Wenn sie das tat, war klar, wie der Abend endete. Nicht, daß sie es nicht wollte, aber sie würde sich immer mehr in Rebecca verlieben, und später wäre der Schmerz um so größer.

Christiane spürte, wie sich ihr Magen zusammenzog. Vor ihrem inneren Auge spielte sich bereits das Szenario des unvermeidlichen Endes ab.

»O Gott!« flüsterte sie verzweifelt, ihr Kopf sank aufs Lenkrad. »Ich bin jetzt schon ein Wrack. Ich fühle mich hundeelend.«

Rebecca wollte eben in die Mittagspause gehen, als das Telefon klingelte. »Wir haben was«, hörte sie Trautmann sagen.

»So schnell?!«

»Dank Ihnen. Es war zwar nicht mit uns abgesprochen, aber der Erfolg gibt Ihnen recht.«

Rebecca kam nicht ganz mit. Wovon sprach Trautmann?

»Gleich nachdem Sie aus Schwandtes Büro raus sind, machte er einen Anruf«, fuhr der fort. »Raten Sie mal, wen er angerufen hat.«

»Den Typen, der mich umgehauen hat?«

»Nein. Besser!«

Was sollte besser sein als das? Rebecca wartete, daß Trautmann mit der Information herausrückte. Der aber meinte stattdessen: »Es ist vielleicht nicht so gut, wenn wir in Ihr Büro kommen. Können Sie zu uns kommen? Dann spielen wir Ihnen das Telefonat vor.«

»Mit wem hat Schwandte denn nun telefoniert?« fragte Rebecca ungeduldig.

»Ach so, ja. Mit Doktor Hafner.«

»Hafner?«

»Ja, das hätten Sie nicht gedacht, was?«

»Allerdings nicht. Ich mache mich sofort auf den Weg zu Ihnen.«

Da sie Christiane nach Hause geschickt hatte, fuhr Rebecca mit dem Taxi. Das brachte sie innerhalb weniger Minuten ans Ziel. So saß Rebecca kurz darauf mit den beiden Ermittlern am Tisch und lauschte der Aufnahme. Sie hörte Schwandtes wütende Stimme: »Der Deal war, daß du Rebecca nach ihrem Selbstmordversuch in die Psychiatrie einweist und sie für mindestens vier Wochen aus dem Verkehr ziehst, so daß ich in aller Ruhe meine Ansprüche vom Testament des alten Reklin geltend machen kann.«

»Aber das kannst du doch trotzdem«, erwiderte Hafner. »Der Selbstmordversuch steht in der Krankenhausakte.«

»Und Rebecca spaziert hier rum!« knurrte Schwandte ihn an. »Energisch und gebieterisch wie immer! Ihr Anwalt wird sie sofort informieren, sobald mein Anwalt den Anspruch anmeldet. Sie wird eins und eins zusammenzählen. Die Sache wird jetzt sehr viel schwieriger werden. Weil *du* deinen Teil der Abmachung nicht eingehalten hast.«

»Ich kann niemanden gegen seinen Willen dabehalten oder irgendwo einweisen«, verteidigte Hafner sich. »Außerdem tauchte noch diese Seidel auf.«

»Das ist eine billige Ausrede. Du hast deinen Teil der Vereinbarung nicht eingehalten. Deshalb gibt es, was mich betrifft, auch keinen Deal mehr.«

»Was?« Nun war es Hafners Stimme, die sich vor Wut überschlug. »Aber du hast versprochen . . . ich brauche das Geld, das weißt du.« Der Mediziner machte eine kurze Pause. »Ich warne dich«, sagte er dann mit drohendem Unterton in der Stimme, »ich kann dir dein Spiel gründlich vermasseln.«

»Ha! Du warnst mich?« Schwandte lachte böse auf. »Ich warne dich! Ein Wort, und ich lasse dich genauso auffliegen wie du mich. Ein Arzt, der Krankenakten manipuliert, ist keine Zierde seiner Zunft. Dazu noch ein bis unter die Hutkrempe verschuldeter Spieler. Absolut vertrauensunwürdig. Du bekommst ganz schnell größere Probleme als ich, mein Alter.«

»Du bist und bleibst ein Widerling«, sagte Hafner verächtlich. »Schon in der Schule hast du alle nur beschissen.«

Ein Knacken. Man hörte, wie Schwandte den Telefonhörer ablegte. Das Gespräch war beendet.

Rebecca schaute die beiden Ermittler zufrieden an. »Das ist wirklich mehr, als ich erhofft habe. Quasi ein Geständnis. Es fehlt nur noch eine Kleinigkeit. Die Bestätigung, daß ich überfallen wurde. Das wäre das Sahnehäubchen auf dem Kuchen.«

Link und Trautmann nickten.

»Kann ich eine Kopie des Telefonats auf Disk bekommen? Ich fliege diese Woche noch einmal geschäftlich nach München. Das ist eine gute Gelegenheit, Hafner einen Besuch abzustatten.«

»Sollen wir das nicht machen?« Link stand auf. »Hafner wird sich sicher abweisend verhalten. Wir wissen, wie man in so einer Situation mit den Leuten spricht.«

»Nein«, lehnte Rebecca ab. »Das schaffe ich schon, wenn ich die Kopie habe. Die wird Hafner genug unter Druck setzen. Außerdem kann ich seine Wut auf Schwandte ausnutzen. Vielleicht hat er sogar so etwas wie Schuldgefühle wegen der Sache. Dann bin ich genau die Richtige, ihn daran zu erinnern.«

»Wie Sie meinen.«

Rebecca erhob sich. »Vielen Dank, meine Herren. Bleiben Sie noch zwei Tage an Schwandte dran. Vielleicht kontaktiert er ja auch noch seinen anderen Helfer. Die Kopie können Sie mir per Kurier zuschicken.« Damit verabschiedete sich Rebecca.

Zufrieden und voller Zuversicht fuhr sie zurück ins Büro und beauftragte Anita, einen Flug nach München zu buchen. »Für übermorgen – früh hin, abends zurück.«

Anita blickte gestreßt auf, nickte aber.

»Was ist los?« wunderte Rebecca sich. »Warum so gehetzt? Ist irgendwer hinter Ihnen her? Das Finanzamt vielleicht? Haben Sie vergessen, Ihre Steuererklärung abzugeben?«

Rebecca und Humor, die beiden Sachen vertrugen sich in Anitas Augen nicht so recht. Sie lächelte unsicher. »Haben Sie es denn vergessen? Morgen ist Tag der offenen Tür. Ich muß die Besucherausweise vorbereiten, die Präsentationsmappe für das neue Kreuzfahrtprojekt ausdrucken, vervielfältigen und . . .«

»Schon gut! Ich buche den Flug selbst. Kein Problem«, sagte Rebecca gutgelaunt.

Anita starrte ihr nach, wie sie in ihrem Zimmer verschwand. Irgendwas war anders mit der Chefin, seit sie aus München zurück war.

Während der Heimfahrt erzählte Rebecca Christiane vom Erfolg der Ermittler bei Schwandtes Überwachung.

»Na super«, freute Christiane sich. »Dann ist ja alles in bester Ordnung.«

»Ja. Und wenn wir übermorgen nach München fliegen, werden wir Hafner mal besuchen. Er hat uns sicher eine Menge zu erzählen.«

»Meinst du, er wird ... Wir? Wieso wir?« wunderte Christiane sich.

»Na ja.« Rebecca hielt inne. Genau das wollte sie nicht, einen Grund dafür angeben, warum sie Christiane mitnahm. Es war eine Eingebung gewesen. Eine, bei der sie sich gut fühlte. Also hatte sie zwei Plätze statt einen nach München gebucht. »Warum nicht?« fragte sie wie ganz nebenbei.

Christiane sollte einfach ... bei ihr sein. »Komm schon«, bat Rebecca. »Das muß ich dir doch jetzt nicht sagen, oder? Du weißt, warum ich will, daß du mitkommst.«

Christiane verspürte bei Rebeccas Worten ein leichtes Kribbeln auf der Haut. Begleitet von einem bedrückenden Bauchgefühl. Die Zweifel von heute morgen lagen Christiane nach wie vor auf der Seele. »Ich weiß nicht, ob das so gut ist.« Sie hielt es für ratsam, Rebecca darauf aufmerksam zu machen, daß deren Entscheidung wohl eher emotional begründet war. »Es wird Gerede geben. Ich bin deine Fahrerin, nicht deine Assistentin.« Das mußte Rebecca doch selbst auffallen! Sie reagierte die letzten Tage viel zu gefühlsbetont, war nicht sie selbst.

»Und ich bin der *Boss*. Folglich bestimme ich, wer mich begleitet«, erwiderte Rebecca trotzig. Das erinnerte Christiane schon eher an die alte Rebecca. »Aber wenn du nicht willst ...«, fügte die ungewohnt leise hinzu.

Sie kamen im Akazienweg an und standen vor dem Tor, das sich langsam öffnete. Christiane seufzte, drehte sich zu Rebecca um. »Ich will ja. Aber ich will nicht, daß du später alles bereust.«

»Was soll ich denn bitteschön bereuen?«

Christiane sah wieder nach vorn, fuhr die Auffahrt zum Haus hinauf. Sie atmete tief durch, denn was sie zu sagen hatte, fiel ihr nicht leicht. »Kann es nicht sein, daß alles, letzte Nacht und deine Gefühle jetzt, daß das alles nur die Folge der chaotischen Ereignisse der letzten Tage ist? Du konntest mich vorher nicht ausstehen, und auf einmal ...«

»Woher willst du das wissen?« unterbrach Rebecca sie. »Habe ich das jemals zu dir gesagt?«

Christiane stoppte den Wagen vor dem Haus. »Es ließ so einiges darauf schließen!«

Rebecca blieb unbeweglich auf der Rückbank sitzen. »Ich weiß nicht, wie ich dich von der Echtheit meiner Gefühle überzeugen soll. Du mußt mir schon glauben.«

Christiane drehte sich in ihrem Sitz um und sah Rebecca an. »Ich versuche es ja. Aber die Veränderung ist so enorm. Das macht es schwer.«

Rebecca lächelte jetzt verschmitzt. »Dann sollten wir erst recht so viel wie möglich zusammen sein, um herauszufinden, was da nun zwischen uns ist. Oder?«

»Sollten wir das?« Immer noch überzogen Zweifel Christianes Gesicht.

»Falls du an einen Rückzug denkst, werde ich ihn dir so schwer wie möglich machen.« Rebeccas Mundwinkel verzog sich spöttisch. »Das kann ich dir schon mal versichern.«

Woher nehme ich plötzlich diese Sicherheit? fragte sie sich dabei. Sie hatte doch selbst Zweifel gehabt. Wo waren die auf einmal hin?

Rebecca wunderte sich über sich selbst. Doch in diesem Moment war sie sich absolut sicher, daß sie keinen Fehler machte, sondern im Gegenteil dabei war, ihrem Leben etwas Gutes hinzuzufügen. Zumindest wollte sie den Versuch unternehmen. Das hätte sie schon viel früher machen sollen!

Es sind nicht die Fehler im Leben, die man bereut, sondern die verpaßten Chancen! Das war doch immer ihre Devise gewesen. Liane war Liane. Christiane war ganz anders. Die beiden waren nicht miteinander zu vergleichen. Es wäre töricht, ihrer Erfahrungen mit Liane wegen Christiane und sich die Chance zu vergeben.

»Also, kommst du nun mit nach München? Das ist eine Frage, keine Anordnung«, betonte Rebecca.

»Am Mittwoch?« fragte Christiane noch einmal, um sicherzugehen.

»Ja.«

»Okay.« Ein kurzer Anflug von schlechtem Gewissen überkam Christiane. Na ja, da mußte Judith eben mal mit jemand anderem Pizza essen gehen. Sie würde ihr einfach sagen, daß sie nicht hatte ablehnen können. »Hauptsache, ich bin Donnerstag zum Training wieder da.«

Rebecca seufzte. »Hast du denn keine anderen Sorgen als immer nur dieses Training?«

Christiane zuckte mit den Schultern. »Es ist gerade im Moment besonders wichtig.«

Rebecca beugte sich zu Christiane vor und küßte sie. »Na, dann sieh mal zu, daß du loskommst.« Sie stieg aus.

14

Wenn dein Club finanzielle Probleme hat, könnte ich doch als Sponsor auftreten.« Rebecca legte ihre Hand auf Christianes Arm. Den Kopf in der Kopfstütze des Flugzeugsitzes zur Seite neigend, schaute sie Christiane fragend an.

»Nein«, erwiderte Christiane. »Das möchte ich nicht.«

»Aber ich möchte es.«

Christiane suchte Rebeccas Blick. »Versteh doch. Dann habe ich nicht nur was mit meiner Chefin, sondern auch noch mit der Sponsorin meines Clubs. Das sind mir zu viele Abhängigkeiten.«

»Hm«, machte Rebecca nur.

Papiere und Schlüssel für den Leihwagen lagen am Schalter der Autovermietung bereit. Rebecca reichte Christiane den Autoschlüssel. »Siehst du, so verkehrt war es gar nicht, meine Fahrerin mitzunehmen. Soviel zum Thema Zurechnungsfähigkeit. Ich bin nach wie vor ein rational denkender und arbeitender Mensch«, sagte sie dabei zufrieden.

Christiane nahm ihr mit einem spöttischen Lächeln den Schlüssel ab. »Sicher, Boss. Du bist ein Muster an Disziplin.«

Sie gingen zum Parkhaus des Flughafengebäudes, wo der Leihwagen zur Abholung bereitstand.

Rebecca setzte sich auf den Beifahrersitz und legte wie zufällig ihre Hand auf Christianes Oberschenkel. Christianes vielsagenden Seitenblick quittierte sie mit einem Seufzer. »Schon gut. Vielleicht nicht hundert Prozent rational.«

Christiane startete den Wagen. Langsam fuhren sie durch die engen Windungen des Parkhauses von Ebene zu Ebene bis zum Ausgang.

»Die Besprechung bei Meyers wird etwa zwei Stunden dauern. Dann dürften die Verträge unterschrieben sein. Wir können anschließend gemütlich irgendwo zu Mittag essen. Danach statten wir Hafner einen Besuch ab.«

»Wieviel, glaubst du, kennt er von Schwandtes Absichten?«

»Eine ganze Menge. Zumindest so viel, daß ihm klar ist, daß ich keinen Selbstmord versucht habe. Und darauf kommt es an.«

»Ob er weiß, wer dich im Hotel überfallen hat?«

»Vermutlich nicht. Warum sollte Marius ihm das auf die Nase binden?«

»Wie konnte Schwandte überhaupt wissen, daß du zu Hafner auf die Station kommen würdest?«

»Die Notrufe landen alle im städtischen Krankenhaus. Hafner mußte nur meine Ankunft abwarten.« Rebecca drehte den Kopf zu Christiane. »Wenn ich mir das im nachhinein alles überlege, hatte ich verdammtes Glück, daß du mich da rausgeholt hast.«

»*Du* hast dich entlassen. Mit mir hat das überhaupt nichts zu tun«, schwächte Christiane ab.

»Natürlich hat es mit dir zu tun, und zwar sehr viel. Ich stand völlig neben mir, bis du kamst und mir etwas gabst, woran ich mich festhalten konnte.« Rebecca streichelte Christianes Nakken.

Christiane erschauerte leicht. »Was du gerade machst, ist Gefährdung des öffentlichen Straßenverkehrs«, warnte sie leise, aber mit viel zu genußvoller Stimme, um Rebecca innehalten zu lassen. Als Christiane an der nächsten Ampel hielt, beugte Rebecca sich zu ihr. Zum ersten Mal in ihrem Leben empfand Christiane eine Rotphase als viel zu kurz. Das Hupen des PKW hinter ihnen riß beide unsanft aus ihrem Kuß.

»Spielverderber«, murrte Rebecca und zog sich widerwillig zurück.

Christiane fuhr weiter. Zehn Minuten später setzte sie Rebecca bei Meyers ab. Die winkte ihr noch einmal zu und verschwand, ihre Unterlagenmappe unter dem Arm, im Gebäude.

Die gläserne Tür des Haupteingangs öffnete sich zum x-ten Mal, ohne daß Rebecca in ihr erschein. Christiane schaute auf die Uhr. Zwei Stunden hatte Rebecca gesagt. Nun waren es schon fast drei. Gab es etwa Schwierigkeiten?

Endlich tauchte Rebecca auf. Sie kam eilig zum Wagen.

»Entschuldige«, sagte sie etwas außer Puste. »Meyers wollte plötzlich unbedingt auf den Abschluß anstoßen. Da konnte ich schlecht ablehnen.« Sie setzte sich neben Christiane. »Jetzt laß uns was essen gehen.«

Sie wählten ein kleines Restaurant, auf dem Weg zum Krankenhaus. Die Karte überraschte mit einfacher Hausmannskost. Schon beim Lesen der Speisen lief Christiane das Wasser im Mund zusammen.

»Ich nehme den Rinderbraten mit Klößen und Rotkohl.«

Rebecca wählte Schnitzel mit Champignonrahmsoße und Kartoffeln.

»Zu trinken?« fragte die Kellnerin.

»Einen Schoppen Weißwein für mich«, sagte Rebecca. »Und ein Wasser.«

»Nur Wasser«, bat Christiane.

Die Kellnerin zog sich zurück.

»Was hat Meyers eigentlich dazu gesagt, daß du Freitag nicht aufgetaucht bist?« wollte Christiane wissen.

»Na ja. Am Telefon war er ziemlich pikiert«, erinnerte Rebecca sich. »Erst setze ich alles daran, diesen Vertrag zu bekommen, und dann erscheine ich nicht zum Termin mit dem Mann. Aber ich konnte ihm schlecht von dem internen Firmenkrieg erzählen, der zwischen mir und Marius gerade abläuft.«

Das leuchtete Christiane ein. Blieb die Frage: »Ja und? Wie hast du Meyers die Sache dann erklärt?«

»Mit einem Übermittlungsfehler. Jemand in seiner Firma hat meine Nachricht, die ich hinterließ, wohl verschlampt.« Rebecca zuckte mit den Schultern. »Das soll ja vorkommen.«

Christiane runzelte leicht die Stirn. »Das heißt, irgendeine arme, unschuldige Sekretärin wird dafür wahrscheinlich einen Kopf kürzer gemacht.«

»Keine Angst. Das fiel mir auch ein.« Rebecca lächelte. »Ich habe eingeräumt, daß ich mich vielleicht verwählt und in meiner Eile jemand völlig Unbeteiligtem die Nachricht übermittelt habe.«

»Hm. Das hat er geglaubt?«

»Warum nicht? Oft sind die einfachsten Erklärungen die plausibelsten.«

Christiane verzog skeptisch das Gesicht.

»Vielleicht wollte Meyers auch einfach nicht weiter graben und gab sich deshalb mit meiner Erklärung zufrieden«, räumte Rebecca ein. »Wichtig ist doch, daß der Vertrag unter Dach und Fach ist.«

»Bleibt noch Hafner.«

»Ja, aber der wird keine Schwierigkeiten machen.« Für Rebecca stand außer Zweifel, daß sie Hafner dank des Gesprächmitschnitts zur Kooperation bewegen würde. »Laß uns über was anderes sprechen. Über was Angenehmes.«

»Denkst du an was Konkretes?«

»Ja. Zum Beispiel an ein gemeinsames Wochenende. Einen Ausflug in die Berge, ans Meer, was du magst. Wir könnten Freitagnachmittag losfahren und . . .«

»Stop, stop, stop«, lachte Christiane. »Nicht so schnell. Das geht nicht. Jedenfalls nicht dieses Wochenende. Da ist der Pokalkampf.«

»Ja gut, dann eben nächstes.«

»Darüber ließe sich reden.«

»Darüber ließe sich reden«, wiederholte Rebecca. Sie schaute pikiert drein. »Wie nett. Ein wenig mehr Begeisterung habe ich schon erwartet.«

Christiane senkte schmunzelnd den Kopf. »Ich wußte nicht, daß du so empfindlich bist.« Sie legte ihre Hand auf Rebeccas. »Natürlich würde ich mich freuen.«

Rebecca kniff die Augen leicht zusammen. »Sicher?«

»Aber ja«, versicherte Christiane. Sie streichelte kurz mit dem Daumen Rebeccas Handrücken und zog ihre Hand zurück.

»Gut. Also – Meer oder Berge?« wollte Rebecca wissen.

»Meer«, entschied Christiane.

»Meer.« Rebecca nickte. »Kurzer Fluchtweg, was?« fragte sie.

Christiane schüttelte lächelnd den Kopf. Erst als sie Rebecca ansah und deren Gesichtsausdruck registrierte, ging ihr auf: Rebecca scherzte nicht! Nicht wirklich. Ihr Tonfall war zwar ungezwungen, aber ihre Augen blickten ernst.

»Sei nicht albern«, sagte Christiane. Sie konnte kaum glauben, daß Rebecca sich ihrer derart unsicher war. »Ich dachte, es ist näher und wir verlieren nicht so viel Zeit durch eine lange Reise.«

»Oh«, erwiderte Rebecca nur.

Christiane lächelte erneut. »Zufrieden?« fragte sie leise.

Rebecca senkte verlegen den Blick. »Entschuldige«, murmelte sie. »Ich kann nichts dagegen tun. Diese Zweifel überfallen mich einfach wie aus heiterem Himmel. Ich weiß, das ist albern ...«

»Nein, ist es nicht.« Christiane nahm erneut Rebeccas Hand. »Ich finde es ... beruhigend.«

Rebeccas verständnislos fragender Blick amüsierte Christiane.

»Gott sei Dank gibt es diese Momente, wo du nicht so fürchterlich selbstsicher bist«, erklärte sie lächelnd. »Auch wenn es dir nicht gefällt, mir tut das gut. Außerdem schmeichelt es mir.«

»Ach ja?«

»Natürlich.« Christiane zwinkerte Rebecca zu. »Wie oft kommt es schon vor, daß deine Augen nicht wissen, wo sie vor lauter Unsicherheit hinblicken sollen? Ich denke, darauf kann ich mir was einbilden.«

Die Kellnerin brachte das Essen.

Rebecca kam das sehr recht. Sie griff nach dem Besteck, probierte vom Schnitzel und lenkte durch ausführliches Lob seines Geschmacks vom unliebsamen Thema ihrer Empfindsamkeit ab. Christiane durchschaute das Manöver mühelos, ließ Rebecca aber die Ausflucht.

Während des Essens dirigierte Rebecca das Gespräch auf unverfänglichere Themen, wie zum Beispiel Hannas Rückkehr. Sie spekulierten lachend über Form und Ausdruck von Hannas Augen, wenn die erfuhr, was in der Zwischenzeit alles passiert war.

»Das zwischen uns wird sie einigermaßen aus der Bahn werfen«, lachte Rebecca. »Obwohl, Hanna ist hart im Nehmen«, dachte sie laut weiter. »Außerdem geht damit ihr Lieblingswunschtraum in Erfüllung. Ich endlich wieder verliebt.« Rebecca stockte. »Ich meine ... also ...«, stotterte sie. »Hanna denkt in solchen Kategorien. Verliebt, verlobt, verheiratet und so. Du kennst sie ja.«

Christiane schwieg perplex. Was war das denn eben? Was hatte Rebecca da gesagt? Offenbar zu ihrer eigenen Überraschung!

»Ich weiß nicht genau, wie Hanna denkt«, erwiderte Christiane langsam. »Aber *ich* denke, du hast da gerade etwas sehr Schönes gesagt.« Sie zögerte. »Wenn das natürlich nur die Prognose über Hannas Sicht der Dinge ist ...«

»Na ja.« Rebecca räusperte sich umständlich. »Können wir darüber heute abend reden?« Sie schaute sich im Restaurant um. »In Ruhe und ohne die vielen Leute dabei.«

Christiane zog fragend die Augenbrauen hoch. »Aber niemand kümmert sich um uns.« Es saßen zwar weitere Besucher an einem der Nachbartische, doch ganz sicher lauschte niemand, was sie beide miteinander sprachen.

»Bitte, Christiane.« Rebeccas Blick flehte förmlich. »Außerdem.« Sie schaute geschäftig auf die Uhr. »Wir müssen auch sehen, daß wir zu Hafner kommen.«

»Schon gut.« Christiane lächelte. »Heute abend. Wie du willst. Aufessen können wir aber noch, oder?« fragte sie schnippisch.

Rebecca lächelte zurück, sagte aber nichts.

»Doktor Hafner operiert gerade«, war die Auskunft der Schwester auf Rebeccas Frage. »Wie geht es Ihnen, Frau Reklin?«

»Danke. Nach und nach kommt die Erinnerung wieder.«

»Das ist schön.«

Rebecca kam auf ihr Anliegen zurück. »Wird die Operation lange dauern?«

»Es ist eine einfache Osteosynthese«, meinte die Schwester und schaute auf die Uhr. »Maximal noch eine halbe Stunde.«

»Wo können wir auf ihn warten?«

»Haben Sie einen Termin?«

»Ja«, behauptete Rebecca, denn wenn schon so gefragt wurde, war das wohl die einzig richtige Antwort.

Die Schwester wies auf eine Sitzgruppe. »Bitte. Ich lasse Doktor Hafner Bescheid geben, sobald er fertig ist.«

»Danke.«

Rebecca ging mit Christiane zu den Sesseln. »Na dann – warten wir.«

»Wenn es länger dauert, verpassen wir den Rückflug«, erinnerte Christiane.

»Dann nehmen wir die Maschine morgen früh oder die Bahn. Dieses Gespräch ist zu wichtig, als daß ich es aufschiebe.« Rebecca blickte Christiane mit ernster Miene an. »Ich will die Situation so schnell wie möglich klären. Es steht viel auf dem Spiel.«

»Ich weiß.«

»Es scheint zwar, als wäre Marius' Plan gescheitert. Aber vielleicht hat er noch einen Trumpf in der Hinterhand. Ich muß auf alles gefaßt sein. Deswegen brauche ich unbedingt eine eindeutige Bestätigung meiner Version der Dinge. Hafner wird sie mir liefern.«

»Und wenn nicht? Wenn er sich weigert? Du sagtest, Schwandte setze ihn unter Druck.«

»Dann muß ich ihn auch unter Druck setzen. Und zwar noch ein bißchen mehr als Marius.«

»Da ist der Mann ziemlich arg zwischen die Fronten geraten.« Christiane schüttelte den Kopf. »Er kann einem beinah leidtun.«

»Leid?« Rebeccas verständnisloser Blick traf Christiane. »Ich bitte dich. Er hat sich das ja wohl selbst zuzuschreiben.« Ein wissendes Lächeln folgte. »Ein Anflug von: In jedem Menschen steckt ein guter Kern?«

»Etwa nicht?« Christiane kicherte. »Hat doch bei dir auch gestimmt.«

»Und du mußtest nicht mal besonders lange suchen.«

»Na ja«, meinte Christiane. »Ein kleines Stück Arbeit war es schon.«

Sie wollte gerade etwas weiter ausholen, da erschien Hafner. Sofort wurde sie ernst und gab Rebecca ein Zeichen. Rebecca schaute in die von Christiane angegebene Richtung, erblickte den Arzt und stand auf.

»Frau Reklin«, begrüßte Hafner Rebecca freundlich. »Geht es Ihnen gut? Was kann ich für Sie tun?«

»Ich benötige lediglich ein paar Minuten Ihrer Zeit. Das wird genügen.«

Sie folgten Hafner in sein Büro. Dort setzte er sich hinter seinen Schreibtisch, bot Rebecca und Christiane die Plätze davor an.

Hafner sah Rebecca abwartend an. »Also?«

»Sie haben sich während meines Aufenthalts hier ja sehr um mich gekümmert«, begann Rebecca.

»Das ist meine Aufgabe«, erwiderte Hafner gelassen.

»Dafür habe ich mich gar nicht bei Ihnen bedankt«, fuhr Rebecca fort. »Ich war, im Gegenteil, ziemlich unfreundlich zu Ihnen, habe mich gegen Ihren Rat einfach so selbst entlassen.«

Hafner winkte ab. »Sie waren verständlicherweise durcheinander. Aber ich sehe, es geht Ihnen gut. Das ist die Hauptsache.«

»Ja, es geht mir gut. Auch der größte Teil meiner Erinnerungen ist zurückgekehrt. Das macht natürlich was aus.«

»Sehr schön. Und ...« Hafner musterte Rebecca gespannt. »Können Sie sich an den bewußten Abend erinnern, als Sie ...?«

»Das leider immer noch nicht.«

»Schade.«

Rebeccas Blick verdunkelte sich. »Ja, sonst wüßte ich, wem ich die Beule an meinem Kopf verdanke.«

Hafner schüttelte leicht den Kopf. »Sie akzeptieren immer noch nicht, was passiert ist?« Sein Blick ging zu Christiane. »Sie haben keinen Psychologen konsultiert?«

»Wozu?« nahm Rebecca ihr die Antwort ab.

Hafner blickte Rebecca ernst an. »Weil Ihnen das helfen wird, die Sache aufzuarbeiten.«

Trotz des Streites mit Schwandte hielt Hafner sich an das einmal begonnene Spiel und seine Rolle darin. *Er hat keine Ahnung, daß er gerade dabei ist, mir die Brücke für meinen Angriff zu bauen,* stellte Rebecca zufrieden fest. *Woher auch!*

»Das glaube ich nicht.« Rebecca verzog keine Miene. »Was mir wirklich helfen würde, wäre eine Analyse des Mageninhalts, den man mir auspumpte. Nur dann würde ich glauben, daß ich Tabletten im Magen hatte.« *Aber immer noch nicht, daß ich sie selbst eingenommen habe*, fügte Rebecca in Gedanken hinzu. Doch darauf wollte sie jetzt nicht hinaus. Sondern auf etwas anderes. »Warum wurde mein Mageninhalt nicht untersucht? Ist das in solchen Fällen nicht üblich?«

»Doch. Aber das war in Ihrem Fall überflüssig.« Hafners Gesichtsausdruck war eine leichte Verdrossenheit über die nach wie vor uneinsichtige Patientin anzusehen. »Die Rettungssanitäter brachten ja die halbleeren Packungen der Tabletten mit.«

»Aber es hätte doch sein können, daß noch andere Pharmaka im Spiel waren, Drogen zum Beispiel. Darauf wurde ich auch nicht untersucht. Wieso?«

»Na ja, wir ... ich ...« Hafner kam ins Stottern.

»Kann es sein, daß diese Untersuchungen nicht gemacht wurden, weil Sie genau wußten, daß nichts von alledem, weder Tabletten noch Drogen, in mir war?«

»Was? Wie kommen Sie darauf? Nein. Wir ... es war einfach ein sehr stressiger Tag. Ihre Einlieferung erfolgte zeitgleich mit dem Eintreffen mehrerer Unfallopfer von der A7. Wir hatten keine Zeit für eine überflüssige Analyse. Das ist alles.«

»Keine Zeit. Und wie erklären Sie mir dann das hier?« Rebecca holte aus ihrer Dokumententasche eine Plastikhülle hervor. »Auf dieser CD habe ich den Mitschnitt eines Telefonats, welches Sie vorgestern mit Marius Schwandte führten.« Sie warf die CD vor Hafner auf den Schreibtisch. »Tun Sie sich keinen Zwang an, hören Sie mal rein.«

Hafner nahm zögernd die CD in die Hand.

»Sie können sich die Peinlichkeit auch ersparen, denn Sie und ich wissen ja, was da geredet wurde. Genauso wie wir beide wissen, daß nicht Zeit Ihr Problem war. Marius hat Sie engagiert, mich aus dem Verkehr zu ziehen. Und wäre Frau Seidel nicht aufgetaucht, wäre Ihnen das wahrscheinlich auch gelungen.« Rebeccas Blick ging zu Christiane. Sie nickte ihr zu, Wärme und Dankbarkeit lagen in Rebeccas Augen.

Hafner schwieg. Was sollte er auch sagen. In seiner Situation erübrigte sich jede Erwiderung.

»Herr Hafner.« Rebecca unterließ bewußt die Betitelung Doktor. Sie wollte Hafner schließlich in die Enge drängen, damit er ihr mehr über die Hintergründe erzählte. Dazu brauchte sie ihn so klein wie möglich. Soviel verstand Rebecca von Psychologie. »So wie ich das sehe, haben Sie ein ziemliches Problem. Und ich spreche nicht von Ihren Geldsorgen. Die gehen mich nichts an.«

Hafners Gesicht lief langsam rot an. Seine Stirn begann zu glänzen. Ein deutliches Anzeichen von Nervosität.

»Mir bleibt nichts anderes übrig, als das Krankenhaus zu verklagen, um meine Interessen zu vertreten«, fuhr Rebecca ungerührt fort. »Der Fall wird untersucht werden, Ihre Rolle in der Sache wird zur Sprache kommen, und Ihre Zeit als Chefarzt dürfte vorbei sein. Denn ich kann mir nicht vorstellen, daß die Krankenhausverwaltung begeistert von der Geschichte sein wird. Schon gar nicht vom begleitenden Presserummel.«

Schweißperlen bildeten sich auf Hafners Stirn.

»Es sei denn ...« Rebecca machte eine Pause, tat, als dächte sie nach. »Aber nein, besser, ich halte mich an den Rat meines Anwalts. Es gibt keinen Grund, warum ich Sie mit so etwas davonkommen lassen sollte.«

Sie schaute Hafner an. Schweigen breitete sich aus.

Schließlich machte Rebecca Anstalten aufzustehen. Sie gab Christiane ein Zeichen.

»Glauben Sie mir, ich habe das nicht gern getan«, sagte Hafner jetzt eilig. »Auch wenn es nicht so aussieht, habe ich doch ein Gewissen.«

Rebecca sank zurück in ihren Stuhl. »Es fällt mir schwer, das zu glauben.«

Hafner zog mit zitternden Händen ein Taschentuch hervor, tupfte sich die Stirn damit ab. »Sie haben recht, meine Geldsorgen können Ihnen egal sein. Aber ich bin am Ende, wenn es zu dieser Untersuchung kommt. Wenn es ...« Hafner brach nervös ab, räusperte sich. »Wenn es eine Möglichkeit gibt, die Geschichte – nicht unter den Tisch zu kehren, aber wenigstens diskret zu behandeln – wäre ich Ihnen sehr dankbar.«

Rebeccas Blick durchdrang Hafner. »Warum sollte ich das tun?«

Hafner tupfte erneut mit dem Taschentuch über seine Stirn. »Weil ich Ihnen helfen kann, Marius' Plan zu durchkreuzen.«

»Das schaffe ich auch ohne Sie«, gab Rebecca sich siegessicher.

Offenbar sehr überzeugend, denn Hafner nickte. »Ja, natürlich.« Er setzte zu einer weiteren Erwiderung an, stockte aber. Offensichtlich überlegte er, ob er mit dem rausrücken sollte, was ihm auf der Zunge lag. »Aber ich nehme an, Sie wollen Marius so schnell wie möglich mit den Tatsachen konfrontieren. Und so, wie er Ihre Anteile an der Firma wollte, werden Sie wohl nun anstreben, seine zu bekommen.«

Rebecca nickte langsam. »Reden Sie weiter.«

»Ich weiß, daß Marius in ähnlichen Schwierigkeiten steckt wie ich. Er hat sich mit Immobilien verspekuliert und dabei finanziell übernommen. Das ist einer der Gründe, warum er Sie loswerden will. Er denkt, dann kann er Geld aus Ihrer Firma ziehen, um Schulden zu begleichen, die er bei Leuten gemacht hat, die nicht zimperlich bei der Eintreibung sind. Sie könnten ein Geschäft mit diesen Leuten machen, Schwandtes Schulden abkaufen und im Gegenzug dafür seine Firmenanteile fordern.«

»Ich soll mich mit Kriminellen einlassen? Sind Sie verrückt?« wehrte Rebecca entsetzt ab.

»Na, dann bieten Sie Schwandte einfach an, seine Firmenanteile zu kaufen. Ob er das Geld benutzt, seine Schulden zu begleichen oder versucht, auf irgendeiner karibischen Insel unterzutauchen, ist ja sein Bier.«

»Wissen Sie, wie hoch diese Schulden sind?«

»Eine runde Million.«

»Hm. Seine Firmenanteile sind nur etwa achthunderttausend wert. Ein Angebot von einer Million dürfte ihn also interessieren. Sehr sogar«, sann Rebecca vor sich hin.

»Du willst ihn davonkommen lassen?« fragte Christiane verständnislos.

»Wenn ich ihn damit ein für allemal los bin, warum nicht? Natürlich nur, wenn er für die zusätzlichen zweihunderttausend eine Verzichtserklärung das Testament betreffend unterschreibt.« Rebecca lächelte zufrieden. »Das ist für alle Seiten eine annehmbare Lösung, denke ich.« Sie blickte Hafner an. »Und von Ihnen möchte ich auch eine Unterschrift. Mein Anwalt hat da was vorbereitet.« Rebecca griff erneut in ihre Dokumentenmappe. »Bitte.« Sie reichte Hafner einen Umschlag. »Sie geben damit die Verschwörung gegen mich zu, und die Sache ist erledigt, zumindest was mich angeht.«

Hafner öffnete den Umschlag, zog ein paar zusammengeheftete Seiten heraus, überflog sie. Ohne weiteren Kommentar nahm er einen Stift und unterschrieb, schob das Papier zurück in den Umschlag und gab ihn Rebecca zurück.

»Versuchen Sie es mit einer Schuldnerberatung«, riet ihm Rebecca und erhob sich. »Ist vielleicht der sinnvollere Weg.«

Hafner schwieg erschöpft. Das Gespräch war ihm an die Substanz gegangen.

»Und bitte, rufen Sie *nicht* Marius an.« Rebecca drehte sich im Hinausgehen noch einmal um. »Es soll doch auch für ihn eine Überraschung werden.«

Schon den ganzen Rückflug über wünschte sich Rebecca nur eines. Endlich zu Hause, ließ sie die Tür hinter ihnen ins Schloß fallen, griff nach Christiane, zog sie in die Arme und küßte sie.

Ein lautes Räuspern in ihrem Rücken ließ Rebecca zusammenfahren. Sie drehte sich um und starrte gemeinsam mit Christiane erschrocken in die Richtung, aus der das Geräusch gekommen war.

»Hanna?!« rief Rebecca in einer Mischung aus Schreck und Erleichterung. »Was machst du denn hier? Du wolltest doch erst am Freitag zurückkommen.«

Hanna stand in der Tür zur Küche. Was sie eben sah, hatte ihr einigermaßen die Sprache verschlagen. »Das wäre ich auch, wenn mir jemand gesagt hätte, daß hier alles so prächtig steht«, erwiderte sie schließlich. Und mit deutlichem Vorwurf in der Stimme: »Nur leider hat mich niemand angerufen.«

Rebecca verzog angesichts des Vorwurfs schuldbewußt das Gesicht. Sie mußte Hanna recht geben. An ihre Haushälterin hatte sie die letzten Tage keine Sekunde gedacht. Auch nicht daran, daß sie sich Sorgen machen könnte.

Sie ging zu Hanna, nahm sie in die Arme und drückte sie übermütig. »Entschuldige, Hanna. Es war ziemlich hektisch die letzten Tage.«

»Das sah eben aber nicht gerade sehr hektisch aus«, frotzelte Hanna und ließ einen neckenden Blick zwischen Christiane und Rebecca hin- und herschweifen.

Rebecca schwieg verlegen. Was sollte sie darauf auch erwidern?

»Offensichtlich habe ich in den letzten Tagen eine Menge verpaßt«, stellte Hanna fest.

»Nicht so viel, wie du glaubst«, meinte Christiane gelassen. Sie wollte vermeiden, daß Rebecca sich durch eine Stellungnahme zusätzlich unter Druck gesetzt fühlte. »Ich werde jedenfalls nicht hier einziehen, und auch sonst haben wir keinerlei Zukunftspläne geschmiedet. Du behältst deine Rebecca also nach wie vor für dich.«

Daß Rebecca bei diesen Worten leicht die Stirn runzelte, bemerkte Christiane nicht. Eine kurze Stille entstand.

»Na dann, gehen wir doch in die Küche und erzählen Hanna, was alles so passiert ist«, nahm Rebecca den Faden des Gesprächs wieder auf.

Hanna hörte sich Rebeccas Schilderungen der Ereignisse teils ungläubig, teils geschockt an. »Das heißt, wenn Christiane sich nicht eingemischt hätte, wärst du jetzt in der psychiatrischen Abteilung?«

»Das kann ich nicht ausschließen.«

Hanna sah entsetzt zu Christiane. »Sie übertreibt«, schwächte diese ab.

Rebecca schüttelte den Kopf. »Christiane ist sich nicht bewußt, wie sehr sie mir geholfen hat. Sie denkt, ich hätte mich da auch selbst rausgeholt. Aber ich weiß, wie ich mich fühlte, bis sie kam. Das war kein Gefühl der Stärke. Ich kannte mich selbst kaum, war völlig ohne Orientierung.«

Einmal mehr kam Christiane der Gedanke, daß Rebecca ihre Gefühle für sie falsch interpretierte. Rebecca empfand offensichtlich eine große Dankbarkeit. Was, wenn sich diese Dankbarkeit mit Gefühlen vermischt hatte, die zwar einer gewissen Anziehung zwischen ihnen entsprangen, mit Zuneigung aber wenig zu tun hatten? Und Rebecca selbst merkte es nicht einmal und glaubte sogar, sich verliebt zu haben.

Es wird das Beste sein, wenn ich etwas Abstand zwischen uns bringe.

Dieser Gedanke setzte sich in Christiane fest. Es schien ihr das Klügste, auch für Rebecca, die sich im Moment ja schon übertrieben anhänglich zeigte. Sie klebten förmlich aneinander. Noch ein Zeichen dafür, daß Rebecca neben sich stand. So war sie doch nicht! So anlehnungsbedürftig!

»Ich ... mir fällt gerade ein, daß ich Judith versprochen habe, noch bei ihr vorbeizusehen«, sagte Christiane aus ihren Gedanken heraus. Sie stand auf. »Morgen ist das Abschlußtraining vor dem Turnier am Samstag, und wir ... wir müssen noch mal die Strategie besprechen.« Eine etwas wacklige Ausrede für den plötzlichen Wunsch nach Aufbruch, aber ihr fiel gerade nichts Besseres ein.

»Für das Training?« fragte Rebecca.

»Für das Turnier.«

»Ich dachte immer, so was legt der Trainer fest«, wunderte Rebecca sich.

»Ja, tut er ja auch, aber ...« Christiane suchte krampfhaft nach einer glaubhaften Erklärung. »... wir haben da so eine Idee, die wir dem Trainer vorschlagen wollen. Und die müssen wir noch mal durchgehen. Damit wir sie morgen ausprobieren können.«

»Aha.« Rebecca nickte. »Na ja, dann ... Ich bringe dich noch schnell raus.« Sie erhob sich.

Christiane lächelte Hanna zu. »Bis morgen früh, Hanna.«

An der Haustür hielt Rebecca Christiane zurück. »Ist alles in Ordnung?«

»Aber ja.«

»Du hattest gar nichts von dieser Strategiebesprechung erzählt. Ist das wirklich der Grund, weswegen du gehst?«

»Natürlich«, versicherte Christiane. »Ich hatte es einfach nur vergessen.«

»Sicher? Ich habe nämlich den Eindruck, du ... irgendwas hast du doch. Ich spüre es.«

»Ich habe nichts«, beteuerte Christiane. Aber Rebeccas Gesicht drückte zu viel Unglauben aus. »Höchstens ... vielleicht bin ich immer noch unsicher«, räumte Christiane ein. Es war nicht die ganze Wahrheit, aber zumindest ein Teil von ihr. Denn unsicher war sie wirklich, nur nicht, wie Rebecca jetzt denken mußte, ihrer Beziehung wegen. Jedenfalls nicht, was ihre Gefühle zu Rebecca anging. Sondern genau das Gegenteil. Sie glaubte nicht an Rebeccas Gefühle. Was sie ihr jedoch nicht sagen konnte. Rebecca wäre enttäuscht. Und sie würde es sowieso bestreiten.

»Das ist alles?« fragte Rebecca. Sie schien erleichtert.

»Ja.«

»Aber das ist ja . . . toll!«

»Ach ja?«

»Ja. Dann geht es mir nicht allein so. Ich bin auch unsicher. Was glaubst du denn?« Rebecca küßte Christiane. »Wenn es anders wäre, wenn du dir sicher wärst, hätte ich wohl Angst. Jedenfalls viel mehr als jetzt. Aber so . . . bin ich froh.«

Christiane verstand. Rebeccas Bedenken gingen in eine etwas andere Richtung. Sie fürchtete – nach wie vor –, ausgenutzt zu werden. Das saß in ihr drin. Rebeccas Erfahrungen ließen wohl nichts anderes zu. Und daß sie, Christiane, so zurückhaltend war, schien absurder Weise ein besseres Mittel, Rebeccas Zweifel zu zerstreuen, als alle Beteuerungen. Ihr Verhalten bestärkte Rebecca also ungewollt in den Gefühlen zu ihr. Eine ziemlich vertrackte Situation war das.

15

Ich werde nicht einfach so das Feld räumen.« Marius' Stimme ließ keinen Zweifel, daß er es ernst meinte. »Du hast nicht die geringste Handhabe gegen mich, egal, was Hafner dir erzählt oder unterschrieben hat. Der Mann hat Schulden und tut alles, wenn man ihm Geld bietet.« Der stämmige Körper ihres Geschäftspartners rückte sich wehrhaft im Schreibtischsessel zurecht.

»Du mußt es ja wissen«, lautete Rebeccas kühler Kommentar.

Marius stand jetzt auf. »Du inszenierst ein Komplott gegen mich. Du willst mich loswerden.« Ihm fiel es scheinbar nicht auf, daß er seine eigenen Beweggründe auf Rebecca übertrug. Rebecca schon.

»Umgedreht wird da wohl eher ein Schuh draus«, erwiderte sie ungerührt. Und mit Nachdruck: »Jetzt hör mit dieser Schauspielerei auf. Wir wissen beide, was Sache ist.«

Schwandte taxierte Rebecca. »Also gut. Reden wir Tacheles.« Er kam um den Schreibtisch herum, blieb vor Rebecca stehen. Auge in Auge. »Seit Jahren mache ich in diesem Laden die Arbeit, während ihr die Chefs markiert. Erst dein Vater, jetzt du. Ich muß von dir Anordnungen entgegennehmen, wie schon mein Vater von deinem, nur weil eure Familie die Kohle hatte. Ich habe die Nase voll, verstehst du? Ich will endlich, was mir zusteht. Ich will diese Firma!«

Rebecca erschauerte. Marius war ihr bedrohlich nah. Sie trat einen Schritt zurück. Auch wenn das nichts helfen würde, wenn dieser Mann plötzlich ausrastete. Und das befürchtete sie jeden Moment.

»Marius«, sagte sie mit warnender, aber möglichst beruhigender Stimme. »Entspann dich. Du bist ... überreizt. Die finanziellen Probleme. Du kannst deine Situation im Moment nicht beurteilen.«

»Nein. Aber ich weiß, wer an meinen Problemen schuld ist. Du!«

Rebecca hörte fassungslos, was Marius sagte. Welch Hirngespinst hatte sich da in seinem Kopf gebildet? Seine Situation mußte weit schlimmer sein, als sie nach Hafners Erzählen vermutete. Wahrscheinlich wußte Hafner nicht alles. Warum hätte Marius ihn auch ins Vertrauen ziehen sollen? Die Männer waren nur Zweckverbündete. Keine Freunde.

»Wie kann ich schuld an etwas sein, von dem ich bis gestern nicht einmal wußte, daß es da ist?«

»Genau deswegen. Du interessierst dich nicht für andere, nur für dein verdammtes Ego. Und du lernst auch nicht dazu. Sonst wäre dir die Geschichte mit Liane eine Lehre gewesen. Statt dessen läßt du dich jetzt mit deiner Fahrerin ein.«

Rebecca blinzelte irritiert. »Was hat Liane damit zu tun?«

»Wenn du es denn wissen willst. *Ich* habe sie auf dich angesetzt. Und alles lief nach Plan. Nur hast du leider, als sie dich auf meine Anweisung hin abservierte, keine Verzweiflungstat begangen. Du bist so kalt.«

Rebecca schluckte schockiert. »Du hast ... Liane war ...«

»Ein Lockvogel. Nichts weiter!« lautete Schwandtes hämische Antwort.

Rebecca schloß einen Moment die Augen. So beleidigend das war, irgendwie verschaffte es ihr eine gewisse Erleichterung. »Daß du dazu fähig warst, bestärkt mich nur in meinem Beschluß. Also: Überleg dir mein Angebot, ein besseres bekommst du nicht. Wenn du ablehnst, werde ich dem Aufsichtsrat von deiner Aktion gegen mich berichten. Meine Beweise werden für dieses Gremium ausreichen. Man wird dich deiner Stimmenrechte entheben und aus dem Vorstand ausschließen. Anschließend werde ich dich entlassen. Da nützen dir deine Firmenanteile auch nichts mehr. Also verkauf sie mir lieber gleich.«

Damit drehte sie sich um und verließ Marius' Büro. Sie wollte ihm keine Sekunde länger gegenüberstehen. Seine bloße Anwesenheit erzeugte Ekel in ihr.

16

Im Abschlußtraining hatte Uwe noch mal alles von ihnen gefordert.

Völlig ausgepowert schleppte Christiane sich, in ihr Handtuch gewickelt, von den Duschen in den Umkleideraum. Hier ließ sie sich auf die Bank neben Judith fallen.

»Dabei ist diese ganze Schinderei doch gar nicht mehr notwendig«, klagte Judith. »Deine Rebecca wird uns doch raushauen, egal ob wir gewinnen oder nicht. Oder?«

» Ich habe Rebecca gesagt, daß ich nicht will, daß sie unseren Verein sponsert.«

Judith starrte Christiane an, als hätte die behauptet, die Erde sei eine Scheibe. »Bist du verrückt?!

»Nein. Im Gegenteil, ich bin absolut klar im Kopf. Ich will nicht, daß Rebecca denkt, ich nutze sie aus.«

»Denkt sie das etwa? Ausgerechnet du? Die du ihr den Arsch gerettet hast!« empörte Judith sich.

»Nein, sie denkt das nicht«, stellte Christiane richtig. »Im Gegenteil. Sie hat sogar angeboten, uns zu helfen. Aber ich … ich habe ein blödes Gefühl dabei. Verstehst du?«

»Deine Empfindsamkeit in Ehren, aber wir brauchen einen Sponsor. Schnellstmöglich!«

»Es wird sich jemand anderes finden.«

»Na hoffentlich.«

»Hast du so was wie Freikarten für das Turnier? Hanna und ich würden gern als Zuschauer dabei sein.«

Sie saßen zu dritt an dem runden Eßtisch im Wohnzimmer. Der falsche Hase lag ihnen wohlig schwer im Magen. Christiane plagte ein wenig das schlechte Gewissen, daß sie sich am Tag vor dem Turnier den Magen noch mal so vollschlug. Aber es schmeckte einfach zu gut.

»Freikarten?« fragte sie. »So prominent bin ich leider nicht. Ich fürchte, ihr müßt an der Kasse ein Ticket kaufen.«

»Das soll uns nicht abhalten«, sagte Hanna. »Wann muß man denn da sein, um noch eine Karte zu bekommen?«

»Erfahrungsgemäß ist der Andrang der Zuschauer gering. Leider. Wir sind ja nur dritte Liga.«

»Aber erste Wahl.« Rebecca zwinkerte Christiane zu. »Oder nicht?« In ihrer Erinnerung hörte sie plötzlich Balltrippeln und auf Hallenboden quietschende Turnschuhe. Frauen jagten über ein Spielfeld, Schiedsrichterpfiffe unterbrachen immer wieder die Szene, Zuschauerrufe flogen durch die Luft, Ohs und Ahs. »Ich habe dich schon mal spielen sehen«, murmelte sie. »Glaube ich.«

»Ja.« Christiane nickte. »Du hast dafür einen Geschäftstermin sausenlassen.«

Rebecca horchte in sich hinein. »Stimmt! Und das war gut so, denn du warst an dem Abend die beste Spielerin deiner Mannschaft.« Da war noch etwas, was sie mit dieser Erinnerung verband, aber das fiel Rebecca nicht ein.

»Na ja, ich warf die meisten Körbe. Aber ohne die guten Pässe von den anderen Spielerinnen wäre das nicht möglich gewesen«, wehrte Christiane ab.

Rebecca schüttelte lächelnd den Kopf. »Wirst du jemals einfach zugeben, daß andere dir etwas zu verdanken haben? Deine Bescheidenheit ist auch hier völlig fehl am Platz.«

»Basketball ist ein Mannschaftssport. Das ist eine unumstößliche Tatsache und hat mit Bescheidenheit nichts zu tun.«

Hanna verfolgte das Gespräch der beiden lächelnd. *Endlich!* seufzte sie zufrieden in sich hinein. Endlich hatte Rebecca jemanden gefunden, der sie glücklich zu machen schien. Die beiden Frauen konnten eigentlich unterschiedlicher nicht sein. Trotzdem spürte man dieses unsichtbare Band zwischen ihnen. Wie sie sich ansahen, einander zulächelten und die Augen senkten, noch ein wenig unsicher wegen dieser Verbindung, mit der keine von ihnen gerechnet hatte. Es war einfach passiert. Gott sei Dank!

So eine Pleite!

In der Kabine herrschte niedergedrückte Stimmung. Das Turnier war gelaufen. Dritter Platz von fünf. Das war keine Meisterleistung. Das wußten sie alle. Kaum eine sprach ein Wort.

»Na, Mädels, nicht die Köpfe hängenlassen«, tröstete der Trainer sie. Die Niedergeschlagenheit in seiner Stimme war jedoch nicht zu überhören. »Es kommen auch wieder bessere Tage.«

»Ja? Wie denn?« fragte Susanne. »Mit leerer Kasse kann der Verein nicht lange bestehen. Wir werden bald alle sehr viel mehr Freizeit haben.«

»Und weniger Muskelkater«, fügte Bianca sarkastisch hinzu.

»Rumjammern hilft auch nichts«, stellte Marina sachlich fest. »Wir müssen uns was einfallen lassen.«

»Ja, dann mach mal«, forderte Judith. »Aber möglichst gestern.«

Minuten später, sie waren mal wieder die letzten, meinte Judith zu Christiane: »Und wenn du doch Rebecca fragst? Sag, du hast es dir anders überlegt. Wir haben keine andere Überlebenschance.«

»Nein!« Christiane trampelte ungeduldig von einem Fuß auf den anderen. »Nun mach schon hin, wenn wir dich mitnehmen sollen.«

»Mensch, Christiane. Du kannst uns doch nicht so im Stich lassen!« bearbeitete Judith ihre Freundin hartnäckig weiter. »Wenn ich so eine reiche Schnitte an Land gezogen hätte, würde ich sie sofort bitten. Der machen doch so ein paar Euros nichts aus. Die kann sie von der Steuer absetzen!«

»Ich will das nicht.«

»Aber so war der Plan!« begehrte Judith auf. »Jetzt plötzlich machst du einen auf Gewissen.«

»Es war nicht mein Plan, es war deiner.«

»Aber du hast mitgemacht!«

»Nein, hab ich nicht. Ich hab mich in Rebecca verliebt.«

»Das sagst du jetzt, weil du deine goldene Gans lieber für dich allein haben willst.«

Christianes Gesicht fror ein. »Judith! Das nimmst du sofort zurück.«

»Nein!«

»Dann sind wir die längste Zeit Freundinnen gewesen.«

»Wenn du eine richtige Freundin wärst, würdest du mich und die anderen nicht hängenlassen.«

»So siehst du das?«

»Ja, so sehe ich das!«

Christiane schüttelte ungläubig den Kopf. Wortlos ließ sie Judith stehen.

Draußen wartete Rebecca auf sie. »Lief nicht so gut, was?« empfing sie Christiane. Auch Hanna schaute betrübt drein.

»Nein«, seufzte Christiane. Doch weniger wegen des schlechten Spielresultats. Der Streit mit Judith ging ihr im Moment mehr an die Nieren als das schlechte Abschneiden der Mannschaft. Sie hatte stets geglaubt, Judiths Bemerkungen wären nur Rumwitzelei gewesen. Nun stellte sich heraus, daß sie es ernst meinte. War das zu fassen?!

»Wollte deine Freundin nicht mit uns mitkommen?« wunderte Rebecca sich jetzt. »Sie sagte doch vorhin, ihr Auto sei kaputt.«

»Sie hat es sich anders überlegt.«

»Okay. Ja dann ...« Rebecca legte ihren Arm um Christiane. »Was machen wir jetzt, um den Tag noch zu retten?«

»Pah, den Tag retten. Ihr habt Sorgen«, vernahm Christiane da Judiths Stimme in ihrem Rücken. Sie drehten sich alle drei automatisch um.

»Schon klar, warum du plötzlich nichts mehr von uns wissen willst«, grollte die. »Du bist jetzt anderweitig beschäftigt. Was schert dich da der doofe Verein.«

»Judith, reiß dich zusammen!« warnte Christiane sie.

»Hast du Angst, deine liebe Freundin hier«, Kopfbewegung in Rebeccas Richtung, »könnte erfahren, warum du eigentlich mit ihr zusammen bist?«

Christiane lief rot an. Das konnte Judith nicht bringen! Sie würde nicht . . .

Judith fixierte Christiane wütend. Und Christiane war klar: Doch, sie würde. Und da begann Judith auch schon.

»Weil sie nämlich auf deinen Schotter total abfährt«, wandte sie sich wütend Rebecca zu. »Von Anfang an. Sie sollte dich rumkriegen, damit du unseren Verein sponserst. Das mit dem Rumkriegen hat auch prima geklappt, aber jetzt will die Dame«, verächtlicher Blick zu Christiane, »dem Verein nicht mehr helfen. Ist plötzlich geläutert. Verliiiiebt! Wer's glaubt!« Judith schnaufte. »Ach, Scheiße«, knurrte sie und trat ab.

Christiane stand da, zur Salzsäule erstarrt. Abgesehen davon, daß Judith die Tatsachen völlig verdreht und gelogen hatte, daß sich die Balken bogen, hatte sie eine der empfindlichsten Stellen in Rebeccas Seele getroffen. Das wußte Christiane nur zu gut.

Es wunderte sie also nicht, daß Rebecca gerade einer Figur in Stein gemeißelt glich.

»Was war das denn?« fiepte Hanna ähnlich paralysiert.

In Rebeccas Erinnerung zog es plötzlich alle fehlenden Puzzleteile an ihren angestammten Platz. Die Lücken schlossen sich wie von selbst. Die Teile ergaben wieder ein Ganzes. Auch daran, wie der Mann in der Hotelbar ausgesehen hatte, erinnerte Rebecca sich wieder. Aber eine Erinnerung, nämlich die, als sie auf Christiane vor der Umkleidekabine gewartet hatte, verdrängte im Moment alle anderen.

Diese Judith hatte gesagt: »He, das wäre doch *die* Lösung für unser Sponsorenproblem! Du flirtest ein bißchen mit ihr, und bei passender Gelegenheit fragst du sie, ob sie nicht – na, sagen wir fünfzigtausend – übrig hat. . . . Mal ernsthaft. Ist doch nichts dabei. Du hast endlich mal wieder Sex – in letzter Zeit bist du sowieso so unausgeglichen –, und dann läßt du die Sache im Sand verlaufen.«

Worauf Christiane antwortete: »Das wird ja immer schlimmer. Erst flirten, und nun soll ich auch noch mit ihr schlafen.«

Judith wiederum: »Na ja, mußt du ja nicht. Wickle sie einfach ein wenig um den Finger. Und glaube mir, Skrupel sind völlig unangebracht. War sie nicht die Frau mit dem Spruch *Das Leben ist nicht immer fair* oder so ähnlich? ... Das klappt schon.«

Und es hatte geklappt! Und wie!

Rebecca fühlte eisige Kälte in sich aufsteigen. Die Erkenntnis, daß Christiane sie belogen hatte, ihre Gefühle nicht echt waren, drückte erbarmungslos alles in ihr nieder, was ihr vor einer halben Minute noch unangreifbar erschienen war.

Es grenzte an ein Wunder, daß sie die Kraft aufbrachte, mit Hanna und Christiane zum Auto zu gehen. Auf dem Weg dorthin war Hanna die einzige, die redete. »So was, das gibt es doch gar nicht. Das war deine Freundin, Christiane? Du solltest dir die Leute besser ansehen. Die war doch total bekloppt. Völlig daneben ...« So sprudelte es die ganze Zeit aus Hanna hervor.

Die Rückfahrt verlief dann schweigend. Sie setzten Hanna bei sich zu Hause ab. Den Rest des Weges, allein zu zweit, lastete das Schweigen von Minute zu Minute stärker auf ihnen.

Als sich das schmiedeeiserne Tor des Akazienweges 1 vor dem Wagen zurückzog, zog Christiane die Handbremse und öffnete die Fahrertür.

»Den Rest schaffst du wohl allein«, sagte sie und stieg aus.

Rebecca blieb regungslos sitzen. Sie hatte nicht gehört, was Christiane gesagt hatte, und bekam erst mit, daß diese die Straße hinunterging, als nichts mehr um sie herum geschah. Nur der Motor summte leise.

Rebecca stieg benommen aus, setzte sich auf den von Christianes Körperwärme noch ganz warmen Ledersitz.

Es rumorte in ihrem Kopf. Hatte sie es nicht gespürt? Christianes andauernde, merkwürdige Zurückhaltung. Deren ausweichende Antworten. Das alles war ihr aufgefallen. Aber sie hatte sich selbst beruhigt. Es auf die Neuartigkeit der Situation geschoben. Das war ja auch die wahrscheinlichste Erklärung.

Woher hätte sie ahnen sollen, daß Christiane auch nur ein Werkzeug war. Wie Liane, die von Marius geschickt wurde. Christiane wurde von Judith geschickt. Schickte sich selbst? Auch egal.

Und jetzt haute sie einfach ab. Wenn das kein Eingeständnis war!

Christiane hatte gewartet. Die ganze Fahrt über. Daß Rebecca irgend etwas sagen würde. Aber Rebecca schwieg. Hinter ihrer Stirn arbeitete es. Das konnte Christiane deutlich spüren. Und mit jeder weiteren Minute des Schweigens wuchs Christianes Enttäuschung. Wie konnte Rebecca ihr *das* sagen? Indem sie schwieg.

Ich vertraue dir nicht, sagte das Schweigen. *Ich frage dich erst gar nicht, ob es wahr ist, daß du mich hintergangen hast. Obwohl es eine mir wildfremde Person war, die das behauptete. Ich frage nicht, weil ich es sowieso weiß. Du hast mich betrogen. Du brauchst nichts erklären, ich will es nicht hören.*

All das sagte das Schweigen. Und mit jeder Minute wurde die Anklage lauter. Lauter als Worte jemals sein konnten.

Christiane lief die Straße hinunter. In ihren Augen schwammen Tränen.

Daß es mal dazu kommen würde, hatte sie ja gewußt. Es konnte nicht gutgehen zwischen ihnen beiden. Sie waren zu verschieden. Aber daß es auf diese Art endete, tat mehr weh als alles andere.

17

Christiane nahm ihr Leben wieder auf, wie es vor Rebecca war. Ein Kniefall vor Michael brachte ihr ihren alten Job wieder. Sie meldete sich freiwillig für Überstunden.

Judiths Anrufe würgte sie ab. Ihre Mails, in denen sie sich wortreich entschuldigte, ließ sie unbeantwortet. Beim Training trafen sie zwangsweise aufeinander. Das Zusammenspiel des Angriffs litt im Training ganz klar unter ihrem Konflikt. Uwe schüttelte den Kopf, aber im Moment hatte er andere Sorgen als die offensichtliche Disharmonie seiner Angriffsspielerinnen. Vielleicht hielt er die vielen Fehlwürfe auch schlicht für die Folge der schlechten Zukunftsaussichten des Vereins.

Die Mitspielerinnen jedenfalls erklärten sich den schlechten Abschluß so. Ging es ihnen doch ebenso an die Nieren, daß der Verein kurz vor dem Aus stand. Aber einer fiel es dann doch auf: »Was ist mit unserem Doppelgestirn los? Ihr sprecht kein Wort mehr miteinander.« Die anderen stimmten ein.

Christiane erzählte Susanne unter dem Siegel der Verschwiegenheit, was Judith sich geleistet hatte. Vermutlich brauchte auch Judith jemanden, mit dem sie den Verlust ihrer besten Freundin teilen konnte. Schon beim nächsten Training wußten alle, was passiert war. Christiane spürte, die Mehrzahl im Club gab Judith recht. Nicht ihrem Ausraster, aber dem, was dahinterstand. Sie fühlten sich, wie Judith, von Christiane im Stich gelassen. Das sagten ihre Blicke deutlich.

Christiane begann langsam an sich selbst zu zweifeln. Sah sie das Ganze vielleicht doch zu eng? Hätte sie Rebeccas Angebot annehmen sollen? Aber das ging doch nicht! Wie sah das denn aus? Ja, alle schüttelten den Kopf, weil sie Rebecca nicht um Geld für den Verein gebeten hatte. Aber was wäre denn die

Folge, wenn sie es täte? Alle würden erst recht tratschen wie die Waschweiber. Daß sie den sprichwörtlichen Glückstreffer gelandet hätte, jetzt fein raus sei, mit einer Frau wie Rebecca. Keine Geldsorgen mehr. Als ob sie vorher welche gehabt hätte. Sie hatte immer ihr Einkommen. Nur würde das dann niemand mehr sehen. Und genau das wollte Christiane nicht. Sie wollte als selbständiger Mensch betrachtet werden. Das würde mit Rebecca an ihrer Seite ohnehin schon schwierig genug sein, aber schlichtweg unmöglich, wenn sie deren Geld annahm. Warum nur verstand sie keiner?

Judith nicht. Ihre, ehemals!, beste Freundin legte sogar diese fürchterliche Szene hin. Die Mädels nicht. Auch wenn sie ihre Vorwürfe nicht aussprachen. Und Rebecca nicht. Deren Reaktion verstand Christiane am allerwenigsten.

Wie konnte sie ihr so was Hinterhältiges zutrauen? Okay, einen wackligen Moment lang, das wäre ja zu verstehen gewesen. Den hatte jeder mal. Doch Rebeccas anhaltendes Schweigen war ein Schock. Auch du! Alles nur Lüge, sagte sie damit. Das war einfach zu verletzend.

Und es machte Christiane klar, wie groß der Unterschied zwischen ihnen war. Sie kamen nicht nur aus zwei ganz verschiedenen Welten, sie dachten auch völlig unterschiedlich. Gut, sie mußte Rebecca zugute halten, daß diese durch schlechte Erfahrungen stark vorbelastet war. Aber trotzdem. Rebecca mußte doch ihr, Christiane, gegenüber das Mißtrauen überwinden. Sonst funktionierte das zwischen ihnen nicht. Solche Auseinandersetzungen würden sich immer wiederholen.

Christiane hatte überlegt, ob sie am nächsten Morgen ihren Dienst bei Rebecca wiederaufnehmen sollte. Sie hätte eine Entschuldigung von Rebecca fordern können. Wahrscheinlich hätte sie die sogar bekommen. Aber was nutzte eine Entschuldigung, die sie nicht von sich aus gab? Wie ernst konnte eine solche gemeint sein? Eben!

Ohne eine ernstgemeinte Entschuldigung konnte Christiane aber nicht weitermachen. Weder den Job noch mit Rebecca.

Marius gab Rebeccas Druck nach. Er räumte das Feld. Der Sieg über ihn fühlte sich weniger triumphal an wie gedacht.

Christiane kam nicht wieder. Das fühlte sich einfach nur schlecht an.

Hanna lag ihr in den Ohren, was los sei. Gerade so, als hätte sie dem Ende nicht beigewohnt!

Der bisher dritte Geschäftsführer übernahm Marius' Aufgaben und stieg zum zweiten auf. Die Stelle des dritten war vakant. Die Neubesetzung würde dauern. Es gab also einen freien Fahrer. Zumindest das fügte sich.

Das war aber auch alles.

Ansonsten stapelten sich die Probleme Riesengebirgen gleich vor Rebecca auf. Zumindest fühlte es sich so an. Genaugenommen waren es aber dieselben Probleme wie immer. Wenigstens das konnte sie, wenn sie ausnahmsweise einmal in guter Verfassung war, noch beurteilen.

Ob Christiane wieder bei dem Kurierdienst arbeitete? Welcher war das? Das ließe sich anhand alter Rechnungen sicher herausfinden. Aber wozu?

»Bist ja mal wieder sehr gesprächig heute«, murrte Hanna und rührte demonstrativ unwirsch im Gulaschtopf. Sie machte keinen Hehl daraus, daß sie Rebeccas Entscheidung mißbilligte. Und daß diese jede Diskussion darüber verweigerte.

Rebecca seufzte. Dabei hatte sie Christiane nicht gefeuert. Deshalb konnte sie diese auch nicht zurückholen, wie Hanna immer wieder verlangte. Und sie wollte Christiane auch nicht zurückholen. Was sollte das bringen? Der Fahrer, den sie jetzt hatte, war ein schweigsamer Mann. Perfekt.

Und was da sonst noch zwischen ihr und Christiane gewesen war, war eine Lüge gewesen. Aus diesem Grund lohnte es auch nicht, daran zu denken. Nur, daß sie es dennoch tat. Viel zu oft, viel zu lange, viel zu intensiv.

»Wie kann man nur so stur sein.« Hanna schüttelte den Kopf. »Eben noch schaut ihr euch verliebt an, und dann – peng – ist alles aus. Was geht nur in dir vor?«

Nicht viel im Moment, dachte Rebecca.

Der verführerische Duft in der Küche erreichte ihr Bewußtsein nicht. Sie stellte sich immer wieder dieselbe Frage. *Warum?*

Sie hatte es Christiane doch angeboten! Die hätte einfach nur annehmen müssen. Warum tat sie es nicht? Diese Judith wäre niemals so ausgerastet. Ihre Erinnerungslücke hätte sich nicht geschlossen – und sie beide wären noch zusammen.

Doch irgendwann wäre auch diese Erinnerung zurückgekommen. Das Debakel war folglich unvermeidbar. Außer Christiane hätte ihr vorher gebeichtet, was ihr ursprünglicher Plan war und daß sie ihn aufgab, weil sie sich in sie verliebte. Blieb dennoch die Tatsache, daß sie überhaupt einen solchen Plan gefaßt hatte. Nein, egal wie, es blieb dabei. Christiane hatte sie belogen. Nicht, daß Lügen keine menschlich verständliche Schwäche wären. Jeder log. Jeden Tag. Schon die Antwort auf die Frage »Wie geht's?«, nämlich »Danke gut«, war selten wahr. Oder die schlichte Begrüßung »Freut mich, dich zu sehen« war häufig, gelinde ausgedrückt, eine Übertreibung. Jeder brauchte solche Floskeln. Sie hatte irgendwo gelesen, daß jeder Mensch etwa zweihundert Mal am Tag lüge. Diese Tatsache hatte sie nicht schockiert.

Nur, ausgerechnet Christiane hatte ihr mangelnden Glauben an Ehrlichkeit vorgeworfen. Auf der Ballonfahrt. Und dann dieser Vertrauensbruch. Das wog doppelt schwer.

»Rebecca!!!« Hannas eindringlicher Ton schnitt in ihre Gedanken.

»Was?«

»Sag mir doch endlich, was passiert ist.«

»Wenn ich das wüßte«, sann Rebecca vor sich hin.

»Du hast sie entlassen! Du wirst doch wissen, warum.«

»Ich habe sie nicht entlassen. Sie ist einfach gegangen.«

»Was?« Hanna legte den Rührlöffel ab und setzte sich zu Rebecca an den Tisch. »Wieso?!«

Rebecca seufzte. »Es ist immer dasselbe, Hanna. Auch wenn du es nicht glaubst. Manchmal wünsche ich mir, ich wäre arm wie eine Kirchenmaus.« In letzter Zeit besonders oft.

»Nicht das schon wieder«, stöhnte Hanna. »Nicht Christiane. Das glaube ich nicht!«

»Wieso? Weil sie anders war? Das habe ich auch geglaubt. Stellte sich als Irrtum heraus. Wenn überhaupt anders, dann war sie besonders gerissen.«

»Rebecca! Nun hör aber auf! Das ist doch totaler Blödsinn.«

»Ach ja?«

»Ich bin sicher ...«, begann Hanna.

»Sicher?« unterbrach Rebecca. »Wie kannst du sicher sein? Wir kennen Christiane viel zu kurz. Sie hat mich ausnutzen wollen. Du hast doch gehört, was diese Judith gesagt hat.«

Hanna neigte den Kopf etwas zur Seite, als hätte sie Schwierigkeiten beim Hören. »*Das* ist es?« fragte sie ungläubig. »Deswegen machst du Schluß?«

»Dazu kam ich ja gar nicht. Wie gesagt, sie ist einfach gegangen«, murrte Rebecca pikiert. »Was das einzig Richtige war. Das wußte sie«, fügte sie trotzig hinzu.

Hanna stöhnte laut. »Ach, Rebecca!«

»Was???« fragte die gereizt zurück und lauter als eigentlich beabsichtigt.

»Denkst du nicht, daß jemand, der so viel Aufwand betreibt, um sich, wie du meinst, dein Geld zu erschleichen ... denkst du nicht, daß dieser jemand etwas mehr Anstrengungen unternimmt, damit der vorangegangene Einsatz nicht umsonst war? So jemand würde dich doch nicht einfach stehenlassen und gehen!« Hanna seufzte, legte ihre Hand auf Rebeccas. »Es ist diese Liane. Sie sitzt dir immer noch in den Knochen. Du mußt davon loskommen.«

»Es ist nicht Liane. Ich weiß mittlerweile, daß Marius dahintersteckte. Es ist ...« Rebecca brach ab.

»Was?«

»Christiane hat sich überhaupt nicht verteidigt!«

»Ja, warum auch?« regte Hanna sich auf. »Weißt du, was ich glaube?« Sie blickte Rebecca scharf an.

»Was?«

»Du hast Angst.«

»Angst? Wovor denn?« wollte diese wissen.

»Vor deinen Gefühlen? Dem Neuen, was da auf dich zukommt? Dem Unplanbaren? Der möglichen Enttäuschung?« Hanna zuckte mit den Schultern. »Etwas in dieser Richtung. Deshalb benutzt du die erstbeste Gelegenheit, einen Rückzieher zu machen.«

»Blödsinn. Nichts hat mir angst gemacht. Es gefiel mir, wie sich die Dinge entwickelten. Ich war bereit, mich zu verändern.«

»So? Na, dann tue es auch!«

»Bitte?«

»Ändere dich!« forderte Hanna erregt. »Sitz nicht da und jammere.« Sie verfiel in besagten jammernden Ton. »Ich hab's doch gewußt. Alle sind nur auf mein Geld aus.« Hanna machte eine kurze Pause, um dann mit Nachdruck zu sagen: »Das ist die *alte* Rebecca.«

Rebeccas erster Impuls, der Widerspruch, sie habe sich durchaus und sehr viel verändert, erstarb auf ihren Lippen. Sie runzelte nachdenklich die Stirn. In all der Zeit, die sie Hanna kannte, kam es sehr selten vor, daß diese derart aus sich herausging. Und immer, wenn so etwas in der Vergangenheit geschah, hatte Rebecca sich später eingestehen müssen, daß an Hannas Worten viel Wahres war.

Gerade wollte sie Hanna fragen, was sie genau meinte, da hob diese plötzlich die Nase nach oben. »Hui, das Gulasch«, rief sie, lief zum Herd, so schnell das mit einem Gehgips eben ging, und rührte hektisch. »Puh, noch mal gutgegangen«, atmete sie kurz darauf erleichtert auf.

Während Rebecca Hanna dabei zusah, wie diese am Herd hantierte, fragte sie sich, ob sie nicht vielleicht überreagiert hatte. Sensibilisiert, wie sie durch die Erfahrungen aus der Vergangenheit war. Mal ganz abgesehen davon, wie kindisch war es – allerdings auch von Christiane –, nicht miteinander über den

Vorfall zu reden? Aber vielleicht wartete Christiane ja nur darauf, daß sie, Rebecca, das Schweigen endlich brach.

Rebecca stand auf. »Ich muß noch mal weg«, sagte sie.

»Jetzt!?« Hanna sah sie entgeistert an. »Was ist mit dem Essen?«

»Du brauchst nicht warten. Ich esse später.«

»Fährst du zu Christiane?« fragte Hanna hoffnungsvoll.

Rebecca schüttelte den Kopf. »Nein.« Sie ging aus der Küche.

»Das wäre aber das einzig Richtige!« rief Hanna ihr nach.

Richtig? Ja. Das Einzige ganz sicher nicht, dachte Rebecca.

Sie hatte jedenfalls etwas anderes im Sinn.

Das Gute an ihrer Idee war, daß sie Christiane mehr als nur mit Worten bewies, daß sie das Vorgefallene bereute. Ihre stumme Unterstellung zurücknahm und natürlich hoffte, daß Christiane ihre Entschuldigung akzeptierte.

Das Schlechte war, daß sie so lange auf den Moment warten mußte. Denn es würde eine gute Woche dauern, bis alles organisiert und durchgeführt war. In der Zwischenzeit hieß es warten.

18

Sekt für alle!« Uwe schwenkte in jeder Hand eine Flasche. In der Sporthalle! Vor versammelter Mannschaft! Und er grinste wie ein Honigkuchenpferd. Christiane fragte sich angesichts dieses Bildes, ob der Trainer die Grenze von Niedergeschlagenheit zum fatalistischen Wahnsinn überschritten hatte. Den anderen Spielerinnen ging es, den Gesichtsausdrücken zufolge, ähnlich. Alle wußten, Uwes Regel Nummer eins lautete: Sport verbietet Alkohol. Und nun das. Okay, es war nur Sekt, aber trotzdem.

»Fragt denn keine, warum?« Uwe stellte eine der Flaschen ab, ließ seine Sporttasche auf den Boden plumpsen und schickte sich an, die andere Flasche zu öffnen.

Flupp, sagte der Korken. Uwe bückte sich und zauberte – stillos, aber praktisch – nun auch noch ein paar Plastikbecher aus der Sporttasche hervor.

»Geburtstag?« vermutete Marina vage.

»Falsch.« Uwe goß fröhlich ein. »Noch ein Gebot?«

»Deine Frau ist endlich schwanger?«

Uwe und Cordula probierten es schon eine ganze Weile. Das wußten alle. Hatte es endlich geklappt?

»Nein.« Uwe verzog leicht den Mund. »Aber fast genauso gut! Auch eine Geburtsstunde. Genauer gesagt eine Wiedergeburt.« Er reichte Becher für Becher weiter. »Ratet mal, was in der Tasche ist.« Uwe deutete auf die Tasche am Boden.

»Ich bringe ihn gleich um«, flüsterte Bianca Christiane ins Ohr. Laut forderte sie: »Nun sag endlich, was los ist!«

»Ich habe was für euch.« Uwe beugte sich nach unten. Als er wieder auftauchte, hielt er einen Stapel Trikots in der Hand. »Die hier sind von unserem neuen Sponsor!« verkündete er.

Erstauntes Murmeln. Fragende Worte. Durcheinander.

»Wie, neuer Sponsor.«

»So plötzlich?«

»Ist ja 'n Ding.«

»Mensch, geil!«

»Wer ist es denn?«

Aber eigentlich war das nicht wichtig. Hauptsache, es gab ihn, den edlen Spender. Sie tranken Sekt, Uwe verteilte die Trikots. Christiane entfaltete ihres. Auf dem Rücken die Startnummer, dreiundzwanzig. Wie gehabt. Na also, dachte sie dabei. Nun hatte die ewige miese Stimmung im Club endlich ein Ende. Und die schiefen Blicke würden auch aufhören. Alles würde sein wie früher. Na ja, fast. Der Nachgeschmack einer schlechten Erfahrung würde noch eine Weile bleiben.

Christiane wendete das Trikot, betrachtete die Vorderseite. Unter dem Vereinsemblem war etwa handgroß das Firmenlogo und der Schriftzug des neuen Sponsors plaziert. Christiane starrte fassungslos darauf, während ihre Gedanken durcheinanderpurzelten.

Sie fühlte, wie jemandes Hand plötzlich wild auf ihrer Schulter rumklopfte. Es war Marina. »Na siehst du.«

Susanne boxte ihr gleich mal in die Seite. »Klasse, Chris.«

»Wußten wir doch immer, daß wir uns auf dich verlassen können.« Bianca umarmte sie.

Judith sagte nichts.

Christiane starrte immer noch den Schriftzug an. *Reederei Reklin* stand dort.

»Na, was habe ich immer gesagt, Mädels«, triumphierte Uwe. »Alles wird sich einrenken.«

»Deswegen hast du uns so getriezt?« fragte Susanne spitz.

Uwe lachte. »Ich trieze euch doch immer.«

Alle lachten mit ihm.

Ausgenommen Christiane. Die versuchte zu verstehen.

Die Mädels glaubten, dies würde auf ihr Konto gehen. Sie hatte aber gar nichts getan! Nur geschwiegen. Wie Rebecca auch. Und nun das. So mir nichts dir nichts. Was bezweckte Rebecca damit? Wollte sie sich entschuldigen? Endlich!

Oder wollte sie sagen: Hier hast du, nun laß mich in Ruhe! Aber sie ließ Rebecca doch sowieso in Ruhe.

Also doch eine Entschuldigung? Tat es Rebecca leid, was passiert war? Warum rief sie dann nicht einfach an? Andere Menschen taten das. Entschuldigten sich. Mußte Rebecca gleich so dick auftragen? Diese typische Rebecca-Art der Wiedergutmachung. Das war auch so eine Sache. Rebecca begriff einfach nicht, daß Gefühle, egal ob Sorge oder Verletztheit, nicht durch Dinge aufzuwiegen waren. Sie erwartete jetzt sicher Dankbarkeit. So funktionierte das aber nicht.

Aus diesen und ähnlichen Überlegungen heraus absolvierte Christiane das heutige Training mit einem Gefühl der Frustration. Das schlug sich natürlich in ihrer Leistung nieder. Noch nie hatte sie in einem Training so viele Fehler gemacht. Zuspiel, Ballannahme, Treffsicherheit. Nichts wollte richtig klappen. Aber Uwe war heute in nachgiebiger Stimmung. Übersah es geflissentlich. Vielleicht schrieb er es dem Sekt zu, vielleicht hatte sich aber auch schon bis zu ihm rumgesprochen, daß seine Angriffsfrau gute Kontakte zur Sponsorin hatte, und er hielt sich einfach zurück. Bei diesem Gedanken verspürte Christiane nur noch mehr Frust. Unter anderem das hatte sie vermeiden wollen.

Nach dem Training blieb Christiane extra lange unter der Dusche. Sie wollte kein weiteres Schulterklopfen, keinen weiteren Zuspruch. Sie wollte auch nicht erklären, daß es nicht ihr Verdienst war, daß Rebecca die Sponsorenschaft übernommen hatte. Daß sie davon total überrascht worden war.

Als Christiane von der Dusche kam, stand Judith an ihren Spind gelehnt, o Wunder, bereits fertig angezogen. Na ja, in letzter Zeit fehlte ihr eine bestimmte Person zum Schnattern. Da wurde sie eben auch schneller fertig.

»Na? Alles wieder in Ordnung zwischen euch?« fragte Judith, wie es Christiane schien, hoffnungsvoll.

Christiane blickte Judith stumm an. »Nein«, sagte sie schließlich.

»Ich dachte, weil ... na, wegen den Trikots und so.«

»Nein«, wiederholte Christiane lediglich und zog sich an.

»Aber scheinbar ist sie nicht mehr sauer.«

»Woher willst du das wissen?«

»Na wenn sie ...«

Christiane unterbrach Judith. »*Das kann sie doch von der Steuer absetzen*. War das nicht so? Was interessiert dich das überhaupt? Was willst du?«

»Können wir die Sache nicht ...« Judith brach ab.

»Was? Vergessen? Das ist nicht dein Ernst!«

»Ja. Ich weiß, daß das nicht geht. Aber wenigstens normal miteinander umgehen.«

Christiane nahm ihre Jeans, schlüpfte erst mit dem einen, dann mit dem anderen Bein hinein.

»Chris, bitte.«

Der Reißverschluß der Jeans ratschte hoch. Christiane langte nach ihrem Pullover, zog ihn sich über, kämmte ihr Haar.

»Chris«, bat Judith.

Christiane hielt inne, ließ ihre Arme sinken und sah sie an. Judiths Augen flehten.

»Dafür ist es noch ein bißchen früh«, sagte Christiane leise.

Sie packte langsam die Trainingssachen in ihre Tasche. Als sie das neue Trikot in die Hand nahm, um es dazuzulegen, zögerte sie. »Ich weiß nicht, was ich machen soll«, murmelte sie. »Sie hat dir geglaubt.«

Judith sah betreten zu Boden. »Das tut weh.«

»Ja, verdammt weh. Ich bin wütend. Und traurig. Ich habe sie seitdem nicht gesehen.«

»Was? Aber die Trikots!« wunderte Judith sich.

»Das hat sie allein gemacht.«

»Warum?«

Christiane schaute Judith an. »Das wüßte ich auch gern.«

Früher hätten sie das Warum diskutiert. Das wußten sie beide. Sie wußten auch, daß sie es jetzt nicht tun würden.

Gemeinsam verließen sie den Umkleideraum, gingen schweigend zum Parkplatz und trennten sich mit einem kurzen Gruß voneinander.

Christiane öffnete die Tür ihres Wagens, setzte sich seufzend hinters Lenkrad. Ganz sicher wußte Rebecca, daß Uwe ihnen heute die Trikots und die frohe Botschaft überbracht hatte. Ganz sicher wartete Rebecca darauf, daß sie sie anrief. Oder gar zu ihr fuhr. Auf irgendeine Form der Versöhnung.

So sehr Christiane das auch wollte, fragte sie sich doch: Wie lange würde diese Versöhnung anhalten? Wann würde es die nächste Konfrontation geben und damit enden, daß sie einander stehenließen? Sie beide waren so unterschiedlich, das konnte nicht gutgehen. Rebecca lebte, abgesehen von Hanna, ziemlich isoliert in einer Villa gigantischen Ausmaßes, war es gewohnt, den Ton anzugeben, und vermied es, Freundschaften zu schließen.

Sie, Christiane, konnte sich gerade mal sechzig Quadratmeter in einem durchschnittlichen Mietshaus leisten, mochte Leute mit Befehlston eigentlich nicht leiden und brauchte Menschen um sich, ging auf sie zu. Wie sollte das jemals zusammenwachsen? Das war nahezu unmöglich!

Dennoch stand Christiane zwanzig Minuten später vor dem großen schmiedeeisernen Tor im Akazienweg und schaute hoch zu Rebeccas Haus.

Verdammt, ich liebe sie! Und auch wenn die Chance nicht groß ist, vielleicht kann ja doch was draus werden. Zumindest muß es eine Möglichkeit geben, den Streit zu beenden. Sich aus dem Weg zu gehen, ist doch keine Lösung.

Wie auf Stichwort öffnete sich das Tor vor Christianes Wagen. Rebecca mußte sie vom Fenster aus gesehen haben. Stand sie schon lange dort? Christiane fuhr die Auffahrt zum Haus hoch, stoppte ihren in die Jahre gekommenen Kombi. Als sie ausstieg, öffnete Rebecca die Haustür. Sie sahen sich an.

»Ich habe gehofft, daß du kommst«, sagte Rebecca. Sie

streckte Christiane die Arme entgegen. »Es tut mir leid, wie ich reagiert habe.«

Christiane ging zu Rebecca, blieb jedoch gute zwei Meter vor ihr stehen. Sie atmete einmal tief durch. »Deinen Sinneswandel kannst du aber nicht einfach schön einpacken und verschenken«, sagte sie seufzend.

»Komm doch erst mal rein«, bat Rebecca und führte Christiane ins Wohnzimmer. »Und was ist so falsch daran?« fragte sie dort. Sie bot Christiane mit einer Handbewegung Platz an. Christiane schüttelte jedoch den Kopf. Sie war viel zu unruhig, um sich auf ein Sofa zu setzen. Sie mußte sich bewegen, hin und her laufen. »Du machst es mir damit nur schwerer«, beklagte sie sich. »Wenn ich jetzt nachgebe, sieht es so aus, als tue ich es wegen dieser verdammten Sponsorenschaft und nicht weil ich ...« *Dich liebe*, hatte sie sagen wollen, hielt jedoch inne.

»Weil?«

»Weil ich mich dazu entschlossen habe.«

Rebecca trat zu Christiane, so daß die stehenblieb. »Heißt das, du nimmst meine Entschuldigung nicht an?« fragte sie irritiert.

»Doch. Nur ... das ist nicht der Punkt.« Christiane wußte nicht so recht, wie sie es anbringen sollte. Für sie war die Welt nicht wieder in Ordnung, wie sie es für Rebecca zu sein schien. Die meinte wohl, wo sie nun über ihren Schatten gesprungen war, sei die Sache ausgestanden.

»Was ist denn der Punkt?« wollte Rebecca wissen.

Christiane suchte nach den richtigen Worten. Aber es fiel ihr nichts Besseres ein als die einfache Formel: »Wir sind zu verschieden.« Christianes Stimme schwankte. »Es wird nicht funktionieren.«

Rebecca sah sie stumm an. Dann nahm sie Christiane in die Arme, streichelte ihren Rücken. »Du weißt doch, wie es heißt: Gegensätze ziehen sich an. Und das stimmt in unserem Fall doch. Oder?«

»Ja«, konnte Christiane nicht umhin zuzugeben. »Aber was

weiter? Wie es aussieht, reicht die Anziehung nicht aus, die Gegensätze zu überbrücken.«

Rebecca runzelte die Stirn. »Solch drastische Feststellung wegen eines Mißverständnisses?« Sie gab Christiane wieder frei. »Wir kennen uns erst ein paar Wochen! Da ist so was doch normal.«

»Das war kein Mißverständnis. Das war Mißtrauen«, versuchte Christiane ihre Zweifel besser zu erklären. »Das ist etwas anderes. Die Ursachen sind andere. Eben die, daß wir zu verschieden sind.« Das mußte Rebecca doch auch sehen! Christiane seufzte. »Ich bin im besten Fall ein Rohdiamant. Zu dir gehört eindeutig was edel Geschliffenes.«

Ein Schmunzeln huschte über Rebeccas Gesicht. »Ach, Schatz.« Sie berührte sanft Christianes Wange. »Ich habe genug Edles um mich herum. Ich finde gerade deinen Rohzustand so anziehend.«

Jetzt trat Rebecca einen Schritt zurück. »Du hast ja recht. Wir sind verschieden. Aber das war nicht der Grund, warum ich auf Judiths Worte so extrem reagierte.«

»Was denn dann?«

»Der Grund dafür war, daß sich in diesem Moment in meinem Kopf alles wieder zusammensetzte. Alle fehlenden Erinnerungen kamen plötzlich zurück. Leider auch die an ein Gespräch zwischen dir und Judith, dessen Zeugin ich zufällig wurde.«

Rebecca erklärte, welches Gespräch sie meinte. »Das war wirklich starker Tobak«, sagte sie schließlich. »Mein altes Ich kam durch. Und ich habe reagiert, na ja, wie ich eben reagierte. Ich weiß, wie blöd das war. Aber . . . ich stand eben total neben mir.«

Christiane nickte beklommen. Das war begreiflich. Unter diesen Voraussetzungen konnte Rebecca kaum anders denken. Aber sie hätte reden können, fragen!

Du aber auch, Chris! Statt dessen bist du einfach abgehauen.

»Wann wurde es dir klar?« fragte sie zögernd. »Ich meine,

daß du falsch lagst.«

»Mir leider gar nicht. Nicht von allein jedenfalls«, gestand Rebecca. »Mein Verstand hatte völlig ausgesetzt. Hanna brachte mich erst darauf, wie absurd meine Verdächtigungen waren.« Sie ging zum Sofa und setzte sich.

»Verstehe.« Christiane schaute zu Rebecca. »Daher der Sinneswandel. Hanna hat dir die Leviten gelesen.« Ein Lächeln stahl sich von ihren Lippen.

»Im Grunde gab es keinen Sinneswandel! Ich hatte dir angeboten, als Sponsorin einzuspringen. Schon vergessen?« Rebecca klopfte leicht mit ihrer Hand neben sich aufs Sofa, schaute Christiane auffordernd an.

»Nein. Aber ... das ist auch so eine Sache.« Christiane setzte sich neben Rebecca. »Du ... ich habe hin und wieder das Gefühl, du behandelst mich wie ein Kind, dem man eine Freude machen will«, beklagte sie sich.

»Aber das will ich doch auch.«

»Ich bin aber kein Kind!«

»Na, das ist mir doch klar. Du hast den Führerschein!«

Stille.

In die sie beide hineinlachten.

Verstummten.

Rebecca zog Christiane zu sich. »Du mußt lernen, Dinge von mir anzunehmen.« Sie strich sanft über Christianes Haar. »Das ist eine Selbstverständlichkeit. Ich habe nun mal ein wenig Vermögen. Was soll ich tun? Alles verschenken? Mit dir unter eine Brücke ziehen?«

»Das wäre ziemlich bescheuert«, sah Christiane ein.

»Gut, daß du das auch so siehst.« Rebecca seufzte. Ihre Lippen senkten sich auf Christianes Mund. Ihre Hände umschlossen Christianes Taille, holten sie dicht zu sich heran. Christiane spürte Rebeccas Körper an ihrem. Das sanfte Streicheln ihrer Lippen, das bereits in Fordern überging und schnell ungestümer wurde. Christianes Widerstand brach in sich zusammen. Sie vergaß, was sie noch sagen wollte, fühlte, wie sie fiel und Rebecca sie weich auffing. »Ich liebe dich«, flüsterte Rebecca. »Ich lasse dich nicht noch einmal gehen.« Sie küßte Christiane lange und innig. »Nicht noch einmal, hörst du«, sagte sie ernst. Christiane fühlte, wie ihr Herz schneller schlug.

»Ja«, flüsterte sie atemlos. »Aber ...«

Rebecca legte ihren Finger auf Christianes Lippen. »Kein Aber.« Ein sanfter Kuß folgte. »Wenn wir zusammenbleiben, wird es immer Leute wie Judith geben. Leute, die hinter deinem Rücken denken: Die hat es schlau angefangen. Leute, die neidisch sind, vom Kuchen was abhaben wollen. Damit mußt du leben. Und ich auch.«

»Judith tut die Sache leid. Sie ist ziemlich geknickt«, meinte Christiane.

»Ich kenne Judith nicht weiter. Ihr Auftritt hat mich nicht besonders für sie eingenommen. Aber jeder macht mal einen Fehler.«

»Das wissen wir ja jetzt«, erwiderte Christiane lächelnd. Sie rappelte sich auf, ordnete ihre Sachen. Rebecca sah dem mit einem Stirnrunzeln zu. »Was wird das?«

»Ich ... muß dir noch was sagen.«

Rebecca versuchte, Christiane wieder zu sich zu ziehen. »Kannst du das nicht hier unten machen?«

Doch Christiane machte sich steif. »Es wird dir nicht gefallen, fürchte ich«, warnte sie.

Rebecca seufzte, richtete sich nun ebenfalls auf. »Okay, schieß los.«

»Ich nehme an, in der nächsten Zeit wird es noch so manches Mißverständnis zwischen uns geben. Wir stehen ja noch ganz am Anfang, müssen uns erst richtig kennenlernen. Deshalb kann ich meinen Job bei Michael auf keinen Fall kündigen. Ein drittes Mal würde er mich nicht einstellen, und ich brauche ein festes Einkommen, besonders während unserer«, Christiane gluckste, »Kennenlernphase.« Ein Kuß traf Rebeccas Wange.

Rebecca verzog unzufrieden die Mundwinkel. »Hm«, machte sie. »Aber das ist nur vorübergehend. Oder?«

»Na ja«, druckste Christiane. »Eigentlich will ich unabhängig bleiben.«

Rebecca zog sich leicht zurück. »Könntest du das nicht als meine Fahrerin? Oder besser, einfach meine Partnerin?«

»Nein.«

Pause.

»Falscher Stolz«, sagte Rebecca steif. Ihre Stirn legte sich in Falten. Dahinter arbeitete es. Dann lockerte sich ihre Miene sichtbar. »Darüber müssen wir noch mal reden.«

Christiane nickte. »Das können wir. Aber meine Meinung werde ich nicht ändern«, sagte sie nachdrücklich.

»Definitiv?«

»Definitiv.«

Rebecca legte den Kopf leicht schief. »Nun ja, definitiv ist relativ, sagt meine Erfahrung.«

Christiane sah sie ernst an. »Ich liebe dich definitiv, nicht relativ.«

Das führte zu einer endgültigen Entspannung in Rebeccas Gesicht. Sie schmunzelte. »Ich liebe dich auch. Was eine relativ anstrengende Sache ist.« Sie grinste. »Aber ich habe es schließlich von Anfang an gewußt. Du bist ...«, sie suchte nach Worten, »unmöglich ... rebellisch ... und süß.«

»Süß??? Du nanntest mich proletenhaft«, erinnerte Christiane sie.

Leises Kichern antwortete ihr. »Ich kann manchmal ziemlich versnobt sein.«

»O ja! Wem sagst du das.«

Christiane fühlte erneut Rebeccas Umarmung. »Das mit uns wird spannend«, flüsterte diese in ihr Ohr.

»Wie schön«, flüsterte Christiane zurück. »Wer braucht schon Langeweile.«

Plötzlich hielt Rebecca inne und schien zu überlegen. »Hast du eigentlich schon mal daran gedacht, dein Studium zu beenden?« fragte sie.

Christiane schaute verblüfft. »Ja, aber Arbeit *und* Studium, davor habe ich mich bisher dann doch immer gedrückt.«

»Warum nimmst du die Sache nicht jetzt in Angriff? Ewig Kurierfahrerin, das ist ja auch nicht das Wahre.«

»Nanu«, wunderte Christiane sich. »Ich dachte, wir wollten ein wenig Zeit miteinander verbringen. Das wird aber nichts, wenn ich auch noch studiere.«

»Nicht auch. Nur«, meinte Rebecca.

»Schön wär's.« Christiane seufzte. »Aber wovon soll ich dann meine Miete bezahlen?«

»Du kannst doch hier bei mir wohnen. Was meinst du, wie Hanna sich freut, wenn sie uns beide bemuttern kann.« Rebecca zwinkerte Christiane zu. Die starrte sie sprachlos an.

Rebecca hob die Augenbrauen. »Zu früh, findest du?«

Christiane nickte wortlos.

»Ja, verstehe ich«, sagte Rebecca. »Und natürlich denkst du, es würde so aussehen, als lebtest du auf meine Kosten. Möglicherweise wäre das eine Zeitlang sogar so. Aber ich versichere dir, mein Vorschlag ist nicht uneigennützig. Er dient durchaus meinem Vorteil, denn dann habe ich dich in meiner Nähe.«

Christiane setzte zu einer Erwiderung an, doch Rebecca hob die Hand. »Gleich«, sagte sie. »Ich will nur noch eines hinzufügen. Und ich weiß, du siehst das anders, aber was mich betrifft, hast du mir die Reederei gerettet. Zumindest hast du einen erheblichen Anteil an der Rettung. Ich stehe in deiner Schuld, und du würdest mir die Möglichkeit geben, wenigstens einen Teil davon abzutragen, wenn du meinen Vorschlag annimmst.«

Christiane durchschaute Rebeccas Absicht. »Du versuchst, mir eine Brücke zu bauen. Das ist wirklich lieb von dir, aber ich kann das nicht annehmen.«

»Ich versuche, meiner Freundin zu helfen«, verbesserte Rebecca. »Das ist doch ganz normal in einer Beziehung. Du würdest für mich dasselbe tun. Oder nicht?«

»Natürlich«, bestätigte Christiane.

»Und wie würdest du dich fühlen, wenn deine Hilfe abgelehnt würde?«

Christiane kratzte sich am Kopf. »Ich würde es nicht verstehen.«

»Schön.« Rebecca gab Christiane einen flüchtigen Kuß. »Mehr sage ich nicht dazu.«

»Pfff«, machte Christiane.

Rebecca griente. »Wie darf ich das deuten?«

Christiane gab sich geschlagen. »Ich werde mir deinen Vorschlag durch den Kopf gehen lassen.«

»Fein.« Rebecca griente breiter.

»Ich habe nicht gesagt, daß ich ihn annehme.«

»Ist klar. Du überlegst es dir.« Das Grienen verlief jetzt fast von einem Ohr zum anderen.

»Du hältst dich für ziemlich clever, was?« grummelte Christiane.

»Ich *bin* clever.« Rebeccas Lippen streiften zärtlich Christianes Hals. »Schließlich habe ich dich eingefangen«, hauchte sie.

»Ja, das hast du.« Christiane neigte den Kopf zur Seite. Ihre Lippen suchten und fanden Rebeccas Nacken.

Rebecca seufzte genußvoll. »Dann schlage ich vor, wir fahren jetzt mit dem gemütlichen Teil fort.« Sie schlang ihre Arme um Christiane, ließ sich fallen, nahm Christiane mit sich.

»Unbedingt«, erwiderte die mit gedämpfter Stimme. Denn was sprach schließlich dagegen?

Weitere Titel der édition el!es

Ruth Gogoll: Ein paar Tage Zärtlichkeit

Erotischer Liebesroman

Gina und Teri sind kein Liebespaar. Sagt Gina zumindest. Nur der Zufall hat sie zusammengeführt, über den Wolken, als sie nebeneinander im Flugzeug saßen. Obwohl Teri nicht auf kurzzeitige Affären aus ist, gibt es einen besonderen Grund, warum sie an Weihnachten nicht allein sein will. Deshalb läßt sie sich auf die Affäre mit Gina ein.
Sie verleben eine berauschende Weihnachtszeit miteinander, danach gehen sie wieder getrennte Wege. Doch Teri hat sich verliebt, während Gina mühelos in die üblichen Affären zurückzugleiten scheint.
Waren »ein paar Tage Zärtlichkeit« wirklich alles, was Teri erwarten konnte?

Maren Frank: Irischer Liebessommer

Erotischer Liebesroman

Als Zeugin eines Verbrechens wird Stefanie Gardner ins Zeugenschutzprogramm aufgenommen. Zusammen mit ihrer Leibwächterin Gundula, genannt Gun, wird Steffi für einige Zeit in Irland versteckt. Die Leichtigkeit des irischen Sommers läßt Gefühle entstehen, gegen die sich beide nicht lange wehren können ... die Tage vergehen voller erotischer Abenteuer. Da trifft die Nachricht ein, daß die Täter gefaßt seien und Steffi wieder gefahrlos nach Deutschland zurückkehren könne. Wird sie ihre Leibwächterin nun tatsächlich nicht mehr brauchen?

Catherine Fox: Der Liebe auf der Spur

Erotischer Liebesroman

Während eines Praktikums im Morddezernat lernt die Studentin Karen die Kommissarin Diane kennen. Beide verstehen sich auf Anhieb. Die Aufklärung des Mordanschlages auf einen Stadtratsabgeordneten bringt sie auch privat näher. Doch Karens manchmal äußerst merkwürdiges Verhalten bringt Diane immer wieder durcheinander, bis Karen eines Tages spurlos verschwindet. Die Kommissarin beginnt fieberhaft zu ermitteln ...

Sal Mathews: Stan und Lea

Erotischer Liebesroman

Die Malerin Stan verliebt sich Hals über Kopf in die attraktive Goldschmiedin Lea und bittet sie, ihr für ein Bild Modell zu sitzen. Dabei kommen die beiden sich näher, aber Lea ist immer noch hetero. Oder wird sich das auf ihrer gemeinsamen Reise nach Schottland ändern? Denn Lea spürt zwar die Anziehungskraft, die Stans Liebe auf sie ausübt, aber sie war noch nie mit einer Frau zusammen und will Stan keine Versprechungen machen, die sie vielleicht nicht halten kann ...

Alison Barnard: Spaziergang im Regen

Erotischer Liebesroman

Es ist eine eine einmalige Chance für ihre Karriere: Schauspielerin Shara Quinn soll in einem Film die faszinierende, offen lesbisch lebende Dirigentin Jessa Hanson verkörpern. Während der Vorbereitungen auf die Rolle kommen sich Shara und Jessa unerwartet nah, aber eine Liebesbeziehung zwischen ihnen würde allem widersprechen, was die Welt von ihnen erwartet. Zudem ist Shara doch zweifellos hetero ... oder vielleicht doch nicht?

Julia Schöning: Lass es Liebe sein

Erotischer Liebesroman

Um ihrem Leben nach einer Trennung eine neue Richtung zu geben, beschließt die Versicherungskauffrau Sarah sich von ihren langen Haaren zu trennen, nicht ahnend, dass der Friseurbesuch ihr Leben gehörig durcheinanderbringen wird. Denn die rationale und konservative Sarah verliebt sich in ihre völlig gegensätzliche Friseurin, die unkonventionelle, impulsive und freiheitsliebende Katja. Einige Zufälle führen dazu, dass die beiden eine leidenschaftliche Nacht miteinander verbringen, doch danach wird deutlich, dass Katja nicht an einer Beziehung interessiert ist. Sarah ist verzweifelt, denn sie wünscht sich, dass es auch bei Katja Liebe sein möge ...

Toni Lucas: Paar für ein Jahr

Die Pierrots tanzen weiter

Leas Glück scheint perfekt. Lilia hat sich tatsächlich für sie entschieden und ist bei ihr eingezogen. Doch wie kann sie mit einer Frau zusammenleben, die gerade erst dabei ist, sich selbst zu finden und die so ganz eigene Vorstellungen von einer Beziehung hat?
Ihr bleibt nur ein Jahr, um das herauszufinden ...

Victoria Pearl: Aller Anfang geht daneben

Erotischer Liebesroman

Als Simone sich in die umwerfend attraktive Autorin Bettina verliebt, ahnt sie nicht, was noch auf sie zukommen wird. Sie und Bettina verleben eine wundervolle, berauschende Zeit, die jedoch durch das plötzliche Auftauchen von Bettinas Exfreundin Linda jäh gestört wird. Linda lässt sich bei Bettina häuslich nieder. Braucht sie nach einer schweren Zeit wirklich nur etwas freundschaftliche Unterstützung von ihrer Exfreundin, oder verfolgt sie andere Ziele?

Maren Frank: Liebe in Schottland

Liebesroman

Wie ein Blitz trifft es die junge Archäologiestudentin Nathalie, als sie auf einer Party die schöne Eileen kennenlernt. Zwar ist die Begegnung kurz, doch geht die attraktive Frau mit den smaragdgrünen Augen Nathalie nicht mehr aus dem Kopf. Und nicht nur die Liebe bereitet Nathalie Sorgen. Nachdem sie ihren Job verloren hat, braucht sie schleunigst einen neuen. Tatsächlich ergibt sich schon bald etwas, doch Nathalie ahnt nicht, was dabei alles auf sie zukommt ...

Annette Schniter: Mach mal halblang, Babe

Erotischer Liebesroman

Celines Vorgesetzte ist ungemein attraktiv, aber offensichtlich hetero. Dennoch spielen Celines Hormone bei jeder Begegnung verrückt. Gleichzeitig ist da noch eine Chatbekanntschaft, die Celine auf eine andere Art in ihren Bann zieht. Als die Zeit gekommen ist, endlich die virtuelle Welt zu verlassen, wissen beide, daß nun ganz neue Schwierigkeiten auf sie zukommen werden. Mit den tatsächlich eintretenden Problemen hat jedoch keine gerechnet ...

Erotische Adventsgeschichten

Mit Geschichten von Catherine Fox, Maren Frank, Heike Fremmer, Ruth Gogoll, Julia Schöning u.a.

Erzählungen um alte Freundinnen, die sich wiedersehen, und neue Freundinnen, die sich finden, um die Suche nach der Liebe unterm Weihnachtsbaum, die trotz aller Schwierigkeiten immer gut endet, und um die Hoffnung, daß eines der Geschenke die Frau sein möge, nach der man sich schon so lange sehnt ...

Toni Lucas: Zeit der Versuchung

Erotischer Liebesroman

Der Australienexpertin Sarah Jansen werden zwar die Fördergelder für ihr neuestes Projekt nicht bewilligt, doch sie erhält unerwartet die Chance, sich gemeinsam mit der attraktiven, aber seltsam distanzierten Fotografin Florentine auf eine Reise quer durch den australischen Kontinent zu begeben. Beide kommen sich näher und scheinen durchaus füreinander geschaffen, wenn da nicht noch Carmen, Sarahs langjährige Partnerin, und Marisol, Florentines tote Geliebte, wären. Es beginnt eine Zeit der Versuchung, in der sich jede der Frauen darüber klarwerden muss, was wirklich für sie wichtig ist.

Julia Arden: Mein Geheimnis bist du

Liebesroman

Mareike Holländer schnappt Andrea einen wichtigen Posten vor der Nase weg – ausreichend Grund, auf die neue Kollegin wütend zu sein. Dennoch schleichen sich zärtliche Gefühle in das kühle Verhältnis. Aber Mareike ist liiert. Während Andrea noch versucht herauszufinden, wie ernst diese Liaison ist, taucht Laura auf, Mareikes große Liebe. In der Vergangenheit hatte Laura zwar Mareike mehr als einmal sitzengelassen, dennoch ist Mareike ihr immer wieder aufs neue verfallen ... also bleibt Andrea nichts weiter übrig, als ihre Gefühle vor Mareike zu verbergen ...

Corina Ehnert: Eine WG zum Verlieben (Band 2: »Katrin«)

Liebesroman

Die Polizistin Katrin Brant ist nach einer gescheiterten Beziehung mit Paula wieder Single und fest integriert in den Freundeskreis rund um die WG aus der Pfeiffstraße. Sie ist glücklich mit ihrem Leben und hält sich für eine gestandene Frau. Als Alex (mit der sie im ersten Band eine Affäre hatte) mit ihrer Freundin Nico in eine gemeinsame Wohnung zieht, sucht die WG eine neue Mitbewohnerin. Eine der Bewerberinnen ist die Journalistin Hanna Reuters, von der Katrin sofort fasziniert ist. Aber schnell stellt sich heraus, daß es nicht so einfach ist, diese Faszination zu leben ...